오감도 · 권태

오감도 · 권태

이상 시 · 산문 전집

애플북스

이상의 문장에는 늘 슬픈 비가 내린다

임 영 태

오랜만에 이상李箱을 다시 읽었다. 교과서만 빼고 활자로 된 모든 것을 경배하던 문학 소년 시절에 나는 이상을 처음 만났다. 그때 이상은 벼락처럼 신선했다. 그의 작품에 나타나는 병적인 자의식과 우울한 시니시즘은 감수성 예민한 어린 문학도를 얼마나 흥분시켰던가.

그의 작품들이 보여주는 자유분방한 형식과 역설의 재치와 독특한 난해함들, 거기에 사생활에서의 흥미로운 삽화가 곁들여지고 나면, 이상은 그 시대의 개성 있는 작가들 중에서도 가장 인상적으로 주목된다. 그 한 예로, 지금은 어떤지 모르지만 1970년대까지만 해도 이상은 현대문학을 전공하는 국문학도의 졸업논문에서 가장 빈번히 다루어지는 작가였다.

40년 만에 그 이상을 다시 읽었다. 이상은 나에게 여전히 매력적일까?

이상의 모든 소설은 작가 자신의 개인적 경험이 바닥에 깔려 있다. 단지 체험에서 소재를 따왔다는 정도가 아니라 개인사의 거의 그대로가 일기처럼 반영된다. 내가 새롭게 읽은 두 작품 〈실화〉와 〈봉별기〉도 마찬가지다.

〈실화〉는 1936년 작가가 발악이라도 하듯 훌쩍 건너간 동경이 그 무대가 된다. 이때는 이상이 두 번째 처인 변동림과도 사이가 매우 나빠져 있었고, 가족 부양에 대한 경제적 고통과 시시각각 조이는 병마로 인해 심신이 폐허처럼 스러져가던 시기였다. 이상은 애써 동경에 희망을 걸면서 쫓기듯 조국을 떠났던 것이나 그곳에서도 아무런 희망을 발견하지 못한 채 27세 나이로 쓸쓸하게 생을 마감한다.

〈실화〉는 이상의 그 유명한 경구―"사람이 비밀이 없다는 것은 재산 없는 것처럼 가난하고 허전한 일이다"라는 문장으로 시작된다.

소설의 줄거리는 그의 다른 작품들처럼 별다르게 극적인 건 없다. C 양의 방과 어느 카페에 잠깐 들른 일, 그리고 비에 젖은 동경 거리를 배회하며 서울의 문우 유정과 아내와의 일을 회상하는 모습이 그려진다.

정색을 하고 이 소설의 주제를 캐내려면 조금 난감해진다. 소설은 한 외로운 청년의 신산하고 무기력한 정서를 딱히 일정한 줄거리도 없이 파편처럼 흩뜨려 보여주고만 있다. 시간도 공간도 제멋대로다. 내적 독백과, 회상과, 현재 시점의 장면이 화자의 기분 내키는 대로 제약 없이 서술된다. 일기초와 메모를 주섬주섬 모아놓은 듯한 글인데, 어찌 보면 '의식의 흐름'이라는 기법을 연상케도 한다.

그러나 이 소설엔 역시 이상다운 매력이 있다. 그것을 풀어 말하기는 쉽지 않다. 우리가 소설의 표면에서 만나는 것은 이죽거림, 한탄, 재치 있는 경구 한마디, 불쑥불쑥 끼어드는 몇 개의 사소한 삽화들이다. 그런데 이런 것들이 이야기 전개에 묘하게 섞여들며 장면들 하나마다 독특한 우수를 만들어낸다.

예컨대 3장에서 불쑥 전개되는 화자와 아내의 대화, 남편이 아내의 정사를 추궁하는 장면은 단순하면서도 인상적이다.

"첫 번—말해라."

"인천 어느 여관."

"그건 안다. 둘째 번—말해라."

"……."

"말해라."

"N 빌딩 S의 사무실."

"세째 번—말해라."

"……."

짧은 대사가 아무런 지문도 없이 이어지지만 얼마나 생생하면서 순발력 있는 묘사인가. 절박하게 마주 앉아 있는 두 남녀의 성격과 결혼 생활 모습까지가 고스란히 보인다. 대사 자체의 위트 있는 말맛도 좋지만, 더 좋은 건 이 앞부분에서 보여준 쓸쓸한 풍경들과 더불어 이 장면 역시 추궁하는 자나 추궁당하는 자 두 사람 모두에게 애잔한 연민의 감정을 불러일으킨다는 점이다. 이상의 작품에서만 만나는 독특한 페이소스이다.

아내의 당당한 내숭과 남편의 덤덤해하는 듯하면서도 절망하는 태도가 이어지던 중 4장에서 몇 차례 튀어나오는 아내 연ᅓ의 대사도 감칠맛이 있다.

"선생님, 선생님─ 이 귀엄성스럽게 생긴 연이가 엊저녁에 무엇을 했는지 알아내면 용하지."

"여보시오 여보시오, 이 연이가 조 이층 바른편에서부터 둘째 S 씨의 사무실 안에서 지금 무엇을 하고 나왔는지 알아맞히면 용하지."

소설 안에서 이 구절은 아내의 대사가 아니다. 굳이 따지면 화자가 아내의 부정을 연상하며 떠올린, 이를테면 화자가 아내의 내숭을 말로 번역해 본 것이라 할 수 있는데, 이 절름발이 부부와 S라는 사람의 묘한 삼각관계를 보여주는 절묘한 수법이다. 심드렁하게 이런저런 이야기를 하던 중에 불쑥 끼어드는 이런 구절들은 독자에게 마치 채플린의 무성영화를 보는 듯한 기분을 갖게 한다. 이를테면 독자는, 울지도 웃지도 못하고 기묘하게 일그러져 있는 화자의 심리와 그 얼굴 표정까지 눈에 본 듯 느끼게 된다. 역시 이상이다 싶은 탁월한 페이소스의 연출이다.

〈봉별기〉로 넘어가자.

이 소설에는 이상이 요양차 백천온천에 내려갔다가 알게 되었던 술집 작부 금홍이가 나온다. 알다시피 금홍은 이상의 첫 번째 아내가 되어 '제비'라는 다방과 '쓰르'라는 카페를 차리게 되고, 바람이 나서 몇 차례 '왕복 엽서' 같은 가출을 되풀이하다가 결국엔 이상과 헤어지고 만다. 〈봉별기〉는 그 만남에서 이별까지의 기록이다.

소설은 이렇게 시작된다.

스물세 살이오—3월이오—각혈이다.

금홍은 열여섯에 머리를 얹고 다음 해에 아이를 낳았으나 그 아이가 돌 만에 죽어버린 기박한 과거를 가지고 있는 여자다. 그런 금홍이 첫눈에 이상에게 정을 준 이후로 몸을 팔아가며 이상의 용돈을 대어준다. 이 여자 금홍이 서울로 돌아가는 이상과 작별하는 장면에서 나는 다시 채플린의 〈시티 라이프〉를 떠올린다.

정거장에서 나는 금홍이에게 십 원 지폐 한 장을 쥐여주었다. 금홍이는 이것으로 전당 잡힌 시계를 찾겠다고 그러면서 울었다.

십 원 지폐란 무엇인가? 그것은 금홍이 몸을 팔아 엊그제 이상에게 건네준 용돈이다. 거기에 붙여 다른 말 없이 덤덤하게 이어지는 '전당 잡힌 시계'니 '그러면서 울었다'는 말들은 얼마나 애틋한가. 미학적으로 의미 깊은 절제이면서 이를 통해 느껴지는 슬픈 해학이 가히 이상답다.

이제는 〈실화〉에서와 유사한 그러나 풍경은 전혀 다른 두 남녀의 대화 한 장면을 보자. 금홍이 어느 남자를 따라 가출했다가 다시 돌아온 후에 이 부부는 서로 한바탕 울고 나서 다음과 같은 대화를 나눈다.

"그렇지만 너무 늦었다. 그만해두 두 달 지간이나 되지 않니? 헤어지자, 응?"
"그럼 난 어떻게 되우, 응?"
"마땅헌 데 있거든 가거라, 응?"
"당신두 그럼 장가가나, 응?"

〈실화〉에서처럼 짧고 장난 같은 대사로 두 사람의 내면을 드러내는 수법이 일품이다.

그렇게 이상을 두 번째 떠났다 세 번째 돌아온 금홍, 엽서를 받아 들 듯 속절없이 금홍을 받아들이는 이상, 이어서 두 사람은 술상을 차려 잔 주고받으며 〈육자배기〉 한마디씩을 뽑는 것인데, 속아도 꿈결 속여도 꿈결 굽이굽이 뜨내기 세상 그늘진 심정에 불질러 버려라…….

내친김에 한 편을 더 읽어본다. 동료 문인이었던 김유정에 대해 쓴 소설 〈김유정〉이다. 소설과 수필이 딱히 구분되지 않는 이상의 다른 글과 마찬가지로 이 소설 역시 개인적 일화가 고스란히 담겨 있어 일종의 생활 단상이나 문우에 대한 인상 비평에 가깝다. 그런 만큼 작품으로서의 가치는 덜하지만 이상을 비롯한 당시 청년 문사들의 고고한 자부심과 예술적 기행을 들여다보는 맛이 쏠쏠하다.

우선 소설에 등장하는 문인들의 면면이 반갑다. 이상이 자기 입으로 "시인 가운데 쌍벽과 소설가 중 쌍벽"이라고 말하는 네 명의 친구는 한국문학사의 고전이 된 인물들—김기림과 정지용, 박태원과 김유정이다. 이상은 "소설을 쓸 작정이다. 네 분을 각각 주인으로 하는 네 편의 소설이다"라고 서두를 떼고는 이 중 김유정에 대해서 먼저 쓴다.

이상이 본 김유정은 이렇다.

모자를 홱 벗어 던지고 두루마기도 마고자도 민첩하게 턱 벗어 던지고 두 팔 훌떡 부르걷고 주먹으로는 적의 볼따구니를 발길로는 적의 사타구니를 격파하고도 오히려 행유여력에 엉덩방아를 찧고야 그치는 희유의 투사가 있으니 김유정이다.

이상을 포함해 다섯 사람 모두 독특한 개성을 지니는데 그중에서도 김유정은 가장 활달하고 자유분방한 인물로 묘사되어 있다. 그리고 이상은 그런 김유정에게 남다른 정을 주었던 것 같다.

술자리에서 토론을 벌이다 난장판이 되고 만 어느 하루를 이야기하는 이 소설의 마지막은 이렇다.

유정은 폐가 거의 결단이 나다시피 못쓰게 되었다. 그가 웃통

벗은 것을 보았는데 기구한 수신이 나와 비슷하다. 늘,

"김 형이 그저 두 달만 약주를 끊었으면 건강해지실 텐데."

해도 막무가내하더니 지난 7월 달부터 마음을 돌려 정릉리 어느 절간에 숨어 정양 중이라니, 추풍이 점기에 건강한 유정을 맞을 생각을 하면 나도 독자도 함께 기쁘다.

이상이 마지막으로 일했던 '창문사'가 나오는 것을 보니 이 글은 1936년 겨울에 쓴 것으로 짐작된다. 건강해져 돌아올 김유정을 기대하며 쓴 글인데 김유정은 이 얼마 후인 1937년 3월에 건강이 악화되어 사망하고, 한 달도 지나지 않아 이상 역시 폐결핵 악화로 세상을 떠난다. 자기 죽을 것은 모르고 서로 친구 걱정만 하던 창백한 청년 문사들의 모습이 가슴에 쓸쓸히 저며온다.

자, 이상은 여전히 매력으로 남아 있는가?

적어도 내게는 그랬다. 이상은 계속 읽힐 만한 작가다. 이상의 개성이나 문학적 미학은 21세기의 지금도 여전히 유효하다.

임영태 | 1992년 〈문화일보〉 신춘문예로 등단. 소설집으로 《무서운 밤》, 장편소설 《아홉 번째 집 두 번째 대문》《우리는 사람이 아니었어》《비디오를 보는 남자》《호생관 최북》 등이 있음. 1994년 '오늘의 작가상'과 2010년 '중앙 장편문학상' 수상.

차례

일러두기

1. 이 책은 작가 이상의 작품들 중 시와 산문, 서간을 발표 연대에 따라 수록하였다. 《이상 전집》(태성사, 1956)을 저본으로 하였으며, 작품 끝부분에 처음 발표된 지면을 밝혀두었다.
2. 맞춤법, 띄어쓰기는 가능한 한 현대어 표기로 고쳤으나 작가가 의도적으로 표현한 것은 잘못되었더라도 그대로 두었다. 띄어쓰기와 맞춤법은 국립국어원의 《표준국어대사전》을 기준으로 삼았다.
3. 한글로 표기된 외래어는 외래어맞춤법에 맞게 고쳤으나 시대 상황을 드러내주는 용어는 원문을 그대로 살렸다.
4. 한자는 한글로 표기하고 의미상 필요한 경우에만 한글 옆에 병기하였다.
5. 생소한 어휘는 독자들의 이해를 돕기 위하여 각주로 설명을 달아두었다.
6. 대화에서의 속어, 방언 등은 최대한 살렸으나 지문은 현대어로 고쳤다.
7. 대화 표시는 " "로 바꾸었고, 대화가 아닌 혼잣말이나 강조의 경우에는 ' '로 바꾸었다. 또한 말줄임표는 모두 '……'로 통일하였다.

시

이상한가역반응[1]

임의의반경의원 (과거분사에관한통념)

원내의한점과원외의한점을연결한직선

두종류의존재의시간적영향성
(우리들은이것에관하여무관심하다)

직선은원을살해하였는가

현미경
그밑에있어서는인공도자연과다름없이현상되었다.

---

1 〈이상한 가역반응〉·〈파편의 경치〉·〈▽의 유희〉·〈수염〉·〈BOITEUX · BOITEUSE〉·〈공복〉은
   이상이 〈조선과 건축〉(1931. 7)에 김해경이라는 본명으로 맨 처음 발표한 일본어 시 작품임.
   이 책은 《이상 전집》(1956)에 실린 유정(1922~)의 번역을 저본으로 삼음.

그날오후

물론태양이있지아니하면아니될곳에존재하고있었을뿐만아니라
그렇게하지아니하면아니될보조를미화하는일도하지아니하고있
었다.

발달하지도아니하고발전하지도아니하고
이것은분노이다.

철책밖의하얀대리석건축물이웅장하게서있었다
진진眞眞5″각바아의나열에서
육체에대한처분법을센티멘탈리즘하였다.

목적이있지아니하였더니만큼냉정하였다

태양이땀에젖은잔등을내리쬐었을때
그림자는잔등전방에있었다

사람은말하였다
"저변비증환자는부잣집으로소금을얻으러들어가고자희망하고있
는것이다"
라고
·················

파편의경치

△은나의AMOUREUSE[1]이다

나는하는수없이울었다

전등이담배를피웠다
▽은1/W^2이다

×

▽이여! 나는괴롭다

나는유희한다.
▽의슬립퍼어는과자와같지아니하다
어떻게나는울어야할것인가

×

1 AMOUREUSE : 프랑스어로 '연인'을 뜻함.
2 W : '와트watt' 혹은 전구의 필라멘트 모양을 가리킴.

쓸쓸한들판을생각하고
쓸쓸한눈내리는날을생각하고
나의피부를생각지아니한다

기억에대하여나는강체剛體이다

정말로
"같이노래부르세요"
하면서나의무릎을때렸을터인일에대하여
▽은나의꿈이다

스틱크![3] 자네는쓸쓸하며유명하다

어찌할것인가

                                  ×

마침내▽을매장한설경이었다

---

3 스틱크 : stick. 지팡이. 여기서는 남성의 상징을 가리킴.

▽의유희

△은나의AMOUREUSE이다

종이로만든배암이종이로만든배암이라고하면

▽은배암이다

▽은춤을추었다

▽의웃음을웃는것은파격이어서우스웠다

슬립퍼어가땅에서떨어지지아니하는것은너무나소름끼치는일이다

▽의눈은동면이다

▽은전등을삼등태양인줄안다

×

▽은어디로갔느냐

여기는굴뚝꼭대기냐

나의호흡은평상적이다
그러한데탕그스텐은무엇이냐
(그무엇도아니다)

굴곡한직선
그것은백금과반사계수가상호동등하다

▽은테에블밑에숨었느냐

×

1

2

3

3은공배수의정벌로향하였다
전보는아직오지아니하였다

수염

(鬚·髭·[1] 그밖에수염일수있는것들·모두를이름)

1

눈이존재하여있지아니하면아니될처소에는삼림인웃음이존재하
여있었다

2

홍당무

3

아메리카의유령은수족관이지만대단히유려하다
그것은음울하기도한것이다

---

1 鬚·髭：鬚는 턱수염 '수' 자, 髭는 코밑수염 '자' 자.

4

계류에서—
건조한식물성이다
가을

5

일소대의군인이동서의방향으로전진하였다고하는것은
무의미한일이아니면아니된다
운동장이파열되고균열할따름이니까

6

삼심원[2]

7

조를그득넣은밀가루포대

2 삼심원 : 세 개의 중심을 가지고 연결된 원.

간단한수유須臾의월야이었다

8

언제나도둑질할것만을계획하고있었다
그렇지는아니하였다고한다면적어도구걸이기는하였다

9

소疎한것은밀密한것의상대이며또한
평범한것은비범한것의상대이었다
나의신경은창녀보다도더욱정숙한처녀임을바라고있었다

10

말[馬]―
땀[汗]―

×

여余,[3] 사무로써산보로하여도무방하도다

여余, 하늘의푸르름에지쳤노라이같이폐쇄주의로다

---

3 여余 : '나'를 뜻함.

BOITEUX·BOITEUSE[1]

긴것

짧은것

열십자

×

그러나 CROSS에는기름이묻어있었다

추락

부득이한평행

물리적으로아팠었다

1 BOITEUX·BOITEUSE : 프랑스어로 '절름발이'를 뜻함.

(이상평면기하학)

$$\times$$

오렌지

대포

포복

$$\times$$

만약자네가중상을입었다할지라도피를흘리었다고한
다면참멋쩍은일이다

오—
침묵을타박하여주면좋겠다
침묵을여하히타박하여나는홍수처럼소란할것인가
침묵은침묵이냐

메쓰를갖지아니한다하여의사일수없을것일까
천체를잡아찢는다면소리쯤은나겠지

나의보조步調는계속된다

언제까지도나는시체이고자하면서시체이지아니할것
인가

공복

바른손에과자봉지가없다 고해서
왼손에쥐여있는과자봉지를찾으려지금막온길을오리나되돌아갔
다

×

이손은화석이되었다

이손은이제는이미아무것도소유하고싶지도않다소유한물건의소
유된것을느끼기조차하지아니한다

×

지금떨어지고있는것이눈이라고한다면지금떨어진내눈물은눈[雪]
이어야할것이다

나의내면과외면과

이계통인모든중간들은지독히춥다

좌 우
이양측의손들이서로의리를저버리고두번다시악수하는일은없이
곤란한노동만이가로놓여있는이정돈하여가지아니하면아니될길
에있어서독립을고집하기는하나

추우리로다
추우리로다

×

누구는나를가리켜고독하다고하느냐
이군웅할거[1]를보라
이전쟁을보라

×

나는그들의알력의발열의한복판에서혼수한다
심심한세월이흐르고나는눈을떠본즉
시체도증발한다음의고요한달밤을나는상상한다
천진한촌락의축견들아 짖지말게나

1 군웅할거 : 여러 영웅이 각기 한 지방씩 차지하고 위세를 부림.

내 체온은 적당스럽거니와
내 희망은 감미로웁다.

조감도鳥瞰圖[1]

2인⋯⋯1⋯⋯

기독은남루한행색으로설교를시작했다.

아아ㄹ·카아보네[2]는감람산[3]을산채로납촬해갔다.

✕

1930년이후의일—.

네온싸인으로장식된어느교회의문간에서는뚱뚱보카아보네가

볼의상흔을신축시켜가면서입장권을팔고있었다.

---

1 '조감도'라는 표제 아래에 〈2인⋯⋯1〉·〈2인⋯⋯2〉·〈신경질적으로 비만한 삼각형〉·〈LE
URINE〉·〈얼굴〉·〈운동〉·〈광녀의 고백〉·〈흥행물천사〉 등 8편의 일본어 시를 〈조선과 건축〉
(1931. 8)에 발표함. 이 책은《이상 전집》(1956)에 실린 유정의 번역을 저본으로 삼음.
2 아아ㄹ·카아보네 : 미국 시카고의 유명한 갱단 두목인 알폰소 카포네.
3 감람산 : 이스라엘 예루살렘 동쪽에 있는 산.

조감도

2인····2····

아아ㄹ·카아보네의화폐는참으로광이나고메달로하여도좋을
만하나기독의화폐는보기숭할지경으로빈약하고해서아무튼돈이
라는자격에서는한발도벗어나지못하고있다.

카아보네가선물로보내어준프록·코오트를기독이최후까지거
절하고말았다는것은유명한일이거니와지당한일이아니겠는가.

조감도

신경질적으로비만한삼각형

▽은나의AMOUREUSE이다

▽이여 씨름에서이겨본경험은몇번이나되느냐.

▽이여 보아하니외투속에파묻힌등덜미밖엔없고나.

▽이여 나는그호흡에부서진악기로다.

나에게여하한고독이찾아올지라도나는※하지아니할것이다. 오
직그러함으로써만.

나의생애는원색과같이풍부하도다.

그런데나는캐라반[1]이라고.
그런데나는캐라반이라고.

1 캐라반 : 대상caravan, 사막을 여행하는 상인·순례자·여행가 등의 집단.

조감도

LE URINE[1]

불길과같은바람이불었건만불었건만얼음과같은수정체는있다.
우수는DICTIONAIRE[2]와같이순백하다. 녹색풍경은망막에다무표
정을가져오고그리하여무엇이건모두회색의명랑한상태로다.

들쥐[野鼠]와같은험준한지구등성이를포복하는짓은대체누가시
작하였는가를수척하고왜소한ORGANE[3]을애무하면서역사책비인
페이지를넘기는마음은평화로운문약이다. 그러는동안에도매장되
어가는고고학은과연성욕을느끼게함은없는바가장무미하고신성
한미소와더불어소규모이지만이동되어가는실과같은동화가아니
면아니되는것이아니면무엇이었는가.

진녹색납죽한사류[蛇類]는무해롭게도수영하는유리의유동체는
무해롭게도반도도아닌어느무명의산악을도서와같이유동하게하
는것이며그럼으로써경이와신비와또한불안까지를함께뱉어놓는

---

1 LE URINE : 프랑스어로 '오줌'을 뜻함. 'L'urine'가 바른 표기임.
2 DICTIONONAIRE : 프랑스어로 '사전'을 뜻함.
3 ORGANE : 프랑스어로 '기관'을 뜻함. 여기서는 '성기'를 가리킴.

바투명한공기는북국과같이차기는하나양광을보라. 까마귀는마치
공작처럼비상하여비늘을질서없이번득이는반개의천체에금강석
과추호도다름없이평민적윤곽을해지기전에빗보이며교만함은없
이소유하고있는것이다.

숫자의COMBINATION을이것저것망각하였던약간소량의뇌수
에는설탕처럼청렴한이국정조로하여가수상태를입술우에꽃피워
가지고있을즈음변화로운꽃들은모다어데로사라지고이것을목조
의작은양이두다리잃고가만히무엇엔가경청하고있는가.

수분이없는증기때문에왼갖고리짝은말르고말라도시원찮은오
후의해수욕장근처에있는휴업일의조탕은파초선처럼비애에분열
하는원형음악과휴지부, 오오춤추려나, 일요일의뷔너스여, 목쉰
소리나마노래부르려무나일요일의뷔너스여.

그평화로운식당도어에는백색투명한MENSTRUATION[4]이라문
패가붙어있고끝없는전화를피로하여LIT[5]우에놓고다시백색컬런을
그냥물고있는데.
마리아여, 마리아여, 살갗이새까만마리아여, 어디로갔느냐, 욕
실수도콕크에선열탕이서서히흘러나오고있는데가서얼른어젯밤
을막으렴, 나는밥이먹고싶지아니하니슬립퍼를축음기우에얹어놓
아주려무나.

4 MENSTRUATION : 월경.
5 LIT : 프랑스어로 '침대'를 뜻함.

무수한비가무수한추녀끝을두드린다두드리는것이다. 분명상
박과하박과의공동피로임에틀림없는식어빠진점심을먹어볼까―
먹어본다. 만도린[6]은제스스로짐싸고지팡이잡은손에들고자그마
한삽짝문을나설라치면언제어느때향선[7]과같은황혼은벌써왔다는
소식이냐, 수탉아, 되도록이면순사가오기전에고개수그린채미미
한대로울어다오, 태양은이유도없이사보타지[8]를자행하고있는것
은전연사건이외의일이아니면아니된다.

6 만도린 : 현악기의 한 종류.
7 향선 : 선형으로 된 것을 태우는 향.
8 사보타지 : 사보타주. 겉으로는 일하지만 의도적으로 일을 게을리해 사용자에게 손해를 주는
   방법.

조감도

얼굴

배고픈얼굴을본다.

반드르르한머리카락밑에어째서배고픈얼굴은있느냐.

저사내는어데서왔느냐.
저사내는어데서왔느냐.

저사내어머니의얼굴은박색임에틀림없겠지만저사내아버지의
얼굴은잘생겼을것임에틀림없다고함은저사내아버지는워낙은부
자였던것인데저사내어머니를취한후로는급작히가난든것임에틀
림없다고생각되기때문이거니와참으로아해라고하는것은아버지
보담도어머니를더닮는다는것은그무슨얼굴을말하는것이아니라
성행을말하는것이지만저사내얼굴을보면저사내는나면서이후대
체웃어본적이있었느냐고생각되리만큼험상궂은얼굴이라는점으
로보아저사내는나면서이후한번도웃어본적이없었을뿐만아니라
울어본적도없었으리라믿어지므로더욱더험상궂은얼굴임은즉저
사내어머니의얼굴만을보고자라났기때문에그럴것이라고생각되

지만저사내아버지는웃기도하고하였을것임에는틀림없을것이지
만대체로아해라고하는것은곧잘무엇이나흉내내는성질이있음에
도불구하고저사내가조금도웃을줄을모르는것같은얼굴만을하고
있는것으로본다면저사내아버지는해외를방랑하여저사내가제법
사람구실을하는저사내로장성한후로도아직돌아오지아니하던것
임에틀림이없다고생각되기때문에또그렇다면저사내어머니는대
체어떻게그날그날을먹고살아왔느냐하는것이문제가될것은물론
이지만어쨌든간에저사내어머니는배고팠을것임에틀림없으므로
배고픈얼굴을하였을것임에틀림없는데귀여운외톨자식인지라저
사내만은무슨일이있든간에배고프지않도록하여서길러낸것임에
틀림없을것이지만아무튼아해라고하는것은어머니를가장의지하
는것인즉어머니의얼굴만을보고저것이정말로마땅스러운얼굴이
구나하고믿어버리고선어머니의얼굴만을열심으로흉내낸것임에
틀림없는것이어서그것이지금은입에다금니를박은신분과시절이
되었으면서도이젠어쩔수도없으리만큼굳어버리고만것이나아닐
까고생각되는것은무리도없는일인데그것은그렇다하더라도반드
르르한머리카락밑에어째서저험상궂은배고픈얼굴은있느냐.

조감도

운동

　일층우에있는이층우에있는삼층우에있는옥상정원에올라서남
쪽을보아도아무것도없고북쪽을보아도아무것도없고해서옥상정
원밑에있는삼층밑에있는이층밑에있는일층으로내려간즉동쪽에
서솟아오른태양이서쪽에떨어지고동쪽에서솟아올라서쪽에떨어
지고동쪽에서솟아올라서쪽에떨어지고동쪽에서솟아올라하늘한
복판에와있기때문에시계를꺼내본즉서기는했으나시간은맞는것
이지만시계는나보다도젊지않으냐하는것보다는나는시계보다는
늙지아니하였다고아무리해도믿어지는것은필시그럴것임에틀림
없는고로나는시계를내동댕이처버리고말았다.

광녀의 고백

여자인S자양한테는참으로미안하오. 그리고
B군자네한테감사하지아니하면아니될것이오.
우리들은S자양의앞길에다시광명이있기를빌
어야하오.

창백한여자
얼굴은여자의이력서이다. 여자의입은작기때문에여자는익사
하지아니하면아니되지만여자는물과같이때때로미쳐서소란해지
는수가있다. 온갖밝음의태양들아래여자는참으로맑은물과같이떠
돌고있었는데참으로고요하고매끄러운표면은조약돌을삼켰는지
아니삼켰는지항상소용돌이를갖는퇴색한순백색이다.

등쳐먹을려고하길래내가먼첨한대먹여놓았죠.

잔내비와같이웃는여자의얼굴에는하룻밤사이에참아름답고빤
드르르한적갈색초콜레이트가무수히열매맺혀버렸기때문에여자
는마구대고초콜레이트를방사하였다. 초콜레이트는흑단의사아

벨[1]을질질끌면서조명사이사이에격검을하기만하여도웃는다. 웃
는다. 어느것이나모두웃는다. 웃음이마침내엿처럼걸쭉하게찐득
거려서초콜레이트를다삼켜버리고탄력강기에찬온갖표적은모두
무용이되고웃음은산산이부서지고도웃는다. 웃는다. 파랗게웃는
다. 바늘의철교와같이웃는다. 여차는나한을밴것임을다들알고여
차도안다. 나한은비대하고여자의자궁은운모와같이부풀고여차는
돌과같이딱딱한초콜레이트가먹고싶었던것이다. 여자가올라가는
층계는한층한층이더욱새로운초열빙결지옥이었기때문에여차는
즐거운초콜레이트가먹고싶다고생각하지아니하는것은곤란하기
는하지만자선가로서의여차는한몫보아준심산이지만그러면서도
여자는못견디리만큼답답함을느꼈는데이다지도신선하지아니한
자선사업이또있을까요하고여차는밤새도록고민고민하였지만여
차는전신이갖는몇개의습기를띤천공(예컨대눈기타)근처의먼지
는떨어버릴수없는것이었다.

　여차는물론모든것을타기하였다. 여차의성명도, 여자의피부
에있는오랜세월중에간신히생긴때의박막[2]도심지어는여차의타
선[3]까지도, 여자의머리는소금으로닦은것이나다름없는것이다. 그
리하여온도를갖지아니하는엷은바람이참으로강구연월과같이불
고있다. 여차는혼자망원경으로SOS를듣는다. 그리곤덱크를달린
다. 여차는푸른불꽃탄환이벌거숭이인채달리고있는것을본다. 여
차는오오로라를본다. 덱크의구란[4]은북극성의감미로움을본다. 거

1　사아벨 : 펜싱 경기에서 쓰는 칼인 사브르sabre.
2　박막 : 동식물의 몸 안의 기관을 싸고 있는 얇은 막.
3　타선 : 침샘.
4　구란 : 난간.

대한바닷개[海狗]잔등을무사히달린다는것이여차로서과연가능할수있을까, 여차는발광하는파도를본다. 발광하는파도는여차에게백지의꽃잎을준다. 여차의피부는벗기이고벗기인피부는선녀의옷자락과같이바람에나부끼고있는참서늘한풍경이라는점을깨닫고사람들은고무와같은두손을들어입을박수하게하는것이다.

　이내몸은돌아온길손, 잘래야잘곳없어요.

　여차는마침내낙태한것이다. 트렁크속에는천갈래만갈래로찢어진POUDRE　VERTUEUSE[5]가복제된것과함께가득채워져있다. 사태도있다. 여차는고풍스러운지도위를독모를살포하면서불나비와같이날은다. 여차는이제는이미오백나한의불쌍한홀아비들에게는없을래야없을수없는유일한아내인것이다. 여차는콧노래와같은ADIEU[6]를지도의에레베에슌[7]에다고하고NO.1—500의어느사찰인지향하여걸음을재촉하는것이다.

5 POUDRE VERTUEUSE : 프랑스어로 '고결한 분粉'을 뜻함.
6 ADIEU : 프랑스어로 '안녕'을 뜻함.
7 에레베에슌 : elevation. 높이·고도·해발·앙각·정면도.

조감도

흥행물천사

─ 어떤후일담으로

정형외과는여자의눈을찢어버리고형편없이늙어빠진곡예상[1]의
눈으로만들고만것이다. 여자는실컷웃어도또한웃지아니하여도웃
는것이다.

여자의눈은북극에서해후하였다. 북극은초겨울이다. 여자의눈
에는백야가나타났다. 여자의눈은바닷개잔등과같이얼음판우에미
끄러져떨어지고만것이다.

세계의한류를낳는바람이여자의눈에불었다. 여자의눈은거칠
어졌지만여자의눈은무서운빙산에싸여있어서파도를일으키는것
은불가능하다.

여자는대담하게NU[2]가되었다. 한공[3]은한공만큼의형극이되었
다. 여자는노래를부른다는셈치고찢어지는소리로울었다. 북극은

1 곡예상 : 곡예 하는 코끼리. 곡마단 코끼리.
2 NU : 프랑스어로 '나체'를 뜻함.
3 한공 : 땀구멍.

종소리에전율하였던것이다.

　거리의음악사는따스한봄을마구뿌린걸인같은천사. 천사는참
새처럼수척한천사를데리고다닌다.

　천사의배암같은회초리로천사를때린다.
　천사는웃는다, 천사는고무풍선과같이부풀어진다.

　천사의흥행은사람들의눈을끈다.
　사람들은천사의정조의모습을지닌다고하는원색사진판그림엽
서를산다.

　천사는신발을떨어뜨리고도망한다.
　천사는한꺼번에열개이상의덫을내어던진다.

　일력은초콜레이트를늘인다.
　여자는초콜레이트로화장하는것이다.

　여자는트렁크속에흙탕투성이가된즈로오스[4]와함께엎드려운
다. 여자는트렁크를운반한다.

여자의트렁크는축음기다.

축음기는나팔처럼홍도깨비청도깨비를불러들였다.

홍도깨비청도깨비는펭귄이다. 사루마다밖에입지않은펭귄은
수종[5]이다.

여자는코끼리의눈과두개골크기만한수정눈을종횡으로굴리어
추파를남발하였다.

여자는만월을잘게잘게썰어서향연을베푼다. 사람들은그것을
먹고돼지처럼뚱뚱해지는초콜레이트냄새를방산하는것이다.

4 즈로오스 : 드로어즈. 즉 무릎 길이의 여자용 속바지.
5 수종 : 몸이 붓는 병.

삼차각설계도[1]

선에관한각서 1

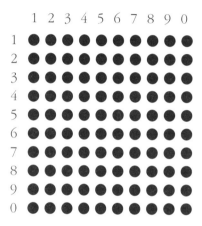

(우주는멱[2]에의하는멱에의한다)

(사람은숫자를버리라)

(고요하게나를전자의양자로하라)

∴ 스펙톨[3]

---

1 '삼차각설계도'라는 표제 아래에 일본어 시 〈선에 관한 각서〉 7편을 〈조선과 건축〉(1931. 10)
   에 발표함. 이 책은 《이상 전집》(1956)에 실린 유정의 번역을 저본으로 삼음.
2 멱 : 거듭제곱.
3 스펙톨 : 스펙트럼.

축X 축Y 축Z

속도etc의통제예컨대광선은매초당300000킬로미터달아나는
것이확실하다면사람의발명은매초당600000킬로미터달아날수없
다는법은물론없다. 그것을몇십배몇백배몇천배몇만배몇억배몇조
배하면사람은수십년수백년수천년수억년수조년의태고의사실이
보여질것이아닌가, 그것을또끊임없이붕괴하는것이라고하는가,
원자는원자이고원자이고원자이다, 생리작용은변이하는것인가,
원자는원자가아니고원자가아니고원자가아니다, 방사[4]는붕괴인
가, 사람은영겁인영겁을살수있는것은생명은생도아니고명도아니
고빛인것이라는것이다.

취각의미각과미각의취각

(입체에의절망에의한탄생)
(운동에의절망에의한탄생)
(지구는빈집일경우봉건시대는눈물이나리만큼그리워진다)

4 방사 : 중심에서 사방으로 내뻗침.

선에관한각서 2

1+3

3+1

3+1   1+3

1+3   3+1

1+3   1+3

3+1   3+1

3+1

1+3

선상의한점 A

선상의한점 B

선상의한점 C

A+B+C=A

A+B+C=B

A+B+C=C

두선의교점 A

세선의교점 B

수선의교점 C

3+1

1+3

1+3   3+1

3+1   1+3

3+1   3+1

1+3   1+3

1+3

3+1

(태양광선은, ⊓렌즈때문에수렴광선이되어한점에있어서혁혁히빛나고혁혁히불탔다, 태초의요행은무엇보다도대기의층과층이이루는층으로하여금⊓렌즈되게하지아니하였던것에있다는것을생각하니악이된다, 기하학은⊓렌즈와같은불장난은아닐는지, 유우크리트¹는사망해버린오늘유우크리트의초점은도처에있어서인문의뇌수를마른풀과같이소각하는수렴작용을나열하는것에의하여최대의수렴작용을재촉하는위험을재촉한다, 사람은절망하라, 사람은탄생하라, 사람은탄생하라, 사람은절망하라)

---

1 유우크리트 : 그리스·로마 시대의 수학자 유클리드.

삼차각설계도

선에관한각서 3

```
      1 2 3
1  ● ● ●
2  ● ● ●
3  ● ● ●


      3 2 1
3  ● ● ●
2  ● ● ●
1  ● ● ●
```

$\therefore nPn=n(n-1)(n-2)\cdots\cdots(n-n+1)$

(뇌수는부채와같이원에까지퍼졌다, 그리고완전히회전하였다)

삼차각설계도
선에관한각서 4
(미정고)[1]

탄환이일원도─圓濤[2]를질주했다(탄환이일직선으로질주했다에
있어서의오류등의수정)

정육설탕(각설탕을칭함)

폭통瀑筒[3]의해면질海綿質전충塡充[4](폭포의문학적해설)

---

1 미정고 : 아직 완성되지 않은 원고.
2 일원도 : 하나의 원기둥.
3 폭통 : 물거품이 가득한 통. 폭포 줄기.
4 전충 : 빈 곳을 메움.

삼차각설계도
선에관한각서 5

사람은광선보다도빠르게달아나면사람은광선을보는가, 사람은광선을본다, 연령의진공에있어서두번결혼한다, 세번결혼하는가, 사람은광선보다도빠르게달아나라.

미래로달아나서과거를본다, 과거로달아나서미래를보는가, 미래로달아나는것은과거로달아나는것과동일한것도아니고미래로달아나는것이과거로달아나는것이다. 확대하는우주를우려하는자여, 과거에살으라, 빛보다도빠르게미래로달아나라.

사람은다시한번나를맞이한다, 사람은보다젊은나에게적어도상봉한다, 사람은세번나를맞이한다, 사람은젊은나에게적어도상봉한다, 사람은적의하게[1] 기다리라, 그리고파우스트를즐기거라, 메피스트는나에게있는것도아니고나이다.

속도를조절하는날사람은나를모은다, 무수한나는말하지아니

---

1 적의하게 : 무엇을 하기에 알맞고 마땅하게.

한다, 무수한과거를경청하는현재를과거로하는것은불원간이다, 자꾸만반복되는과거, 무수한과거를경청하는무수한과거, 현재는 오직과거만을인쇄하고과거는현재와일치하는것은그것들의복수 의경우에있어서도구별될수없는것이다.

연상은처녀로하라, 과거를현재로알라, 사람은옛것을새것으로 아는도다, 건망이여, 영원한망각은망각을모두구한다.

내도※詞할나는그때문에무의식중에사람에일치하고사람보다도 빠르게나는달아난다, 새로운미래는새로웁게있다, 사람은빠르게 달아난다, 사람은광선을드디어선행하고미래에있어서과거를대기 한다, 우선사람은하나의나를맞이하라, 사람은전등형²에있어서나 를죽이라.

사람은전등형의체조의기술을습득하라, 불연이라면사람은과 거의나의파편을여하히할것인가.

사고의파편을반추하라, 그렇지않으면새로운것은불완전이다, 연상을죽이라, 하나를아는자는셋을아는것을하나를아는것의다음 으로하는것을그만두어라, 하나를아는것의다음은하나의것을아는 것을하는것을있게하라.
사람은한꺼번에한번을달아나라, 최대한달아나라, 사람은두번

---

2 전등형 : 전부 같은 형태.

분만되기전에××되기전에조상의조상의조상의성운의성운의성
운의태초를미래에있어서보는두려움으로하여사람은빠르게달아
나는것을유보한다, 사람은달아난다, 빠르게달아나서영원에살고
과거를애무하고과거로부터다시그과거에산다, 동심이여, 동심이
여, 충족될수야없는영원의동심이여.

삼차각설계도

선에관한각서 6

숫자의방위학

4 ㅜ ㅏ �623

숫자의역학

시간성(통속사고에의한역사성)

속도와좌표와속도

4 + ㅏ

ㅜ + ㅓ

4 + ㅏ623

ㅏ623 + 4

e t c

　사람은정역학$_{靜力學}$의현상하지아니하는것과동일하는것의영원
한가설이다, 사람은사람의객관을버리라.

　주관의체계의수렴과수렴에의한凵렌츠.

4　　제4세

4　　1931년9월12일생.

4　　양자핵으로서의양자와양자와의연상과선택.

　원자구조로서의모든운산$_{運算}$의연구.

　방위와구조식과질량으로서의숫자와성상성질에의한해답과해
답의분류.

　숫자를대수적인것으로하는것에서숫자를숫자적인것으로하는
것에서숫자를숫자인것으로하는것에서숫자를숫자인것으로하는
것에(1234567890의질환의구명$_{究明}$과시적인정서의기각처$_{棄却處}$)

　(숫자의일절의성태 숫자의일절의성질 이런것들에의한숫자의

어미의활용에의한숫자의소멸)

　수식은광선과광선보다도빠르게달아나는사람과에의하여운산
될것.

　사람은별—천체—별때문에희생을아끼는것은무의미하다, 별
과별과의인력권과인력권과의상쇄에의한가속도함수의변화의조
사를우선작성할것.

삼차각설계도

선에관한각서 7

공기구조의속도―음파에의한―속도처럼330미터를모방한다
(광선에비할때참너무도열등하구나)

광선을즐기거라, 광선을슬퍼하거라, 광선을웃거라, 광선을울
거라.

광선이사람이라면사람은거울이다.

광선을가지라.

─────

시각의이름을가지는것은계량의효시이다. 시각의이름을발표
하라.

□ 나의이름

△ 나의아내의이름(이미오래된과거에있어서나의AMOUREUSE는
이와같이도총명하니라)

　시각의이름의통로는설치하라, 그리고그것에다최대의속도를
부여하라.

　　───

　하늘은시각의이름에대하여서만존재를명백히한다(대표인나
는대표인일례를들것)

　창공, 추천, 창천, 청천, 장천, 일천, 창궁(대단히갑갑한지방색
이나아닐는지)하늘은시각의이름을발표했다.

　시각의이름은사람과같이영원히살아야하는숫자적인어떤일점
이다, 시각의이름은운동하지아니하면서운동의코오스를가질뿐이
다.

　　───

　시각의이름은광선을가지는광선을아니가진다, 사람은시각의
이름으로하여광선보다도빠르게달아날필요는없다.

　시각의이름들을건망하라.

시각의이름을절약하라.

사람은광선보다빠르게달아나는속도를조절하고때때로과거를
미래에있어서도태하라.

건축무한육면각체[1]

AU MAGASIN DE NOUVEAUTÉS[2]

사각형의내부의사각형의내부의사각형의내부의사각형 의내부의
사각형.

사각이난원운동의사각이난원운동 의 사각 이 난 원.

비누가통과하는혈관의비눗내를투시하는사람.

지구를모형으로만들어진지구의를모형으로만들어진지구.

거세된양말. (그여인의이름은워어즈였다)

빈혈면포, 당신의얼굴빛깔도참새다리같습네다.

평행사변형대각선방향을추진하는막대한중량.

마르세이유의봄을해람解纜한코티향수가맞이한동양의가을.

쾌청의공중에붕유[3]하는Z백호.[4] 회충양약이라고쓰여져있다.

옥상정원. 원후猿猴를흉내내고있는마드모아젤.

만곡된직선을직선으로질주하는낙체공식.

시계문자반에XII에내리워진두개의침수된황혼.

---

1 '건축무한육면각체'라는 표제 아래 〈AU MAGASIN DE NOUVEAUTÉS〉·〈열하약도
　No.2〉·〈진단 0:1〉·〈22년〉·〈출판법〉·〈차8씨의출발〉·〈대낮〉 등 7편의 일본어 시를 〈조선과 건
　축〉(1932. 7)에 발표함. 이 책은《이상 전집》(1956)에 실린 유정의 번역을 저본으로 삼음.
2 AU MAGASIN DE NOUVEAUTÉS : 프랑스어로 '새롭고 기이한 백화점'을 뜻함.
3 붕유 : '붕鵬'은 날갯짓 한 번에 9만 리를 난다는 상상의 새. 즉 '붕새가 놀다'라는 뜻.
4 Z백호 : 제트기.

도어의내부의도어의내부의조롱의내부의카나리아의내부의감살
문호의내부의인사.

식당의문간에방금도착한자웅과같은붕우가헤어진다.

검정잉크가엎질러진각설탕이삼륜차에적하된다.

명함을짓밟는군용장화. 가구를질구疾驅하는조화금련.[5]

위에서내려오고밑에서올라가고위에서내려오고밑에서올라간사
람은밑에서올라가지아니한위에서내려오지아니한밑에서올라가
지아니한위에서내려오지아니한사람.

저여차의하반은저남차의상반에흡사하다.(나는애련한해후에애
처로워하는나)

사각이난케―스가걷기시작이다.(소름끼치는일이다)

라지에―터의근방에서승천하는―굳빠이.

바깥은우중. 발광어류의군집이동.

건축무한육면각체

열하약도熱河略圖 No.2

(미정고)

1931년의풍운을적적하게말하고있는탱크가이른아침짙은안개에

적갈색으로녹슬어있다.

객석의기둥의내부. (실험용알콜램프가등불노릇을하고있다)

벨이울린다.

아해가20년전에사망한온천의재분출을보도한다.

건축무한육면각체

진단 0 : 1

어떤환자의용태에관한문제

1 2 3 4 5 6 7 8 9 0 ·

1 2 3 4 5 6 7 8 9 · 0

1 2 3 4 5 6 7 8 · 9 0

1 2 3 4 5 6 7 · 8 9 0

1 2 3 4 5 6 · 7 8 9 0

1 2 3 4 5 · 6 7 8 9 0

1 2 3 4 · 5 6 7 8 9 0

1 2 3 · 4 5 6 7 8 9 0

1 2 · 3 4 5 6 7 8 9 0

1 · 2 3 4 5 6 7 8 9 0

· 1 2 3 4 5 6 7 8 9 0

진단 0 : 1

2 6 · 1 0 · 1 9 3 1

이상 책임의사 이상

건축무한육면각체

22년

전후좌우를제한유일한흔적에있어서

翼段不逝 目大不覩[1]

반왜소형의신의안전에서내가낙상한고사가있다

(장부[2] 그것은침수된축사와다를것인가)

---

1 익단불서 목대부도 : 《장자》에 나오는 구절로, '날개는 커도 날지 못하고 눈은 커도 보지 못한다'는 뜻.
2 장부 : '오장육부'를 줄여 이르는 말.

건축무한육면각체

출판법

I

허위고발이라는죄목이나에게사형을언도하였다. 자태를은닉한증
기속에서자세를잡고나는아스팔트가마[1]를비예牌睨하였다.

― 직에관한전고한구절 ―

其父壤羊 其子直之[2]

나는안다는것을알아가고있었던까닭에알수없었던나에대한집행
의중간에서더욱새로운것을알지아니하면아니되었다.

나는설백으로폭로된골편을주워모으기시작하였다.

'거죽과살은이따가라도부착할것이다'

말라떨어진고혈에대해서나는단념하지아니하면아니되었다.

---

1 아스팔트가마 : '인쇄기'를 가리킴.
2 기부양양 기자직지 : '아버지가 양을 훔쳤는데 그 아들이 그것을 바로잡았다'는 뜻.

Ⅱ 어느경찰탐정의비밀신문실에서

혐의자로서검거된사나이는지도의인쇄된분뇨를배설하고다시그
걸삼킨것에대하여경찰탐정은아는바의하나를아니가진다. 발각당
하는일은없는급수성소화작용. 사람들은이것이야말로요술이라말
할것이다.

'너는광부임에틀림이없다'

참고로남자의근육의단면은흑요석과같이빛나고있었다한다.

Ⅲ 호외

자석수축을개시하다

원인극히불분명하나대외경제파탄으로인한탈옥사건에관련되는
바가농후하다고보인다. 사계의요인들이머리를맞대고비밀리에연
구조사중이다.

개방된시험관의열쇠는내손바닥에전등형의운하를굴착하고있다.

곧이어여과된고혈같은강물이왕양하게흘러들어왔다.

Ⅳ

낙엽이창호를삼투하여나의예복의자개단추를엄호한다.

암 살

지형명세작업이아직도완료되지아니한이궁벽의땅에불가사의한
우체교통은벌써시행되어있다. 나는불안을절망하였다.

일력의반역적으로나는방향을분실하였다. 내눈동자는냉각된액체
를산산으로절단하고낙엽의분망을열심으로방조하고있지아니하
면아니되었다.

(나의원후류에의진화)

건축무한육면각체

차8씨의출발

균열이생긴장가이녕의땅에한대의곤봉을꽂는다.

한대는한대대로커진다.

수목이자라난다.

　이상꽂는것과자라나는것과의원만한융합을가리킨다.

사막에성한한대의산호나무곁에서돼지와같은사람이생매장을당

하는일을당하는일은없고　쓸쓸하게생매장하는것에의하여자살

한다.

만월은비행기보다신선하게공기속을추진하는것의신선이란산호

나무의음울한성질을더이상으로증대하는것의이전의것이다.

　輪不輾地[1]　　전개된지구의를앞에두고서의설문일제.

곤봉은사람에게지면을떠나는아크로바티를가르치는데사람은해

득하는것은불가능인가.

지구를굴착하라

　동시에

생리작용이가져오는상식을포기하라

1　윤부전지 : 바퀴는 땅에 구르지 않는다.

열심으로질주하고 또 열심으로질주하고 또 열심으로질주하고 또 열심으로질주하는 사람 은 열심으로질주하는 일들을정지한다. 사막보다도정밀한절망은사람을불러세우는무표정한표정의무지한한대의산호나무의사람의발경[2]의배방인전방에상대하는자발적인공구恐懼로부터이지만사람의절망은정밀한것을유지하는성격이다.

지구를굴착하라

    동시에

사람의숙명적발광은곤봉을내어미는것이어라*

>   *사실차8씨는자발적으로발광하였다. 그리하여어느덧차8씨의온실에는은화식물[3]이꽃을피워가지고있었다. 눈물에젖은감광지가태양에마주쳐서는히스므레하게빛을내었다.

---

2 발경 : 배꼽과 목.
3 은화식물 : 꽃을 피우지 않는 식물을 통틀어 이르는 말.

건축무한육면각체

대낮 ─어느ESQUISSE[1] ─

○

ELEVATER FOR AMERICA

○

세마리의닭은사문석의계단이다. 룸펜과모포.

○

빌딩이토해내는신문배달부의무리. 도시계획의암시.

○

둘째번의정오사이렌.

1 ESQUISSE : 에스키스·밑그림.

○

비누거품에씻기워가지고있는닭. 개아미집에모여서콘크리트를먹
고있다.

○

남자를반나搬挪하는석두石頭.
남자는석두를백정을싫어하듯이싫어한다.

○

얼룩고양이와같은꼴을하고서태양군의틈사구니를쏘다니는시인.
꼭끼요─.
순간 자기磁器와같은태양이다시또한개솟아올랐다.

꽃나무

벌판한복판에 꽃나무하나가있소 근처에는 꽃나무가하나도없소
꽃나무는제가생각하는꽃나무를 열심으로생각하는것처럼 열심
으로꽃을피워가지고섰소. 꽃나무는제가생각하는꽃나무에게갈수
없소 나는막달아났소 한꽃나무를위하여 그러는것처럼 나는참그
런이상스러운흉내를내었소.

— 〈가톨릭 청년〉, 1933. 7.

이런시

　역사를하노라고 땅을파다가 커다란돌을하나 끄집어내어놓고
보니 도무지어디서인가 본듯한생각이들게 모양이생겼는데 목도
들이 그것을메고나가더니 어디다갖다버리고온모양이길래 쫓아
나가보니 위험하기짝이없는 큰길가더라.

　그날밤에 한소나기하였으니 필시그돌이깨끗이씻겼을터인데
그이튿날가보니까 변괴로다 간데온데없더라. 어떤돌이와서 그돌
을업어갔을까 나는참이런처량한생각에서아래와같은작문을지었
도다.

　'내가 그다지 사랑하던 그대여 내한평생에 차마 그대를 잊을
　수없소이다. 내차례에 못올사랑인줄은 알면서도 나혼자는 꾸
　준히생각하리라. 자그러면 내내어여쁘소서'
어떤돌이 내얼굴을 물끄러미 치어다보는것만같아서 이런시는
그만찢어버리고싶더라.

— 〈가톨릭 청년〉, 1933. 7.

1933, 6, 1[1]

천칭우에서 삼십년동안이나 살아온사람 (어떤과학자) 삼십만
개나넘는 별을 다헤어놓고만 사람 (역시) 인간칠십 아니이십사
년동안이나 뻔뻔히살아온 사람 (나)

나는 그날 나의자서전에 자필의부고를 삽입하였다 이후나의
육신은 그런고향에는있지않았다 나는 자신나의시가 차압당하는
꼴을 목도하기는 차마 어려웠기때문에.

— 〈가톨릭 청년〉, 1933. 7.

1 1933, 6, 1 : 이 시를 쓴 날짜.

거울

거울속에는소리가없소
저렇게까지조용한세상은참없을것이오

거울속에도 내게 귀가있소
내말을못알아듣는딱한귀가두개나있소

거울속의나는왼손잡이오
내악수를받을줄모르는—악수를모르는왼손잡이오

거울때문에나는거울속의나를만져보지를못하는구료마는
거울아니었던들내가어찌거울속의나를만나보기만이라도했

겠소

◇

나는지금거울을안가졌소마는거울속에는늘거울속의내가있소
잘은모르지만외로된사업에골몰할게요

◇

거울속의나는참나와는반대요마는
또꽤닮았소
나는거울속의나를근심하고진찰할수없으니퍽섭섭하오

— 〈가톨릭 청년〉, 1933. 10.

보통기념

시가에 전화戰火가일어나기전
역시나는 '뉴턴'이 가르치는 물리학에는 픽무지하였다

나는 거리를 걸었고 점두에 평과 산[1]을보면은매일같이 물리학에
낙제하는 뇌수에피가묻은것처럼자그만하다

계집을 신용치않는나를 계집은 절대로 신용하려들지 않는다 나
의말이 계집에게 낙체운동으로 영향되는일이없었다

계집은 늘내말을 눈으로들었다 내말한마디가 계집의눈자위에
떨어져 본적이없다

기어코 시가에는 전화가일어났다 나는 오래 계집을잊었 었다 내
가 나를 버렸던까닭이었다

---

1 평과 산 : '평과'는 사과. 즉 '사과가 산처럼 쌓였다'는 뜻.

주제도 더러웠다 때끼인 손톱은길었다
무위한일월을 피난소에서 이런일 저런일
'우라까에시'[2](이반) 재봉에 골몰하였느니라

종이로 만든 푸른솔잎가지에 또한 종이로 만든횐학鶴동체한개가
서있다 쓸쓸하다

화로가햇볕같이 밝은데는 열대의 봄처럼 부드럽다 그한구석에
서 나는지구의 공전일주를 기념할줄을 다알았더라

—〈월간 매신〉, 1934. 7.

2 우라까에시 : 옷을 겉과 안을 뒤집어 다시 마름질하는 것.

오감도 烏瞰圖[1]
시제1호

13인의아해가도로로질주하오.
(길은막다른골목이적당하오.)

제1의아해가무섭다고그리오.
제2의아해도무섭다고그리오.
제3의아해도무섭다고그리오.
제4의아해도무섭다고그리오.
제5의아해도무섭다고그리오.
제6의아해도무섭다고그리오.
제7의아해도무섭다고그리오.
제8의아해도무섭다고그리오.
제9의아해도무섭다고그리오.
제10의아해도무섭다고그리오.

---

1 '오감도'라는 표제 아래에 〈시제1호〉부터 〈시제15호〉까지 총 15편의 연작 형식의 시를 발표함. 〈조선중앙일보〉(1934. 7. 24~8. 8)에 〈시제15호〉까지 연재하다 독자들의 항의로 인해 중단함.

제11의아해가무섭다고그리오.

제12의아해도무섭다고그리오.

제13의아해도무섭다고그리오.

13인의아해는무서운아해와무서워하는아해와그렇게뿐이모였

소.(다른사정은없는것이차라리나았소)

그중에1인의아해가무서운아해라도좋소.

그중에2인의아해가무서운아해라도좋소.

그중에2인의아해가무서워하는아해라도좋소.

그중에1인의아해가무서워하는아해라도좋소.

(길은뚫린골목이라도적당하오.)

13인의아해가도로로질주하지아니하여도좋소.

— 〈조선중앙일보〉, 1934. 7. 24.

오감도

시제2호

나의아버지가나의곁에서조을적에나는나의아버지가되고또나는
나의아버지의아버지가되고그런데도나의아버지는나의아버지대
로나의아버지인데어쩌자고나는자꾸나의아버지의아버지의아버
지의……아버지가되니나는왜나의아버지를껑충뛰어넘어야하는
지나는왜드디어나와나의아버지와나의아버지의아버지와나의아
버지의아버지의아버지노릇을한꺼번에하면서살아야하는것이냐

— 〈조선중앙일보〉, 1934. 7. 25.

오감도

시 제3호

싸움하는사람은즉싸움하지아니하던사람이고또싸움하는사람은
싸움하지아니하는사람이었기도하니까싸움하는사람이싸움하는
구경을하고싶거든싸움하지아니하던사람이싸움하는것을구경하
든지싸움하지아니하는사람이싸움하는구경을하든지싸움하지아
니하던사람이나싸움하지아니하는사람이싸움하지아니하는것을
구경하든지하였으면그만이다

— 〈조선중앙일보〉, 1934. 7. 25.

시제4호

환자의용태에관한문제.

　·１２３４５６７８９０．

　１２３４５６７８９０·０

　１２３４５６７８·９０

　１２３４５６７·８９０

　１２３４５６·７８９０

　１２３４５·６７８９０

　１２３４·５６７８９０

　１２３·４５６７８９０

　１２·３４５６７８９０

　１·２３４５６７８９０

　·１２３４５６７８９０

　　　진단 ０·１

　　　26·10·1931

　　　　이상 책임의사 이 상

— 〈조선중앙일보〉, 1934. 7. 28.

오감도

시제5호

전후좌우를제하는유일의흔적에있어서

翼殷不逝 目大不覩

반왜소형의신의안전에아전낙상한고사를유함.

장부臟腑라는것은 침수된축사와구별될수있을는가.

— 〈조선중앙일보〉, 1934. 7. 28.

오감도

시 제6호

앵무 ※ 2필

　　　2필

　　※ 앵무는포유류에속하느니라.

내가2필을아아는것은내가2필을아알지못하는것이니라. 물론나는희망할것이니라.

앵무　　2필

　'이소저는신사이상의부인이냐''그렇다'

나는거기서앵무가노한것을보았느니라. 나는부끄러워서 얼굴이붉어졌었겠느니라.

앵무　　2필

　　　　2필

물론나는추방당하였느니라. 추방당할것까지도없이자퇴하였느니라. 나의체구는중축을상실하고또상당히창량하여그랬던지나는미미하게체읍하였느니라.

　'저기가저거지''나''나의─아─너와나'

　'나'

sCANDAL이라는것은무엇이냐. '너''너구나'

'너지' '너다' '아니다 너로구나' 나는함

뿍젖어서그래서수류獸類처럼도망하였느니라. 물론그것을아아는

사람혹은보는사람은없었지만그러나과연그럴는지그것조차그럴

는지.

— 〈조선중앙일보〉, 1934. 7. 31.

오감도

시제7호

구원적거久遠謫居[1] 의지地의일지一枝·일지에피는현화·특이한사월의
화초·삼십륜·삼십륜에전후되는양측의 명경·맹아와같이희희하는
지평을향하여금시금시낙백하는 만월·청간淸澗의기氣가운데 만신
창이의만월이의형刑당하여혼륜하는·적거의지地를관류하는일봉
가신一封家信[2]·나는근근히차대遮戴[3]하였더라·몽몽한월아·정밀을개
엄하는대기권의요원·거대한곤비가운데의일년사월의공동·반산
전도盤散顚倒[4]하는성좌와 성좌의천렬된사호동死胡洞[5]을 포도跑逃[6]하는
거대한풍설·강매降霾[7]·혈홍으로염색된암염의분쇄·나의뇌를피뢰
침삼아 침하반과되는광채임리한망해·나는탑배塔配[8]하는독사와같
이 지평에식수되어다시는기동할수없었더라·천량天亮[9]이올때까지.

— 〈조선중앙일보〉, 1934. 8. 2.

1 구원적거 : 기나긴 유배의 땅.
2 일봉가신 : 집에서 보내온 한 통의 편지.
3 차대 : 추위와 더위를 가림.
4 반산전도 : 절룩거리며 걷고, 넘어져 엎어짐.
5 사호동 : 죽은 뒷골목의 거리.
6 포도 : 할퀴며 사라짐.
7 강매 : 흙비가 내림.
8 탑배 : 탑 속의 유배. 혹은 탑처럼 짝짓기 함을 뜻함.
9 천량 : 새벽·여명.

오감도

시 제8호 해부

제1부시험　수술대　　　　　　1

　　　　　　수은도말평면경　　1

　　　　　　기압　　　　　　　2배의평균기압

　　　　　　온도　　　　　　　개무皆無

위선마취된정면으로부터입체와입체를위한입체가구비된전부를
평면경에영상시킴. 평면경에수은을현재와반대측면에도말塗抹이
전함. (광선침입방지에주의하여) 서서히마취를해독함. 일축철필
과일장백지를지급함. (시험담임인은피시험인과포옹함을절대기
피할것) 순차수술실로부터 피시험인을해방함. 익일. 평면경의종
축을통과하여평면경을이편에절단함. 수은도말2회.
ETC[1] 아직그만족한결과를수습치못하였음.

제2부시험　직립한 평면경　　1

　　　　　　조수　　　　　　　수명數名

---

1 ETC : 기타.

야외의진공$_{眞空}$을선택함. 위선마취된상지의첨단을경면에부착시킴. 평면경의수은을박락함. 평면경을후퇴시킴. (이때영상된상지는반듯이초자$_{硝子}$를무사통과하겠다는것으로가설함) 상지의종단까지. 다음수은도말. (재래면$_{在來面}$에) 이순간공전과자전으로부터그진공을강차시킴. 완전히2개의상지를접수하기까지. 익일. 초자를전진시킴. 연하여수은주를재래면에도말함 (상지의처분) (혹은멸형$_{滅形}$) 기타. 수은도말면의변경과전진후퇴의중복등.

ETC 이하미상

— 〈조선중앙일보〉, 1934. 8. 3.

오감도

시제9호 총구

매일같이열풍이불더니드디어내허리에큼직한손이와닿는다. 황홀
한지문골짜기로내땀내가스며드자마자 쏘아라. 쏘으리로다. 나는
내소화기관에묵직한총신을느끼고내다물은입에매끈매끈한총구
를느낀다. 그러더니나는총쏘으드키눈을감으며한방총탄대신에나
는참나의입으로무엇을내어배앝았더냐.

— 〈조선중앙일보〉, 1934. 8. 3.

오감도

시제10호 나비

찢어진벽지에죽어가는나비를본다. 그것은유계幽界에낙역絡繹되는
비밀한통화구다. 어느날거울가운데의수염에죽어가는나비를본
다. 날개축처어진나비는입김에어리는가난한이슬을먹는다. 통화
구를손바닥으로꼭막으면서내가죽으면앉았다일어서드키나비도
날아가리라. 이런말이결코밖으로새어나가지는않게한다.

— 〈조선중앙일보〉, 1934. 8. 3.

오감도

시제11호

그사기컵은내해골과흡사하다. 내가그컵을손으로꼭쥐었을때내팔
에서는난데없는팔하나가접목처럼돋히더니그팔에달린손은그사
기컵을번쩍들어마룻바닥에메어부딪는다. 내팔은그사기컵을사수
하고있으니산산이깨어진것은그럼그사기컵과흡사한내해골이다.
가지났던팔은배암과같이내팔로기어들기전에내팔이흑움직였던
들홍수를막은백지는찢어졌으리라. 그러나내팔은여전히그사기컵
을사수한다.

— 〈조선중앙일보〉, 1934. 8. 4.

오감도

시제12호

때묻은빨래조각이한뭉텅이공중으로날아떨어진다. 그것은흰비둘
기의떼다. 이손바닥만한한조각하늘저편에전쟁이끝나고평화가왔
다는선전이다. 한무더기비둘기의떼가깃에묻은때를씻는다. 이손
바닥만한하늘이편에방망이로흰비둘기의떼를때려죽이는불결한
전쟁이시작된다. 공기에숯검정이가지저분하게묻으면흰비둘기의
떼는또한번이손바닥만한하늘저편으로날아간다.

— 〈조선중앙일보〉, 1934. 8. 4.

내팔이면도칼을 든채로끊어져떨어졌다. 자세히보면무엇에몹시
위협당하는것처럼새파랐다. 이렇게하여잃어버린내두개팔을나는
촉대세움으로내 방안에장식하여놓았다. 팔은죽어서도 오히려나
에게겁을내이는것만같다. 나는이런얇다란예의를화초분보다도사
랑스레여긴다.

— 〈조선중앙일보〉, 1934. 8. 7.

오감도

시제14호

고성앞풀밭이있고풀밭위에나는내모자를벗어놓았다.

성위에서나는내기억에꽤무거운돌을매어달아서는내힘과거리
껏팔매질쳤다. 포물선을역행하는역사의슬픈울음소리. 문득성밑
내모자곁에한사람의걸인이장승과같이서있는것을내려다보았다.
걸인은성밑에서오히려내위에있다. 혹은종합된역사의망령인가.
공중을향하여놓인내모자의깊이는절박한하늘을부른다. 별안간걸
인은율률慄慄[1]한풍채를허리굽혀한개의돌을내모자속에치뜨려넣
는다. 나는벌써기절하였다. 심장이두개골속으로옮겨가는지도가
보인다. 싸늘한손이내이마에닿는다. 내이마에는싸늘한손자국이
낙인되어언제까지지지워지지않았다.

— 〈조선중앙일보〉, 1934. 8. 7.

1 율률 : 날렵함.

오감도

시제15호

1

나는거울없는실내에있다. 거울속의나는역시외출중이다. 나는지금거울속의나를무서워하며떨고있다. 거울속의나는어디가서나를어떻게하려는음모를하는중일까.

2

죄를품고식은침상에서잤다. 확실한내꿈에나는결석하였고의족을담은 군용장화가내꿈의 백지를더럽혀놓았다.

3

나는거울있는실내로몰래들어간다. 나를거울에서해방하려고. 그러나거울속의나는침울한얼굴로동시에꼭들어온다. 거울속의나는 내게미안한뜻을전한다. 내가그때문에영어[1]되어있드키그도나때문에영어되어떨고있다.

4

내가결석한나의꿈. 내위조가등장하지않는내거울. 무능이라도좋은나의고독의갈망자다. 나는드디어거울속의나에게자살을권유하기로결심하였다. 나는그에게시야도없는들창을가리키었다. 그들창은자살만을위한들창이다. 그러나내가자살하지아니하면그가자살할수없음을그는내게가르친다. 거울속의나는불사조에가깝다.

5

내왼편가슴심장의위치를방탄금속으로엄폐하고나는거울속의내왼편가슴을겨누어권총을발사하였다. 탄환은그의왼편가슴을관통하였으나그의심장은바른편에있다.

---

1 영어 : 감옥에 갇힘.

6

모형심장에서붉은잉크가엎질러졌다. 내가지각한내꿈에서나는극
형을받았다. 내꿈을지배하는자는내가아니다. 악수할수조차없는
두사람을봉쇄한거대한죄가있다.

— 〈조선중앙일보〉, 1934. 8. 8.

·소素·영榮·위爲·제題·[1]

1

달빛속에있는네얼굴앞에서내얼굴은한장얇은피부가되어너를칭
찬하는내말씀이발음하지아니하고미닫이를간지르는한숨처럼동
백꽃밭내음새지니고있는네머리털속으로기어들면서모심드키내
설움을하나하나심어가네나

2

진흙밭헤매일적에네구두뒤축이눌러놓는자욱에비내려가득고였
으니이는온갖네거짓말네농담에한없이고단한이설움을곡으로울
기전에따에놓아하늘에부어놓는내억울한술잔네발자욱이진흙밭
을헤매이며헤뜨려놓음이냐

1　·소·영·위·제·: '소영을 위한 글'을 뜻함.

3

달빛이내등에묻은거적자욱에앉으면내그림자에는실고추같은피
가아물거리고대신혈관에는달빛에놀래인냉수가방울방울젖기로
니너는내벽돌을씹어삼킨원통하게배고파이지러진헝겊심장을들
여다보면서어항이라하느냐

— 〈중앙〉, 1934. 9.

정식正式

정식

I

해저에가라앉는한개닻처럼소도小刀가그구간軀幹속에멸형하여
버리더라완전히닳아없어졌을때완전히사망한한개소도가위치에
유기되어있더라

정식

II

나와그알지못할험상궂은사람과나란히앉아뒤를보고있으면기
상은다몰수되어없고선조가느끼던시사時事의증거가최후의철의성
질로두사람의교제를금하고있고가졌던농담의마지막순서를내어
버리는이정돈停頓한암흑가운데의분발은참비밀이다그러나오직그
알지못할험상궂은사람은나의이런노력의기색을어떻게살펴알았
는지그때문에그사람이아무것도모른다하여도나는또그때문에억
지로근심하여야하고지상맨끝정리인데도깨끗이마음놓기참어렵다

정식

Ⅲ

웃을수있는시간을가진표본두개골에근육이없다

정식

Ⅳ

너는누구냐그러나문밖에와서문을두드리며문을열라고외치니
나를찾는일심이아니고또내가너를도무지모른다고한들나는차마
그대로내어버려둘수는없어서문을열어주려하나문은안으로만고
리가걸린것이아니라밖으로도너는모르게잠겨있으니안에서만열
어주면무엇을하느냐너는누구기에구태여닫힌문앞에탄생하였느
냐

정식

Ⅴ

키가크고유쾌한수목이키작은자식을낳았다꿰조가평편한곳에
풍매식물의종자가떨어지지만냉담한배척이한결같아관목은초엽
으로쇠약하고초엽은하향하고그밑에서청사靑蛇는점점수척하여가
고땀이흐르고머지않은곳에서수은이흔들리고숨어흐르는수맥에
말뚝박는소리가들렸다

정식

VI

　시계가뻐꾹이처럼뻐꾹거리길래쳐다보니목조뻐꾹이하나가와
서모으로앉는다그럼저게울었을리도없고제법울까싶지도못하고
그럼아까운뻐꾹이는날아갔나

— 〈가톨릭청년〉, 1935. 4.

지비 紙碑

내키는커서다리는길고왼다리아프고아내키는작아서다리는짧고
바른다리가아프니내바른다리와아내왼다리와성한다리끼리한사
람처럼걸어가면아아이부부는부축할수없는절름발이가되어버린
다무사한세상이병원이고꼭치료를기다리는무병이끝끝내있다

— 〈중앙일보〉, 1935. 9. 15.

지비

─ 어디갔는지모르는아내 ─

○ 지비 1

아내는 아침이면 외출한다 그날에 해당한 한남자를 속이려가
는것이다 순서야 바뀌어도 하루에한남자이상은 대우하지않는다
고 아내는 말한다 오늘이야말로 정말돌아오지않으려나보다하고
내가 완전히 절망하고나면 화장은있고 인상은없는얼굴로 아내
는 형용처럼 간단히돌아온다 나는 물어보면 아내는 모두솔직히
이야기한다 나는 아내의일기에 만일 아내가나를 속이려들었을
때 함직한속기를 남편된자격밖에서 민첩하게대서한다

○ 지비 2

아내는 정말 조류였던가보다 아내가 그렇게 수척하고 거벼워
졌는데도 날으지못한것은 그손가락에 낑기웠던 반지때문이다
오후에는 늘 분을바를때 벽한겹걸러서 나는 조롱을 느낀다 얼마
안가서 없어질때까지 그 파르스레한주둥이로 한번도 쌀알을 쪼

으려들지않았다 또 가끔 미닫이를열고 창공을 쳐다보면서도 고운목소리로 지저귀려들지않았다 아내는 날을줄과 죽을줄이나 알았지 지상에 발자죽을 남기지않았다 비밀한발을 늘버선신고 남에게 안보이다가 어느날 정말 아내는 없어졌다 그제야 처음방안에 조분내음새가 풍기고 날개퍼덕이던 상처가 도배위에 은근하다 헤뜨러진 깃부스러기를 쓸어모으면서 나는 세상에도 이상스러운것을얻었다 산탄 아아아내는 조류이면서 염체 닻과같은 쇠를삼켰더라그리고 주저않았었더라 산탄은 녹슬었고 솜털내음새도 나고 천근무게더라 아아

○ 지비 3

이방에는 문패가없다 개는이번에는 저쪽을 향하여짖는다 조소와같이 아내의벗어놓은 버선이 나같은공복을표정하면서 곧걸어갈것같다 나는 이방을 첩첩이닫치고 출타한다 그제야 개는 이쪽을향하여 마지막으로 슬프게 짖는다

— 〈중앙〉, 1936. 1.

역단易斷[1]

화로

방거죽에극한이와닿았다. 극한이방속을넘본다. 방안은견딘다.
나는독서의뜻과함께힘이든다. 화로를꽉쥐고집의집중을잡아땡기
면유리창이움폭해지면서극한이혹처럼방을누른다. 참다못하여화
로는식고차갑기때문에나는적당스러운방안에서쩔쩔맨다. 어느바
다에조수가미나보다. 잘다져진방바닥에서어머니가생기고어머니
는내아픈데에서화로를떼어가지고부엌으로나가신다. 나는겨우폭
동을기억하는데내게서는억지로가지가돋는다. 두팔을벌리고유리
창을가로막으면빨랫방망이가내등의더러운의상을뚜들긴다. 극한
을걸커미는어머니―기적이다. 기침약처럼따끈따끈한화로를한
아름담아가지고내체온위에올라서면독서는겁이나서근드박질을
친다.

---

1 '역단'이라는 표제 아래 〈화로〉·〈아침〉·〈가정〉·〈역단〉·〈행로〉 등 5편의 시를 〈가톨릭 청년〉
(1936. 2)에 발표함.

아침

캄캄한공기를마시면폐에해롭다. 폐벽에끄름이앉는다. 밤새도록
나는옴살을앓는다. 밤은참많기도하더라. 실어내가기도하고실어
들여오기도하고하다가잊어버리고새벽이된다. 폐에도아침이켜진
다. 밤사이에무엇이없어졌나살펴본다. 습관이도로와있다. 다만
내치사한책이여러장찢겼다. 초췌한결론위에아침햇살이자세히적
힌다. 영원히그코없는밤은오지않을듯이.

역단

가정

문을암만잡아당겨도안열리는것은안에생활이모자라는까닭이다.
밤이사나운꾸지람으로나를조른다. ㅓ는우리집내문패잎에서여간
성가신게아니다. 나는밤속에들어서서제웅처럼자꾸만감해간다.
식구야봉한창호어디라도한구석터놓아다고내가수입되어들어가
야하지않나. 지붕에서리가내리고뾰족한데는침처럼월광이묻었
다. 우리집이앓나보다그러고누가힘에겨운도장을찍나보다. 수명
을헐어서전당잡히나보다. 나는그냥문고리에쇠사슬늘어지듯매어
달렸다. 문을열려고안열리는문을열려고.

역단

그이는백지위에다연필로한사람의운명을흐릿하게초를잡아놓았
다. 이렇게홀홀한가. 돈과과거를거기다가놓아두고잡답속으로몸
을기입하여본다. 그러나거기는타인과약속된악수가있을뿐, 다행
히공란을입어보면장광長廣도맞지않고안드린다. 어떤빈터전을찾
아가서실컷잠자코있어본다. 배가아파들어온다. 고로운발음을다
삼켜버린까닭이다. 간사한문서를때려주고또멱살을잡고끌고와보
면그이도돈도없어지고피곤한과거가멀거니앉아있다. 여기다좌석
을두어서는안된다고그사람은이로위치를파헤쳐놓는다. 비켜서는
악식에허망과복수를느낀다. 그이[1]는앉은자리에서그사람이평생
을살아보는것을보고는살짝달아나버렸다.

---

1 이 : 치아.

행로

기침이난다. 공기속에공기를힘들여배알아놓는다. 답답하게걸어
가는길이내스토오리요기침해서찍는구두를심심한공기가주물러
서삭여버린다. 나는한장이나걸어서철로를건너지를적에그때누가
내경로를디디는이가있다. 아픈것이비수에베어지면서철로와열십
자로어얼린다. 나는무너지느라고기침을떨어뜨린다. 웃음소리가
요란하게나더니자조하는표정위에독한잉크가끼얹힌다. 기침은사
넘위에그냥주저앉아서떠든다. 기가탁막힌다.

가외가전 街外街傳[1]

훤조때문에마멸되는몸이다. 모두소년이라고들그러는데노야老爺
인기색이많다. 혹형에씻기워서산반算盤알처럼자격너머로튀어오
르기쉽다. 그러니까육교위에서또하나의편안한대륙을내려다보고
근근히산다. 동갑네가시시거리며떼를지어답교한다. 그렇지않아
도육교는또월광으로충분히천칭처럼제무게에끄덱인다. 타인의그
림자는위선넓다. 미미한그림자들이얼떨김에모조리앉아버린다.
앵도가진다. 종자도연멸한다. 정탐도흐지부지―있어야옳을박수
가어째서없느냐. 아마아버지를반역한가싶다. 묵묵히―기도를봉
쇄한체하고말을하면사투리다. 아니―이무언이훤조의사투리리
라. 쏟으려는노릇―날카로운신단이싱싱한육교그중심한구석을
진단하듯어루만지기만한다. 나날이썩으면서가리키는지향으로기
적히골목이뚫렸다. 썩는것들이낙차나며골목으로몰린다. 골목안
에는치사스러워보이는문이있다. 문안에는금니가있다. 금니안에
는추잡한혀가달린폐환이있다. 오―오―. 들어가면나오지못하는
타입깊이가장부를닮는다. 그위로짝바뀐구두가비철거린다. 어느

1 가외가전 : 거리 밖에서 본 거리 이야기.

균이어느아랫배를앓게하는것이다. 질다.

반추한다. 노파니까. 맞은편평활한유리위에해소된정체政體를도
포한졸음오는혜택이뜬다. 꿈―꿈―꿈을짓밟는허망한노역―이
세기의곤비困憊와살기가바둑판처럼널리깔렸다. 먹어야사는입술
이악의로꾸긴진창위에서슬며시식사흉내를낸다. 아들―여러아
들―노파의결혼을걷어차는여러아들들의육중한구두―구두바닥
의징이다.

충단을몇벌이고아래도내려가면갈수록우물이드물다. 좀지각해서
는텁텁한바람이불고―하면학생들의지도가요일마다채색을고친
다. 객지에서도리없어다수굿하던지붕들이어물어물한다. 즉이취
락은바로여드름돋는계절이래서으쓱거리다잠꼬대위에더운물을
붓기도한다. 갈渴―이갈때문에견디지못하겠다.

태고의호수바탕이던지적이짜다. 막을버틴기둥이습해들어온다.
구름이근경에오지않고오락없는공기속에서가끔편도선들을앓는
다. 화폐의스캔달―발처럼생긴손이염치없이노파의통고痛苦하는
손을잡는다.

눈에띄우지않는폭군이잠입하였다는소문이있다. 아기들이번번이
애총이되고되고한다. 어디로피해야저어른구두와어른구두가맞부
딪는꼴을안볼수있으랴. 한창급한시각이면가가호호들이한데어우
러져서멀리포성과시반屍班이제법은은하다.

여기있는것들은모두가그방대한방을쓸어생긴답답한쓰레기다. 낙
뢰심한그방대한방안에는어디로선가질식한비둘기만한까마귀한
마리가날아들어왔다. 그러니까강하던것들이역마瘦馬잡듯픽픽쓰
러지면서방은금시폭발할만큼정결하다. 반대로여기있는것들은통
요사이의쓰레기다.

간다. '손자孫子'도탑재한객차가방을피하나보다. 속기를펴놓은상
궤위에알뜰한접시가있고접시위에삶은계란한개─포─크로터뜨
린노른자위겨드랑에서난데없이부화하는훈장형조류─푸드덕거
리는바람에방안지가찢어지고빙원위에좌표잃은부첩符牒떼가난무
한다. 궐련에피가묻고그날밤에유곽도탔다. 번식한고거짓천사들
이하늘을가리고온대로건넌다. 그러나여기있는것들은뜨뜻해지면
서한꺼번에들떠든다. 방대한방은속으로골아서벽지가가렵다. 쓰
레기가막붙는다.

─〈시와 소설〉, 1936. 3.

명경 明鏡

여기 한페―지 거울이있으니
잊은계절에서는
없은머리가 폭포처럼내리우고

울어도 젖지않고
맞대고 웃어도 휘지않고
장미처럼 착착 접힌
귀
들여다보아도 들여다 보아도
조용한세상이 맑기만하고
코로는 피로한 향기가 오지 않는다.

만적 만적하는대로 수심이평행하는
부러 그러는것같은 거절
우편으로 옮겨앉은 심장일망정 고동이
없으란법 없으니

설마 그러랴? 어디촉진……
하고 손이갈때 지문이지문을 가로막으며
선뜩하는 차단뿐이다.

오월이면 하루 한번이고
열번이고 외출하고 싶어하더니
나갔던길에 안돌아오는수도있는법

거울이 책장같으면 한장 넘겨서
맞섰던 계절을 만나련만
여기있는 한페―지
거울은 페―지의 그냥표지―

― 〈여성〉, 1936. 5.

위독[1]

○금제禁制

내가치던개[狗]는튼튼하대서모조리실험동물로공양되고그중에서
비타민E를지닌개[狗]는학구의미급과생물다운질투로해서박사에
게흠씬얻어맞는다하고싶은말을개짖듯배알아놓던세월은숨었다.
의과대학허전한마당에우뚝서서나는필사로금제를앓는[患]다. 논
문에출석한억울한촉루髑髏에는천고에는씨명이없는법이다.

— 〈조선일보〉, 1936. 10. 4.

---

1 '위독'이라는 표제 아래 〈금제〉·〈추구〉·〈침몰〉·〈절벽〉·〈백주〉·〈문벌〉·〈위치〉·〈매춘〉·〈생
  애〉·〈내부〉·〈육친〉·〈자상〉 등 12편의 시를 〈조선일보〉(1936. 10. 4~9)에 발표함.

위독

○추구

아내를즐겁게할조건들이틈입하지못하도록나는창호를닫고밤낮
으로꿈자리가사나워서나는가위를눌린다어둠속에서무슨내음새
의꼬리를체포하여단서로내집내밀의흔적을추구한다. 아내는외
출에서돌아오면방에들어서기전에세수를한다. 담아온여러별표정
을벗어버리는추행이다. 나는드디어한조각독한비누를발견하고그
것을내허위뒤에다살짝감춰버렸다. 그리고이번꿈자리를예기한다.

— 〈조선일보〉, 1936. 10. 4.

○침몰

죽고싶은마음이칼을찾는다. 칼은날이접혀서퍼지지않으니날을노
호怒號하는초조가절벽에끊치려든다. 억지로이것을인에떼밀어놓
고또간곡히참으면어느결에날이어디를건드렸나보다. 내출혈이뻑
뻑해온다. 그러나피부에상채기를얻을길이없으니악령나갈문이없
다. 갇힌자수自殊로하여체중은점점무겁다.

— 〈조선일보〉, 1936. 10. 4.

○절벽

꽃이보이지않는다. 꽃이향기롭다. 향기가만개한다. 나는거기묘혈을판다. 묘혈도보이지않는다. 보이지않는묘혈속에나는들어앉는다. 나는눕는다. 또꽃이향기롭다. 꽃은보이지않는다. 향기가만개한다. 나는잊어버리고재차거기묘혈을판다. 묘혈은보이지않는다. 보이지않는묘혈로나는꽃을깜빡잊어버리고들어간다. 나는정말눕는다. 아아. 꽃이또향기롭다. 보이지도않는꽃이―보이지도않는꽃이.

— 〈조선일보〉, 1936. 10. 6.

○백화白畫

내두루마기깃에달린정조뺏지를내어보였더니들어가도좋다고그
런다. 늘어가노좋나던어인이마로제게좀선명한정조가있으니어쩌
냐. 나더러세상에서얼마짜리화폐노릇을하는세음이냐는뜻이
다. 나는일부러다홍헝겊을흔들었더니요조하다던정조가성을낸
다. 그러고는칠면조처럼쩔쩔맨다.

—〈조선일보〉, 1936. 10. 6.

위독

○문벌

분총에계신백골까지가내게혈청의원가상환을강청하고있다. 천하
에달이밝아서나는오들오들떨면서도처에서들킨다. 당신의인감이
이미실효된지오랜줄은꿈에도생각하지않으시나요— 하고나는의
젓이대꾸를해야겠는데나는이렇게싫은결산의함수를내몸에지닌
내도장처럼쉽사리끌러버릴수가참없다.

— 〈조선일보〉, 1936. 10. 6.

○위치

중요한위치에서한성격의심술이비극을연역하고있을즈음범위에
는타인이없었던가. 한주株─분에심은외국어의관목이막돌아서서
나가버리려는동기요화물貨物의방법이와있는의자가주저앉아서귀
먹은체할때마침내가구두처럼고사이에끼기어들어섰으니나는내
책임의맵시를어떻게해보여야하나. 애화哀話가주석註釋됨을따라나
는슬퍼할준비라도하노라면나는못견뎌모자를쓰고밖으로나가버
렸는데웬사람하나가여기남아내분신제출할것을잊어버리고있다.

─〈조선일보〉, 1936. 10. 8.

○매춘

기억을맡아보는기관이염천아래생선처럼상해들어가기시작이다.

조삼모사의싸이폰작용. 감정의망쇄.

나를넘어뜨릴피로는오는족족피해야겠지만이런때는대담하게나

서서혼자서도넉넉히자웅보다별것이어야겠다.

탈신. 신발을벗어버린발이허천虛天에서실족한다.

— 〈조선일보〉, 1936. 10. 8.

위독

○생애

내두통위에신부의장갑이정초定礎되면서나려앉는다. 써늘한무게
때문에내두통이비켜설기력도없다. 나는건니면서어왕봉처럼수동
적인맵시를꾸며보인다. 나는기왕이주춧돌밑에서평생이원한이거
니와신부의생애를침식하는내음삼한손찌거미를불개아미와함께
잊어버리지는않는다. 그래서신부는그날그날까무러치거나웅봉雄
峰처럼죽고죽고한다. 두통은영원히비켜서는수가없다.

— 〈조선일보〉, 1936. 10. 8.

위독

○내부

입안에짠맛이돈다. 혈관으로임리한묵흔이몰려들어왔나보다. 참회로벗어놓은내구긴피부는백지로도로오고붓지나간자리에피가농져맺혔다. 방대한묵흔의분류는온갖합음이리니분간할길이없고다물은입안에그득찬서언이캄캄하다. 생각하는무력無力이이윽고입을뻐겨젖히지못하니심판받으려야진술할길이없고익애에잠기면버언져멸형하여버린전고典故만이죄업이되어이생리속에영원히기절하려나보다.

— 〈조선일보〉, 1936. 10. 9.

○육친

크리스트에혹사酷似한남루한사나이가있으니이이는그의종생과운
명까지도내게떠맡기려는사나운마음씨다. 내시시각각에늘이시시
한시대나눌변인트집으로나를위협한다. 은애—나의착실한경영
이늘새파랗게질린다. 나는이육중한크리스트의별신別身을암살하
지않고는내문벌과내음모를약탈당할까참걱정이다. 그러나내신선
한도망이 그끈적끈적한청각을벗어버릴수가없다.

— 〈조선일보〉, 1936. 10. 9.

위독

○자상自像

여기는어느나라의데스마스크다. 데스마스크는도적맞았다는소문
도있다. 풀이극북에서파과破瓜하지않던이수염은절망을알아차리
고생식하지않는다. 천고로창천蒼天이허방빠져있는함정에유언이
석비처럼은근히침몰되어있다. 그러면이곁을생소한손짓발짓의신
호가지나가면서무사히스스로워한다. 점잖던내용이이래저래구기
기시작이다.

— 〈조선일보〉, 1936. 10. 9.

I WED A TOY BRIDE[1]

1 밤

장난감신부살결에서 이따금 우유내음새가 나기도한다. 머(ㄹ)지
아니하여 아기를낳으려나보다. 촉불을끄고 나는 장난감신부귀에
다대이고 꾸지람처럼 속삭여본다.
"그대는 꼭 갓난아기와같다"고⋯⋯⋯⋯⋯
장난감신부는 어둔데도 성을내이고대답한다.
"목장까지 산보갔다왔답니다"
장난감신부는 낮에 색색이풍경을암송해가지고온것인지도모른
다. 내수첩처럼 내가슴안에서 따근따근하다. 이렇게 영양분내를
코로맡기만하니까 나는 자꾸 수척해간다.

---

1 I WED A TOY BRIDE : 나는 장난감 신부와 결혼한다.

2 밤

장난감신부에게 내가 바늘을주면 장난감신부는 아무것이나 막 찌른다. 일력. 시집. 시계. 또 내몸 내 경험이들어앉아있음직한곳. 이것은 장난감신부마음속에 가시가 돋아있는증거다. 즉 장미꽃 처럼……………

내 거벼운무장에서 피가좀난다. 나는 이 상채기를고치기위하야 날만어두면 어둠속에서 싱싱한밀감을먹는다. 몸에 반지밖에가지 지않은 장난감신부는 어둠을 커―튼열듯하면서 나를찾는다. 얼른 나는 들킨다. 반지가살에닿는것을 나는 바늘로잘못알고 아파 한다.

촉불을켜고 장난감신부가 밀감을찾는다.

나는 아파하지않고 모른체한다.

― 〈삼사문학〉, 1936. 10.

파첩破帖[1]

1

우아한여적女賊이 내뒤를밟는다고 상상하라

내문 빗장을 내가지르는소리는내심두心頭의동결하는녹음이거나
그'겹'이거나············

─────무정하구나─────

등불이 침침하니까 여적 유백의나체가 참 매력있는오예汚穢──가
아니면건정乾淨이다

2

시가전이끝난도시 보도에'마麻'[2]가어지럽다 당도黨道의명을받들
고월광이 이'마'어즈러운우에 먹을즐느리라

(색이여 보호색이거라) 나는 이런일을흉내내어 껄껄 껄

1 파첩 : 깨어진 기록부.
2 마 : 삼베. 여기서는 '주검'을 의미함.

3

인민이 픽죽은모양인데거의망해를남기지않았다 처참한포화가
은근히 습기를부른다 그런다음에는세상것이발아치않는다 그러
고야음이야음에계속된다
후猴[3]는 드디어 깊은수면에빠졌다 공기는유백으로화장되고
나는?
사람의시체를밟고집으로돌아오는길에 피부면에털이솟았다 멀
리 내뒤에서 내독서소리가들려왔다

4

이 수도의폐허에 왜체신遞信이있나
응? (조용합시다 할머니의하문입니다)

5

시―트우에 내회박한윤곽이찍혔다 이런두개골에는해부도가참
가하지않는다
내정면은가을이다 단풍근방에투명한홍수가침전한다

3 후 : 원숭이.

수면뒤에는손가락끝이농황의소변으로 차겁더니 기어 방울이져
서떨어졌다

6

건너다보이는이층에서대륙계집들창을닫아버린다 닫기전에 침
을뱉일있다
마치 내게사격하듯이…………
실내에전개될생각하고 나는질투한다 상기한사지를벽에기대어
그 침을 들여다보면 음란한
외국어가허고많은세
균처럼 꿈틀거린다
나는 홀로 규방에병신을기른다 병신은가끔질식하고 혈순$_{血循}$이
여기저기서망설거린다

7

단추를감춘다 남보는데서'싸인'을하지말고…………어디 어디
암살이 부엉이처럼 드새는지―누구든지모른다

8

··········보도 '마이크로폰'은 마지막 발전을 마쳤다
야음을발굴하는월광―
사체는 잃어버린체온보다훨씬차다 회신灰燼위에 서리가내렸건
만··········

별안간 파상波狀철판이넘어졌다 완고한음향에는여운도없다
그밑에서 늙은 의원과 늙은 교수가 번차례로강연한다
'무엇이 무엇과 와야만되느냐'
이들의상판은 개개 이들의선배상판을닮았다
오유烏有⁴된역구내에화물차가 우뚝하다 향하고있다

9

상장喪章을붙인암호인가 전류우에올라앉아서 사멸의 '가나안'을
지시한다
도시의붕락은 아― 풍설風說보다빠르다

4 오유 : '어찌 있겠느냐'는 뜻으로, 있던 사물이 없게 되는 것을 이르는 말.

10

시청은법전을감추고 산란한 처분을거절하였다
'콘크리트'전원에는 초근목피도없다 물체의음영에생리가없다
─고독한기술사'카인'은도시관문에서인력거를나리고 항용 이거
리를완보하리라

─ 〈자오선〉, 1937. 10.

무제 1[1]

내 마음의 크기는 한개 궐련 기러기만하다고 그렇게보고,

처심은 숫제 성냥을 그어 궐련을 붙여서는

숫제 내게 자살을 권유하는도다.

내 마음은 과연 바지작 바지작 타들어가고 타는대로 작아가고,

한개 궐련 불이 손가락에 옮겨 붙으렬적에

과연 나는 내 마음의 공동에 마지막 재가 떨어지는 부드러운

음향을 들었더니라.

처심은 재떨이를 버리듯이 대문 밖으로 나를 쫓고,

완전한 공허를 시험하듯이 한마디 노크를 내 옷깃에남기고

그리고 조인이 끝난듯이 빗장을 미끄러뜨리는 소리

여러번 굽은 골목이 담장이 좌우 못 보는 내 아픈 마음에 부

딪혀 달은 밝은데

그 때부터 가까운 길을 일부러 멀리 걷는 버릇을 배웠 드니라.

— 〈맥〉, 1938. 10.

1 '이 시는 이상 씨의 유고인데, 제題가 없으므로 부득이 편집인이 무제라는 이름 밑에 발표함'
이라는 편집자 주가 달려 있음.

무제 2

신행하는분밍을싣고 전자의앞창은
내투사透思를막는데
출분한아내의 귀가를알리는 '페리오드'의 대단원이었다.

너는어찌하여 네소행을 지도에없는 지리에두고
화판떨어진 줄거리 모양으로향료와 암호만을 휴대하고돌아왔음
이냐.

시계를보면 아무리하여도 일치하는 시일을 유인할수없고
내것 아닌지문이 그득한네육체가 무슨 조문條文을 내게구형하겠
느냐

그러나 이곳에출구와 입구가늘개방된 네사사로운 휴게실이있으
니 내가분망중에라도 네거짓말을 적은편지를 '데스크'우에놓아라

— 〈맥〉, 1938. 10.

청령 蜻蛉[1]

건드리면손끝에묻을듯이빨간봉선화
너울너울하마날아오를듯하얀봉선화
그리고어느틈엔가남으로고개를돌리는듯한일편단심의해바라
기—
이런꽃으로꾸며졌다는고흐의무덤은참얼마나아름다우리까.

산은한낮에바라보아도
비에젖은듯보얗습니다.

포푸라는마을의지표指標와도같이
실바람에도그뽑은듯헌출한키를
포물선으로굽혀가면서진공과같이마알간대기속에서
원경을축소하고있습니다.

1 시인이자 수필가인 김소운(1907~81)이 《젖빛 구름》에 〈청령〉과 〈한 개의 밤〉을 처음 소개
   하면서 친구 이상에게서 받은 일본어 편지를 시 형식으로 바꾸어 수록했다고 밝힘. 이 책은
   《이상 전집》(1966)에 실린 임종국의 번역을 저본으로 삼음. '청령'은 '잠자리'를 뜻함.

몸과나래도가벼운듯이잠자리가활동입니다.

헌데그것은과연날고있는걸까요.

흡사진공속에서라도날을법한데

혹누가눈에보이지않는줄을이리저리당기는것이나아니겠나요.

—《젖빛 구름》, 1940.

한개의밤

여울에서는도도한소리를치며
비류강이흐르고있다.
그수면에아른아른한자색층이어린다.

십이봉봉우리로차단되어
내가서성거리는훨씬뒤까지도이미황혼이깃들어있다
으스름한대기를누벼가듯이
지하로지하로숨어버리는하류는검으틱틱한게퍽은싸늘하구나.

십이봉사이로는
빨갛게물든노을이바라보이고

종이울린다.

불행이여
지금강변에황혼의그늘
땅을길게뒤덮고도 오히려남을손불행이여

소리날세라신방에창장을치듯
눈을감는자나는 보잘것없이낙백한사람.

이젠아주어두워들어왔구나
십이봉사이사이로
하마² 별이하나둘모여들기시작아닐까
나는그것을보려고하지않았을뿐
차라리초원의어느한점을응시한다.

문을닫은것처럼캄캄한색을띠운채
이제비류강은무겁게도도사려앉는것같고
내육신도천근
주체할도리가없다.

—《젖빛 구름》, 1940.

2 하마 : 벌써.

척각隻脚[1]

목발의길이도세월과더불어점점길어져갔다.

신어보지도못한채산적해가는외짝구두의수효를보면슬프게걸어
온거리가짐작되었다.

종시제자신은지상의수목의다음가는것이라고생각하였다.

---

1 〈척각〉·〈거리〉·〈수인이 만들은 소정원〉·〈육친의 장〉·〈내과〉·〈골편에 관한 무제〉·〈가구의 추
위〉·〈아침〉·〈최후〉 등은 이상의 미발표 시임. 임종국이 《이상 전집》(1956)을 펴내면서 이를
번역하고 일본어 원문과 함께 수록함. '척각'은 '외다리'를 뜻함.

거리

—여인이출분한경우—

백지위에한줄기철로가깔려있다. 이것은식어들어가는마음의도해다. 나는매일허위를담은전보를발신한다. 명조도착明朝到着[1] 이라고. 또나는나의일용품을매일소포로발송하였다. 나의생활은이런재해지를닮은거리에점점낯익어갔다.

---

1 명조도착 : '내일 아침 도착'이란 뜻.

수인囚人이만들은소정원

이슬을아알지못하는다—리야[1]하고바다를아알지못하는금붕어하
고가수繡놓여져있다. 수인이만든소정원이다. 구름은어이하여방
속으로야들어오지아니하는가. 이슬은들창유리에닿아벌써울고있
을뿐.

계절의순서도끝남이로다. 주판알의고저는여비旅費와일치하지아
니한다. 죄를내어버리고싶다. 죄를내어던지고싶다.

1 다—리야 : 달리아. 국화과의 여러해살이풀.

육친의장^章

나는24세. 어머니는바로이낫새에나를낳은것이다. 성쎄바스티
앙¹과같이아름다운동생·로오자룩셈불크²의목상을닮은막내누이·
어머니는우리들삼인에게잉태분만의고락을말해주었다. 나는삼인
을대표하여─드디어─

어머니 우린 좀더형제가있었음싶었답니다

─드디어어머니는동생버금으로잉태하자6개월로서유산한전말을
고했다.

그녀석은 사내댔는데 올에는 19 (어머니의 한숨)

삼인은서로들아알지못하는형제의환영을그려보았다. 이만큼이나
컸지─하고형용하는어머니의팔목과주먹은수척하여있다. 두번
씩이나객혈을한내가냉청을극하고있는가족을위하여빨리아내를
맞아야겠다고초조하는마음이었다. 나는24세 나도어머니가나를
낳으드키무엇인가를낳아야겠다고생각하는것이었다.

---

1 성쎄바스티앙 : 로마의 성자 성 세바스티아누스(?~288경).
2 로오자룩셈불크 : 폴란드 태생의 독일 혁명가인 로자 룩셈부르크(1871~ 1919).

내과

—자가용복음—
—혹은 엘리엘리 라마싸박다니—[1]

하이한천사 이수염난천사는큐피드의조부님이다.
수염이전연(?)나지아니하는천사하고흔히결혼하기도한다.

나의늑골은2떠—즈(ㄴ).[2] 그하나하나에노크하여본다. 그속에서
는해면에젖은더운물이끓고있다. 하이한천사의펜네임은성피—
타—[3]라고. 고무의전선 똑똑똑똑 열쇠구멍으로도청.
         버글버글

(발신) 유다야[4]사람의임금님 주무시나요?
(반신) 찌—따찌-따따찌—찌—(1)찌—따찌—따따찌—찌—(2) 찌—따찌—따따찌—찌—(3)

흰빵끼로칠한십자가에서내가점점키가커진다. 성피—타—군이나
에게세번씩이나아알지못한다고그린다. 순간 닭이활개를친다……

어얶 크 더운물을 엎질러서야 큰일 날 노릇—

1 엘리엘리 라마싸박다니 : 나의 하나님, 어찌하여 나를버리셨나이까?
2 떠—즈(ㄴ) : '더즌dozen'은 12개. 따라서 2더즌은 24개.
3 성—피타 : 성 베드로.
4 유다야 : 유다.

골편에관한무제

신통하게도혈홍으로염색되지아니하고하얀대로
뺑끼를칠한사과를톱으로쪼갠즉속살은하얀대로
하느님도역시뺑끼칠한세공품을좋아하시지―사과가아무리빨갛
더라도속살은역시하얀대로. 하느님은이걸가지고인간을살짝속이
겠다고.
묵죽을사진촬영해서원판을햇볕에비쳐보구료―골격과같다(?)
두개골은석류같고 아니 석류의음화가두개골같다(?)
여보오 산사람골편을보신일있수? 수술실에서― 그건죽은거야요
살아있는골편을보신일있수? 이빨! 어머나―이빨두그래골편일
까요. 그렇담손톱도골편이게요?
난인간만은식물이라고생각됩니다.

가구街衢의추위

—1933, 2월17일의실내의건

네온사인은쌕스폰과같이수척하여있다.

파릿한정맥을절단하니새빨간동맥이었다.
　　　—그것은파릿한동맥이었기때문이다—
　　　—아니! 새빨간동맥이라도저렇게피부에매몰되어있는한……

보라! 네온사인인들저렇게가만 — 히있는것같아보여도기실은부
단히네온가스가흐르고있는게란다.
　　　—폐병쟁이가쌕스폰을불었더니위험한혈액이검은게와같이
　　　—기실은부단히수명이흐르고있는게란다

아침

아내는낙타를닮아서편지를삼킨채로죽어가나보다. 벌써나는그것
을읽어버리고있다. 아내는그것을아알지못하는것인가. 오전열시
전등을끄려고한다. 아내가만류한다. 꿈이부상浮上되어있는것이
다. 석달동안아내는회답을쓰고자하되이제껏써놓지는못하고있
다. 한장얇은접시를닮아아내의표정은창백하게수척하여있다. 나
는외출하지아니하면아니된다. 나에게부탁하면된다. 자네 애인을
불러줌세 아드레스¹도알고있다네

---

1 아드레스 : address. 주소.

최후

사과한알이떨어졌다. 지구는부서질정도로아팠다. 최후.
이미여하한정신도발아하지아니한다.

무제 3[1]

손가락 같은 여인이 입술로 지문을 찍으며 간다. 불쌍한 수인은 영원의 낙인을 받고 건강을 해쳐 간다.

※

같은 사람이 같은 문으로 속속 들어간다. 이 집에는 뒷문이 있기 때문이다.

※

대리석의 여인이 포즈를 바꾸기 위해서는 적어도 살을 깎아내지 않으면 아니 된다.

※

한 마리의 뱀은 한 마리의 뱀의 꼬리와 같다. 또는 한사람의 나는 한 사람의 나의 부친과 같다.

※

피는 뼈에는 스며들지 않으니까 뼈는 언제까지나 희고 체온이 없다.

※

1 〈무제 3〉·〈1931년〉·〈습작 쇼윈도 수점〉·〈회한의 장〉·〈요다 준이치〉·〈쓰키하라 도이치로〉 등 6편은 미발표 창작 노트의 글임.

안구에 아무리 해도 보이지 않는 것은 안구뿐이다.

고향의 산은 털과 같다. 문지르면 언제나 빨갛게 된다.

— 〈현대문학〉, 1960. 11.

1931년

―작품 제1번

1

나의 폐가 맹장염을 앓다. 제4병원에 입원. 주치의도난―망명의 소문나다.

철늦은 나비를 보다. 간호부인형구입. 모조맹장을 제작하여 한장의 투명유리의 저편에 대칭점을 만들다. 자택치료의 묘를 다함.

드디어 위병병발하여 안면창백. 빈혈.

2

심장의 거처불명. 위에 있느니, 가슴에 있느니, 이설분분하여 걷잡을 수 없음.

다량의 출혈을 보다. 혈액분석의 결과, 나의 피가 무기질의 혼합이라는 것 판명함.

퇴원. 거대한 샤프트의 기념비 서다. 백색의 소년, 그 전면에서 협심증으로 죽다.

3

나의 안면에 풀이 돋다. 이는 불요불굴의 미덕을 상징한다.

나는 내 자신이 더할 나위없이 싫어져서 등변형코오스의 산보를 매일같이 계속했다. 피로가왔다.

아니나 다를까. 이는 1932년5월7일(부친의 사일死日) 대리석발아 사건의 전조이었다.

허나 그때의 나는 아직 한개의 방정식무기론方程式無機論의 열렬한 신봉자였다.

4

뇌수교체문제 드디어 중대화되다.

나는 남몰래 정충의 일원론을 고집하고 정충의 유기질의 분리실 험에 성공하다.

유기질의 무기질문제 남다.

R청년공작公爵과 해후하고 CREAM LEBRA[1]의 비밀을 듣다. 그의 소개로 이양孃과 알게 되다.

예例의 문제에 광명 보이다.

1 CREAM LEBRA : 조어. '정충情蟲'으로 보기도 함.

5

혼혈아Y, 나의 입맞춤으로 독살되다.

감금당하다.

6

재차 입원하다. 나는 그다지도 암담한 운명에 직립하여 자살을
결의하고 남몰래 한자루의 비수(길이3척)를 입수하였다.

야음을 타서 나는 병실을 뛰쳐나왔다. 개가 짖었다. 나는 이쯤이
면 하고 비수를 나의 배꼽에다 찔러 박았다.

불행히도 나를 체포하려고 뒤 쫓아 온 나의 모친이 나의 등에서
나를 얼싸 안은채 살해되어 있었다. 나는 무사하였다.

7

지구의 위에 곤두를 섰다는 이유로 나는 제3인터내셔널 당원들
한테서 몰매를 맞았다.

그래선 조종사 없는 비행기에 태워진채로 공중에 내던져졌다. 혹
형을 비웃었다.

나는 지구의에 접근하는 지구의 재정이면을 이때 엄밀존세嚴密存
細히 검산하는 기회를 얻었다.

8

창부가 분만한 사아死兒의 피부전면에 문신이 들어 있었다. 나는 그 암호를 해제하였다.

그 사아의 선조는 옛날에 기관차를 치어서 그 기관차로 하여금 유혈임리, 도망치게 한 당대의 호걸이었다는 말이 기록되어 있었다.

9

나는 제3번째의 발과 제4번째의 발의 설계중, 혁으로부터의 '발을 자르다'라는 비보에 접하고 악연해지다.

10

나의 방의 시계 별안간 13을 치다. 그때, 호외의 방울소리 들리다. 나의 탈옥의 기사.

불면증과 수면증으로 시달림을 받고 있는 나는 항상 좌우의 기로에 섰다.

나의 내부로 향해서 도덕의 기념비가 무너지면서 쓰러져 버렸다.

중상. 세상은 착오를 전한다.

13+1=12 이튿날(즉 그때)부터 나의 시계의 침은 3개였다.

11

3차각의 여각을 발견하다. 다음에 3차각과 3차각의 여각과의 화
和는 3차각과 보각이 된다는 것을 발견하다.

인구문제의 응급수당 확정되다.

12

거울의 굴절반사의 법칙은 시간방향유임문제를 해결하다. (궤적
의 광년 운산運算)

나는 거울의 수량을 빛의 속도에 의해서 계산하였다. 그리고 로
켓트의 설계를 중지하였다.

별보別報─이양, R청년공작 가전家傳의 발[簾]에 감기어서 참사하다.

별보─상형문자에 의한 사도死都발굴탐사대 그의 기관지를 가지
고 성명서를 발표하다.

거울의 불황과 함께 비관설 대두하다.

─〈현대문학〉, 1960. 11.

습작 쇼윈도 수점數點

북쪽을 향하고 남쪽으로 걷는 바람 속에 멈춰 선 부인
영원의 젊은 처녀
지구는 그녀와 서로 맞닿을듯이 자전한다.

운명이란 것은
사람들은 일만년후의 어느 일년 CALENDAR까지도 만들 수 있다.
태양이여 달이여 종이 한장으로 된 CALENDAR여.

달밤의 기권氣圈은 냉장고다.
육체가 냉각한다. 혼백만이 월광만으로써 충분히 연소한다.

— 〈현대문학〉, 1961. 2.

회한의 장

가장 무력한 사내가 되기 위해 나는 얼금뱅이었다
세상에 한 여성조차 나를 돌아보지는 않는다
나의 나태는 안심하다

양팔을 자르고 나의 직무를 회피한다
더는 나에게 일을 하라는 자는 없다
내가 무서워하는 지배는 어디서도 찾아 볼 수 없다

역사는 무거운 짐이다
세상에 대한 사표 쓰기란 더욱 무거운 짐이다
나는 나의 문자들을 가둬버렸다
도서관에서 온 소환장을 이제 난 읽지 못한다

나는 이젠 세상에 맞지 않는 입성이다 봉분보다도 나의 의무는
많지 않다
나에겐 그 무엇을 이해해야 하는 고통은 깡그리 없어졌다

나는 아무것도 보지는 않는다

바로 그렇기에 나는 아무것에게도 또한 보이진 않을 게다

비로소 나는 완전히 비겁해지기에 성공한 셈이다

— 〈문학사상〉, 1976. 6.

요다 준이치[1]

해병海兵이 범람했다 해병이―――

―――군함이 구두짝처럼 벗어 던져져 있었다

― 〈문학사상〉, 1976. 7.

---

1 요다 준이치 : 1930년대에 활동한 일본의 동요 시인.

쓰키하라 도이치로[1]

장어를 처음 먹는 건 누구냐 계란을 처음 먹는 건 누구냐 어쨌든
충분히 배가 고팠던 모양이군

돌과 돌이 맞비비어 오랜 동안엔 역시 아이가 생겨나나 보다 돌
은 좋아하는 돌에게 갈 수가 없다

나의 길 앞에 하나의 패말뚝이 박혀 있다
나의 부도덕이 행형되고 있는 증거이다

나의 마음이 죽었다 고 느끼자 나의 육체는 움직일 필요도 없겠
다싶었다

달이 둥그래지는 내 잔등을 흡사 묘분을 비추듯 하는 것이다

이것이 내가 참살 당한 현장의 광경이었다.

1 쓰키하라 도이치로 : 1930년대에 활동한 일본의 현대 시인.

산
문

혈서 삼태血書 三態

오스카 와일드

내가 불러주고 싶은 이름은 '욱旭'은 아니다. 그러나 그 이름을 욱이라고 불러두자. 1930년만 하여도 욱이 제 여형단발女形斷髮과 같이 한없이 순진하였고 또 욱이 예술의 길에 정진하는 태도, 열정도 역시 순진하였다. 그해에 나는 하마터면 죽을 뻔한 중병에 누웠을 때 욱은 나에게 주는 형언하기 어려운 애정으로 하여 쓸쓸한 동경 생활에서 몇 개월이 못 되어 하루에도 두 장 석 장의 엽서를 마치 결혼식장에서 화동이 꽃 이파리를 걸어가면서 흩뜨리는 가련함으로 나에게 날려주며 연락선 갑판 상에서 흥분하였느니라.

그러나 욱은 나의 병실에 나타나기 전에 그 고향 군산에서 족부에 꽤 위험한 절개 수술을 받고 그 또한 고적한 병실에서 그 몰락하여 가는 가정을 생각하며 그의 병세를 근심하며 끊이지 않고 그 화변花瓣[1] 같은 엽서를 나에게 주었다.

네가 족부의 완치를 얻기도 전에 너는 니의 풀 죽은 아버지를 위하여 마음에 없는 심부름을 하였으며 최후의 추수를 수위守衛하면서 고로운 격난도 많이 하였고 그것들 기억이 오늘 네가 그 때 나에게 준 엽서를 끄집어내어 볼 것까지도 없이 나에게는 새롭다. 그러나 그 추우비비秋雨霏霏[2]거리는 몇 날의 생활이 나에게서부터 그 플라토닉한 애정을 어느 다른 한군데에다 옮기게 된 첫 원인이었는가 한다.

욱은 그 후 머지아니하야 손바닥을 툭툭 털듯이 가벼운 몸으로 화구畵具의 잔해를 짊어지고 다시 나의 가난한 살림 속으로 또 나의 애정 속으로 기어들어 오는 것같이 하면서 섞여 들어왔다. 우리는 그 협착한 단칸방 안에 백 호나 훨씬 넘는 캔버스를 버티어놓고 마음 가는 데까지 자유로이 분방스러히 창작 생활을 하였으며 혼연한 영靈의 포옹 가운데에 오히려 서로를 잇는 몰아의 경지에 놀 수 있었느니라.

그러나 욱 너도 역시 그부터 올라오는 불같은 열정을 능히 단편 단편으로 토막쳐 놓을 수 있는 냉담한 일면을 가진 영리한 서생이었다.

---

1 꽃잎.
2 가을비가 부슬부슬 내리는 모양.

관능 위조

생활에 면허가 없는 욱의 눈에 매춘부와 성모의 구별은 어려웠다. 나는 그때 창작도 아니요 수필도 아닌 〈목로의 마리아〉라는 글을 퍽 길게 써보던 중이요 또 그중에 서경적인 것의 몇 장을 욱에게 보낸 일도 있었다. 항간에서 늘 목도하는 '언쟁하는 마리아 군상'보다도 훨씬 청초하여 가장 대리석에 가까운 마리아를 마포 강변 목로술집에서 찾았다는 이야기다. 이 〈목로의 마리아〉 수장數章이 욱에게 그 풍전등화 같은 비밀을 이야기하여도 좋은 이유와 용기와 안심을 주었던지 그는 밤이 으슥하도록 나를 함부로 길거리로 끌고 다니면서 그 길고도 사정 많은 이야기를 나에게 들려주었다. 그것은 너무도 끔찍하여서 나에게 발광의 종이 한 장 거리에 접근할 수 있게 한 그런 이야기인데 요컨대 욱의 동정이 천생 매춘부에게 헌상되고 말았다는 해피엔드, 집에 돌아와서 우표딱지만 한 사진 한 장과 삼팔수건에 적힌 혈서 하나와 싹독 잘라낸 머리카락 한 다발을 신중한 태도로 나에게 보여주었다.

사진은 너무 작고 희미하고 하얘서 그 인상을 재현시키기도 어려운 것이었고 머리는 흡사 연극할 때 쓰는 채플린의 수염보다는 조금 클까 말까 한 것이었고 그러나 혈서만은 썩 미술적으로 된 것인데 욱의 예술적 천분이 충분히 나타났다고 볼 만한 가위 걸작의 부류에 들어갈 수 있었다. 물론 그것은 그 매춘부 씨의 작품은 아니고 욱 자신의 자작자장自作自藏[3]인 것이었다. 삼팔 행커치프 한복판에다가 선명한 예서로 '罪'(죄) 이렇게 한 자를 썼을 따름 물론 낙관도 없었다.

이것이 내가 이 세상에 탄생하여서 참 처음으로 목도한 혈서였고 그런 후로 나의 욱에 대한 순정적 우애도 어느덧 가장 문학적인 태도로 조금씩 변하여 갔다. 다섯 해 세월이 지나간 오늘 엊그제께 하마터면 나를 배반하려 들던 너를 나는 오히려 다시 그리던 날의 순정에 가까운 우정으로 사랑하고 있다. 그만큼 너의 현재의 환경은 너로 하여금 너의 결백함과 너의 무고함을 여실히 나에게 이야기하여 주고 있는 까닭이다.

하이드 씨

내가 부를 이름은 물론 소하小霞는 아니올시다. 그러나 소하라고 부른들 어떻겠습니까? 소하! 운명에 대하여는 마조히스트들에게 성욕이란 무엇이겠습니까? 성욕! 성욕은 그럼 농담입니까? 성욕에게 정말 스토리가 없습니까? 태고에는 정말 인류가 장수하였겠습니까?

소하! 나에게는 내가 예술의 길을 걷는 데 소위 후견인이 너무 없었습니다. 그래서 내가 일찍이 사디슴을 알았을 적에 벌써 성욕을 병발적으로 알았습니다. 이 신성한 파편이요 대타對他에 실례적인 자존심을 억제할 만한 아무런 후견인의 감시가 전연 없었습니다.

3 스스로 짓고 스스로 감춤.

매춘부에게 대한 사사로운 사상, 그것은 생활에서 얻는 노련에 편달되어 가며 몹시 잠행적으로 진화하여 가는 것이었습니다. 그러기에 영화로 된 스티븐슨의 〈지킬 박사와 하이드 씨〉 일 편이 그 가장 수단적인 데 그칠 예술적 향기 수준이 퍽 낮은 것이라고 해서 차마 '옳다, 가하다' 소리를 입 밖에 못 내어놓는 것이 아니겠습니까? 사실에 소하의 경우를 말하지 않고 나에게는 가장 적은 '지킬 박사'와 훨씬 많은 '하이드 씨'를 소유하고 있다고 고백하고 싶습니다. 나는 물론 소하의 경우에서도 상당한 '지킬 박사'와 상당한 '하이드'를 보기는 봅니다만 그러나 소하가 퍽 보편적인 열정을 얼른 단편으로 사사오입식 종결을 지어버릴 수 있는 능한 수완이 있는 데 반대로 나에게는 윤돈 시가에 끝없이 계속되는 안개와 같이 거기조차 콤마나 피리어드를 찍을 재주가 없습니다.

일상생활의 중압이 나에게 교양의 도태를 부득이하게 하고 있으니 또한 부득이 나의 빈약한 이중성격을 '지킬 박사'와 '하이드 씨'에서 '하이드 씨'와 '하이드 씨'로 이렇게 진화시키고 있습니다.

악령의 감상

발광에서 종이 한 장 거리에 접근할 수 있는 기회를 어린애 같은 의지밖에 소유하지 못한 나는 퍽 싫어합니다. 그러나 거기 혹 사似한 농담을 즐겨합니다. 이것은 소하! 자속自續인가요? 의미의 연장이 조금도 없는 단순하고도 정직한 농담·성욕! 외국인의 친절을 생리적으로 조금 더 즐거워하는 나는 매춘부에게서 국제적인 친절과 호의를 느낍니다. 소하! 소하도 그런 간단한 농담과 외교는 즐기십디다그려.

교양은 우리들에게 여분의 상식을 부여하였습니다. 그래서 그 삼 인의 매춘부의 손에 묻은 붉은 잉크에 대하여서 너무 무관심하였습니다. 나중에 붉은 잉크가 혈액의 색상과 흡사한가 아닌가를 시험한 것인 줄 알았을 때에 폭소를 금치 못하는 가운데에도 그들의 그런 상식과 우리의 이런 상식과는 영원히 교섭이 있을 수 없다는 것을 깨달으면서 요사이 더욱 이렇게 나와 훨씬 다른 세계에 사는 사람의 심리에 예술적 관심을 퍽 가지게 된 나로서 절망적인 한심을 느꼈습니다.

물론 붉은 잉크와 피와는 근사하지도 않은 것이니까 그네들도 대개는 그 혈서가 붉은 잉크는 아닌 무슨 가장 피에 가까운—위조라고 치고 보아도—재료로 씌어진 것이라는 것은 깨달았을 것인데도 핏빛 나는 잉크가 있느냐는 둥 다른 짐승, 예를 들면 쥐나 닭이나 그런 것들의 피도 사람 피와 빛깔이 같으냐는 둥 그때에 내 마음은 하여튼 소하의 마음은 어떠하셨습니까? 자, 이것 좀 보세요, 하고 급기야 집어내어 온 것이 봉투 속에 든 한 장 백지. 우리들이 감정하기도 전에 역시 그네들은 의논이 분분하지 않습디까? 그 혈서는 과연 퍽 문학적인 것으로 천결簡潔[4] 명확, 실로 점 하나 찍을 여유가 없는 완전한 걸작이라고 나는 보았습니다. 왈,

4 간결.

"사랑하는 장귀남 씨 / 나의 타는 열정을 / 당신에게 바치노라 / 계유세[5] 정월 모일."

나는 그때 우리들의 농담이 얼마나 봉욕을 당하고 있는가를 느꼈습니다.

소하! 소하는 그때 퍽 신사적인 겸손을 보이십디다만 소하의 입맛이 쓴 것쯤은 나도 알 수 있습디다. 하여간 이 '앨리스' 나라 같은 불가사의한 나라에 제출된 외교 문서에 우리들이 가지고 있는 법률을 적용하려고 하는 것은 도로요 무효일 줄 압니다.

그네들은 입을 모아 그 이튿날 그 발신인이 살고 있고 또 경영하고 있는 점포에 왕림하시겠다는 결의를 하고 있는 것을 보았는데 좀 나도 따라가서 그 천재의 얼굴을 좀 싫도록 보고 오고 싶었습니다. 그런데 그 천재는—그중의 한 분이 그것이 확실히 사람의 피라는 감정을 받은 다음 별안간 막 술을 퍼붓듯이 마시는 것을 나는 말릴까 말까 하고 있다가 흐지부지 그만두었습니다만—나이 사십가량이나 되는 어른이시라고 그러지 않습디까?

우리들의 예술적 실력은—표현 정도는—수박 겉핥기 정도밖에 아니 되나 보더이다. 나는 거리로 쫓겨 나와서 엉엉 울고 싶은 것을 참 억지로 참았습니다.

5 계유년.

혈서 기삼其三

이것이 내가 평생에 세 번째 구경한 혈서인데 나는 이런 또 익살맞은 요절할 혈서는 일찍이 이야기도 못 들어보았다. W 카페 주인이 "글쎄, 이것 좀 보세요" 하고 보여주면서 하는 말이 그 한강에 가 빠져 자살한 여급은 자기 아내(첩)인데 마음이 양처럼 순하고 부처님처럼 착하고 또 불쌍하고 또 자기를 다시없이 사랑하였고 한데 자동차 운전수 하나가 뛰어 들어와 살살 꾀이다가 말을 잘 안 들으니까 이따위 위조 혈서를 보내서 좀 놀라게 한다는 것이 그만 마음이 약한 Y자가 보고 너무 지나치게 놀라서 그가 정말 죽는다는 줄 알고 그만 겁결에 저렇게 제가 먼저 죽어버렸으니 생사람만 하나 잡고 그는 여전히 뻔뻔히 살아서 자동차를 뿡뿡거리고 다니니 이런 원통하고 분할 데가 어디 또 있습니까? 그러면서 글쎄 이게 무슨 혈섭니까, 하고 하얀 봉투 속에서 꺼내는 부기지簿記紙[6]던가 무지無地던가 편지 한 장을 끄집어내어 보여준다. 펜으로 잘디잘게 만리장서 삐뚤삐뚤 시비곡직이 썩 장관이었다. 나는 첫머리 두어 줄 읽어 내려가다가 욕지거리가 나서 그만두고 대체 피가 어디 있느냐고, 이것은 펜글씨지 어디 혈서냐고 그랬더니 이게 즉 혈서라는, 즉 피를 내었다는 증거란 말이지요, 하며 저 끄트머리 찍혀 있는 서너 방울 떨어져 있는 지문 묻은 핏자국을 가리킨다. 코피가 났는지, 코피치고도 너무 분량이 적고 빈대 지나가는 것을 아마 터뜨려 죽인 모양인지 정체

---

6 자산·자본·부채의 수지·증감 등을 적는 종이.

자못 불명이다. 그런데 그 장말章末에 왈이, 혈서가 당신에게 배달되는 때는 나는 벌써 이 세상 사람이 아니고 낙원에 가 있을 것이라고—요컨대 낙원회관에 애인이 하나 생겼단 말인지도 모를 일이다.

그런데 Y자는 죽었다. 정말 그 편지가 배달되자 죽었다. 그래 이 편지 한 장이 ××코—사람 하나를 죽일 수가 있을까? 정말 이 편지에 무섭고 겁이 나고 깜짝 놀라서 죽었을까? 나는 또 다른 ○○코들에게서—

두 사람은 정사를 약속하고 자동차로 한강 인도교 건너까지 나갔다. 자동차는 도로 돌아갔다. 인도교를 걸어오며 두 사람은 사死의 법열을 마음껏 느꼈겠지. 마지막으로 거행되는 달콤한 눈물의 키스. Y자는 먼저 신발을 벗고 스프링오버를 벗고 정말 물로 뛰어들었다. 그 무시무시한 낙하, 그 끔찍끔찍한 물결 깨어지는 소리, 죽음이라는 것은 무섭다. 무섭다. 그 번개 같은 공포가 순간 그 남자의 머리에 스치며 그로 하여금 Y자의 뒤를 따라 떨어지는 용기를 막았다. 반쪽만 남은 것 같은 어떤 남자 한 사람이 구두와 외투를 파출소에 계출하였다. 그 사람은 이 무서운 농담을 소消하려고 자기自棄적으로 자동차에 속력을 놓는다.

그도 그럴 것이지 W 카페 주인은 Y자의 동생 ○○학교 재학하는 근면한 소년 학도에게 참 아름다운 마음으로 학자를 지출하여 주고 있다 한다.

— 〈신여성〉, 1934. 6.

산책의 가을

== 산보·가을·예 ==

여인 유리장 속에 가만히 넣어둔 간쓰메,[1] 밀크, 그렇지 구멍을 뚫지 않으면 밀크는 안 나온다. 단홍백 혹은 녹綠, 이렇게 색색이 칠로 발라놓은 레테르의 아름다움의 외에, 그리고 의외에도 묵직한 포옹의 즐거움밖에는 없는 법이니 여기 가을과 공허가 있다.

비 오는 백화점에 적寂! 사람이 없고 백화百貨가 내 그림자나 조용히 보존하고 있는 거리에 여인은 희붉은 종아리를 걷어 추켜 연분홍 스커트 밑에 야트막이 묵직히 흔들리는 곡선! 라디오는 점원 대표 서럽게 애수를 높이 노래하는 가을 스미는 거리에 세상 것 다 버려도 좋으니 단 하나 가지가지 과일보다 훨씬 맛남

---

1 일본어로 '통조림'을 뜻함.

직한 도색桃色 종아리 고것만은 참 내놓기가 아깝구나.

×

윈도 안의 석고―무사는 수염이 없고 비너스는 분 안 바른 살
갗을 길 없고 그리고 그 장황한 자세에 단념이 없는 윈도
안의 석고다.

×

소다의 맛은 가을이 섞여서 정맥 주사처럼 차고 유니폼 소녀
들 허리에 번쩍번쩍하는 깨끗한 밴드, 물방울 낙수 지는 유니폼
에 벌거벗은 팔목 피부는 포장지보다 정한 포장지고 그리고 유
니폼은 피부보다 정한 피부다. 백화점 새 물건 포장―밴드를 끄
나풀처럼 꾀어 들고 바쁘게 걸어오는 상자 속에는 물건보다도
훨씬훨씬 호기심이 더 들었으리라.

×

여름은 갔는데 검둥 사진은 왜 허물이 안 벗나. 잘된 사진의
간줄간줄한 소녀 마음이 창백한 월광 아래서 감광지에 분 바르
는 생각 많은 초저녁.

×

과일 가게는 문이 닫혔다. 유리창 안쪽에 과일 호흡이 어려서
는 살짝 향훈에 복숭아―비밀도 가렸으니 이제는 아무도 과일
사러 오지는 않으리라. 과일은 마음껏 굴려보아도 좋고 덜 익은
수박 같은 주인 머리에 부딪쳐 보아도 좋건만 과일은 연연然然!
복숭아의 향훈에, 복숭아의 향훈에 복숭아에 바나나에―

×

인쇄소 속은 죄 좌左다. 직공들 얼굴은 모두 거울 속에 있었다.

밥 먹을 때도 일일이 왼손이다. 아마 또 내 눈이 왼손잡이였는지 모르지만 나는 쉽사리 왼손으로 직공과 악수하였다. 나는 교묘하게 좌左된 지식으로 직공과 회화하였다. 그들 휴게와 대좌하여— 그런데 웬일인지 그들의 서술은 우右다. 나는 이 방대한 좌와 우의 교차에서 속 거북하게 졸도할 것 같길래 그냥 문밖으로 뛰어나갔더니 과연 한 발자국 지났을 적에 직공은 일제히 우로 돌아갔다. 그들이 한인째人과 대화하는 것은 꼭 직장 밖에 있는 조건인 것을 알 수 있었다.

×

청계천 헤벌어진 수채 속으로 비행기에서 광고 삐라, 향국의 동해童孩는 거진 삐라같이 삐라를 주우려고 떼 지었다 헤어졌다 지저분하게 흩날린다. 마꾸닝² 회충 구제 그러나 한 동해도 그것을 읽을 줄 모른다. 향국의 동해는 죄다 회충이다. 그래서 겨우 수챗구멍에서 노느라고 배 아픈 것을 잊어버린다. 동해의 양친은 쓰레기라서 너희 동해를 내다 버렸는지는 모르지만 삐삐 마른 송사리처럼 통제 없이 왱왱거리며 잘도 논다.

×

롤러스케이트장의 요란한 풍경, 라디오 효과처럼 이것은 또 계절의 웬 계절 위조일까. 월색이 푸르니 그것은 흡사 교외의 음향! 그런데 롤러스케이트장은 겨울—이 땀 흘리는 겨울 앞에 서서 찌꺼기 여름은 소름 끼치며 땀 흘린다. 어떻게 저렇게 겨울인 체 잘도 하는 복사 빙판 위에 너희 인간들도 결국 알고 보면 인

---

2 구충제의 하나인 '마크닌'의 일본식 발음.

간 모형인지 누구 아느냐.

— 〈신동아〉, 1934. 10.

산촌여정 山村餘情

―성천 기행 중의 몇 절

　향기로운 MJB의 미각을 잊어버린 지도 이십여 일이나 됩니다. 이곳에는 신문도 잘 아니 오고 체전부는 이따금 '하드롱'¹빛 소식을 가져옵니다. 거기는 누에고치와 옥수수의 사연이 적혀 있습니다. 마을 사람들은 멀리 떨어져 사는 일가 때문에 수심이 생겼나 봅니다. 나도 도회에 남기고 온 일이 걱정이 됩니다.

　건너편 팔봉산에는 노루와 멧돼지가 있답니다. 그리고 기우제 지내던 개골창까지 내려와서 가재를 잡아먹는 '곰'을 본 사람도 있습니다. 동물원에서밖에 볼 수 없는 짐승, 산에 있는 짐승들을 사로잡다가 동물원에 갖다 가둔 것이 아니라, 동물원에 있는 짐승들을 이런 산에다 내어 놓아준 것 같은 착각을 자꾸만 느낍

---

1 화학 펄프를 사용한 다갈색의 질긴 종이.

니다. 밤이 되면, 달도 없는 그믐칠야 팔봉산도 사람이 침소로 들어가듯이 어둠 속으로 아주 없어져 버립니다.

그러나 공기는 수정처럼 맑아서 별빛만으로라도 넉넉히 좋아하는 〈누가 복음〉도 읽을 수 있을 것 같습니다. 그리고 또 참 별이 도회에서보다 갑절이나 더 많이 나옵니다. 하도 조용한 것이 처음으로 별들의 운행하는 기척이 들리는 것도 같습니다.

객줏집 방에는 석유 등잔을 켜놓습니다. 그 도회지의 석간과 같은 그윽한 내음새가 소년 시대의 꿈을 부릅니다. 정 형! 그런 석유 등잔 밑에서 밤이 이슥하도록 '호까'(연초갑지煙草匣紙) 붙이던 생각이 납니다. 베짱이가 한 마리 등잔에 올라앉아서 그 연둣빛 색채로 혼곤한 내 꿈에 마치 영어 'T' 자를 쓰고 건너긋듯이 유다른 기억에다는 군데군데 '언더라인'을 하여놓습니다 슬퍼하는 것처럼 고개를 숙이고 도회의 여차장이 차표 찍는 소리 같은 그 성악을 가만히 듣습니다. 그러면 그것이 또 이발소 가위 소리와도 같아집니다. 나는 눈까지 감고 가만히 또 자세히 들어봅니다.

그리고 비망록을 꺼내어 머룻빛 잉크로 산촌의 시정을 기초합니다.

그저께 신문을 찢어버린
때 묻은 흰나비
봉선화는 아름다운 애인의 귀처럼 생기고
귀에 보이는 지난날의 기사

얼마 있으면 목이 마릅니다. 자리물[2]—심해처럼 가라앉은 냉수를 마십니다. 석영질 광석 내음새가 나면서 폐부에 한난계 같은 길을 느낍니다. 나는 백지 위에 싸늘한 곡선을 그리라면 그릴 수도 있을 것 같습니다.

청석 얹은 지붕에 별빛이 내리쪼이면 한겨울에 장독 터지는 것 같은 소리가 납니다. 벌레 소리가 요란합니다. 가을이 이런 시간에 엽서 한 장에 적을 만큼씩 오는 까닭입니다. 이런 때 참 무슨 재조로 광음을 헤아리겠습니까? 맥박 소리가 이 방 안을 방째 시계로 만들어버리고 장침과 단침의 나사못이 돌아가느라고 양짝 눈이 번갈아 간질간질합니다. 코로 기계 기름 내음새가 드나듭니다. 석유 등잔 밑에서 졸음이 오는 기분입니다.

파라마운트 회사 상표처럼 생긴 도회 소녀가 나오는 꿈을 조금 꿉니다. 그러다가 어느 도회에 남겨두고 온 가난한 식구들을 꿈에 봅니다. 그들은 포로들의 사진처럼 나란히 늘어섭니다. 그리고 내게 걱정을 시킵니다. 그러면 그만 잠이 깨어버립니다.

죽어버릴까 그런 생각을 하여봅니다. 벽 못에 걸린 다 해어진 내 저고리를 쳐다봅니다. 서도西道 천 리를 나를 따라 여기 와 있습니다그려!

등잔 심지를 돋우고 비망록에 불을 켠 다음 철필로 군청빛 '모'를 심어갑니다. 불행한 인구가 그 위에 하나하나 탄생합니다.

2 밤에 자다가 마시기 위해 잠자리의 머리맡에 준비해 두는 물.

조밀한 인구가―

내일은 진종일 화초만 보고 놀리라, 탈지면에다 알코올을 묻혀서 온갖 근심을 문지르리라, 이런 생각을 먹습니다. 너무도 꿈자리가 뒤숭숭하여서 그러는 것입니다. 화초가 피어 만발하는 꿈 그라비어 원색판 꿈 그림책을 보듯이 즐겁게 꿈을 꾸고 싶습니다. 그러면 간단한 설명을 위하여 상쾌한 시를 지어서 칠 포인트 활자로 배치하는 것도 좋습니다.

도회에 화려한 고향이 있습니다. 활엽수만으로 된 산이 고향의 시각을 가려버린 이 산촌에 팔봉산 허리를 넘는 철골 전신주가 소식의 제목만을 부호로 전하는 것 같습니다.

아침에 볕에 시달려서 마당이 부스럭거리면 그 소리에 잠을 깨입니다. 하루라는 짐이 마당에 가득한 가운데 새빨간 잠자리가 병균처럼 활동합니다. *끄지 않고 잔 석유 등잔에 불이 그저 켜진 채 소실된 밤의 흔적이 낡은 조끼 단추처럼 남아 있습니다. 작야를 방문할 수 있는 요비링*[3]입니다. 지난밤의 체온을 방 안에 내어던진 채 마당에 나서면 마당 한 모퉁이에는 화단이 있습니다. 불타오르는 듯한 맨드라미 꽃 그리고 봉선화.

지하에서 빨아올리는 이 화초들의 정열에 호흡이 더워오는 것 같습니다. 여기 처녀 손톱 끝에 물들일 봉선화 중에는 흰 것도 섞였습니다. 흰 봉선화도 붉게 물들까―조금 이상스러울 것 없이 흰 봉선화는 꼭두서니빛으로 곱게 물듭니다.

3 일본어로 '초인종'을 뜻함.

수수깡 울타리에 오렌지빛 여주가 열렸습니다. 당콩 넝쿨과 어우러져서 세피아빛을 배경으로 하는 일폭의 병풍입니다. 이 끝으로는 호박 넝쿨 그 소박하면서도 대담한 호박꽃에 스파르타식 꿀벌이 한 마리 앉아 있습니다. 농황색[4]에 반영되어 세실 B. 데밀의 영화처럼 화려하며 황금색으로 치사侈奢합니다. 귀를 기울이면 르네상스 응접실에서 들리는 선풍기 소리가 납니다.

야채 사라다에 놓이는 아스파라거스 잎사귀 같은 또 무슨 화초가 있습니다. 객줏집 아이에게 물어봅니다. '기상꽃'―기생화란 말입니다. 무슨 꽃이 피나―진홍 비단꽃이 핀답니다.

선조가 지정하지 아니한 조셋트[5] 치마에 웨스트민스터 권연을 감아놓은 것 같은 도회의 기생의 아름다움을 연상하여 봅니다. 박하보다도 훈훈한 리그레 추잉껌 내음새 두꺼운 장부를 넘기는 듯한 그 입맛 다시는 소리―그러나 아마 여기 필 기생꽃은 분명히 혜원[6] 그림에서 보는 것 같은―혹은 우리가 소년 시대에 보던 떨떨 인력거에서 홍일산 받은 지금은 지난날의 삽화인 기생일 것 같습니다.

청둥호박이 열렸습니다 호박고지리에 무시루떡―그 훅훅 끼치는 구수한 김에 쫓아서 증조할아버지의 시골뜨기 망령들은 정월 초하룻날 한식날 오시는 것입니다. 그러나 저 국가 백 년의 기

---

4 짙은 노랑색.
5 여름 옷감의 한 종류.
6 조선 후기의 풍속화가인 신윤복(1758~?)의 호.

반을 생각게 하는 넓적하고도 묵직한 안정감과 침착한 색채는 럭비 구球를 안고 뛰는 이 제너레이션의 젊은 용사의 굵직한 팔뚝을 기다리는 것도 같습니다.

유자가 익으면 껍질이 벌어지면서 속이 비어져 나온답니다. 하나를 따서 실 끝에 매어서 방에다가 걸어둡니다. 물방울 져 떨어지는 풍염한 미각 밑에서 연필같이 수척하여 가는 이 몸에 조금씩 조금씩 살이 오르는 것 같습니다. 그러나 이 야채도 과실도 아닌 유머러스한 용적에 향기가 없습니다. 다만 세숫비누에 한 겹씩 한 겹씩 해소되는 내 도회의 육향이 방 안에 배회할 뿐입니다.

팔봉산 올라가는 초경 입구 모퉁이에 최×× 송덕비와 또 × ××× 아무개의 영세불망비永世不忘碑가 항공우편 포스트처럼 서 있습니다. 듣자니 그들은 다 아직도 생존하여 계시다 합니다. 우습지 않습니까.

교회가 보고 싶었습니다. 그래서 예루살렘 성역을 수만 리 떨어져 있는 이 마을의 농민들까지도 사랑하는 신 앞에서 회개하고 싶었습니다. 발길이 찬송가 소리 나는 곳으로 갑니다. 포플러 나무 밑에 염소 한 마리를 매놓았습니다. 구식으로 수염이 났습니다. 나는 그 앞에 가서 그 총명한 동공을 들여다봅니다. 셀룰로이드로 만든 정교한 구슬을 오브라드7로 싼 것같이 맑고 투명하고 깨끗하고 아름답습니다. 도색桃色 눈자위가 움직이면서 내 삼

정三停[8]과 오악伍岳[9]이 고르지 못한 빈상貧相을 업신여기는 중입니다.

옥수수밭은 일대 관병식입니다. 바람이 불면 갑주甲冑 부딪치는 소리가 우수수 납니다. 카마인[10]빛 꼬꼬마가 뒤로 휘면서 너울거립니다. 팔봉산에서 총소리가 들렸습니다. 장엄한 예포 소리가 분명합니다. 그러나 그것은 내 곁에서 소조小鳥의 간을 떨어트린 공기총 소리였습니다. 그러면 옥수수밭에서 백, 황, 흑, 회, 또 백, 가지각색의 개가 퍽 여러 마리 열을 지어서 걸어 나옵니다. 센슈얼한 계절의 흥분이 이 코사크 관병식을 한층 더 화려하게 합니다.

산삼이 풀어져 흐르는 시내 징검다리 위에는 빨채 씻은 자취가 있습니다. 풋김치의 청신한 미각이 안약 '스마일'을 연상시킵니다. 나는 그 화성암으로 반들반들한 징검다리 위에 뼈뚤어진 N 자로 쪼그리고 앉았노라면 시야에 물동이를 이고 주저하는 두 젊은 새악시가 있습니다. 나는 미안해서 일어나기는 났으면서도 일부러 마주 보면서 그리로 걸어갑니다. 스칩니다. 하드롱빛 피부에서 푸성귀 내음새가 납니다. 코코아빛 입술은 머루와 다래로 지졌습니다. 나를 아니 보는 동공에는 정제된 창공이 간쓰메가 되어 있습니다.

M 백화점 미소노 화장품 스위트 걸이 신은 양말은 이 새악시들의 피부색과 똑같은 소맥빛이었습니다. 빼뚜름히 붙인 초유선형 모자, 고양이 배에 파스너를 장치한 가뿟한 핸드백─이렇게

7　오블라토. 사탕과자의 포장이나 약 포장에 사용하는 가식성의 얇은 포장제.
8　상정(머리와 이마의 경계)·중정(코끝)·하정(턱끝)을 가리키는 말.
9　이마·코·턱·좌우 광대뼈를 가리키는 말.
10　카민. 중남미 사막의 선인장에 기생하는 곤충인 깍지벌레의 암컷에서 뽑아 정제한 붉은 색소.

도회의 참신하다는 여성들을 연상하여 봅니다 그리고 새벽 아스팔트를 구르는 창백한 공장 소녀들의 회충과 같은 손가락을 연상하여 봅니다. 그 온갖 계급의 도회 여인들 연약한 피부 위에는 그네들의 빈부를 묻지 않고 온갖 육중한 지문을 느끼지 않습니까.

그러나 가난하나마 무명같이 튼튼한 피부 위에 오점이 없고 '추잉껌' '초콜릿' 대신에 응어리는 빼먹고 달착지근한 꽈리를 불며 숭굴숭굴한 이 시골 새악시들을 더 나는 끔찍이 알고 싶습니다. 축복하여 주고 싶습니다. 교회는 보이지 않습니다. 도회인의 교활한 시선이 수줍어서 수풀 사이로 숨어버리고 종소리의 여운만이 근처에 내음새처럼 남아서 배회하고 있습니다. 혹 그것은 안식을 잃은 내 혼이 들은 바 환청에 지나지 않았는지도 모릅니다.

조밭 한복판에 높은 뽕나무가 있습니다. 뽕 따는 새악시가 전공부電工夫처럼 높이 나무 위에 올랐습니다. 순백의 가장 탐스러운 과실이 열렸습니다. 둘이서는 나무에 오르고 하나이 나무 밑에서 다랭이를 채우고 있습니다. 한두 잎만 따도 다랭이가 철철 넘는 민요의 무태면舞台面입니다.

조 이삭은 다 말라 죽었습니다. 코르크처럼 가벼운 이삭이 근심스럽게 고개를 숙였습니다. 오— 비야 좀 오려무나, 해면처럼 물을 빨아들이고 싶어 죽겠습니다. 그러나 하늘은 금禁한 듯이 구름이 없고 푸르고 맑고 또 부숭부숭하니 깊지 못한 뿌리의 SOS가 암반 아래를 흐르는 지하수에 다다르겠습니까.

두 소년이 고무신을 벗어 들고 시냇물에 발을 잠가 고기를 잡습니다. 지상의 원한이 스며 흐르는 정맥―그 불길하고 독한 물에 어떤 어족이 살고 있는지―시내는 대지의 신열을 뚫고 벌판 기울어진 방향으로 흐르고 있습니다. 그것은 가을의 풍설風說입니다.

가을이 올 터인데 와도 좋으냐고 쏘근쏘근하지 않습니까. 조이삭이 초례청 신부가 절할 때 나는 소리같이 부수수 구깁니다. 노회한 바람이 조 잎새에게 난숙을 최촉하는 것입니다. 그러나 조의 마음은 푸르고 초조하고 어립니다.

조밭을 어지러트린 자는 누구냐? 기왕 안 될 조이거늘, 그런 마음으로 그랬나요? 몹시 어지러뜨려 놓았습니다. 누에, 호호에 누에가 있습니다. 조 이삭보다도 굵직한 누에가 삽시간에 뽕잎을 먹습니다. 이 건강한 미각은 왕후와 같이 존경스러우며 치사侈奢스럽습니다. 새악시들은 뽕 심부름하는 것으로 몸의 마지막 광영을 삼습니다. 그러나 뽕이 떨어졌습니다. 온갖 폐백이 동이 난 것과 같이 새악시들의 정열은 허둥지둥하는 것입니다.

×

야음을 타서 새악시들은 경장輕裝으로 나섭니다. 얼굴의 홍조가 가리키는 방향으로…… 뽕나무에 우승배가 놓여 있습니다. 그리로만 가면 되는 것입니다. 조밭을 짓밟습니다. 자외선에 맛있게 끄슬린 새악시들의 발이 그대로 조 이삭을 무찌르고 스크럼입니다. 그리하여 하늘에 닿을 지성이 천고마비 잠실 안에 있는 성스러운 귀족 가축들을 살지게 하는 것입니다. 코렛트 부인의 〈빈묘牝猫〉[11]를 생각게 하는 말캉말캉한 로맨스입니다.

간이학교 곁집 길가에서 들여다보이는 방에 틀이 떠들고 있습니다. 편발 처녀가 맨발로 기계를 건드리고 있습니다. 그러면 기계는 허리를 스치는 가느다란 실이 간지럽다는 듯이 깔깔깔깔 대소하는 것입니다. 웃으며 지근대며 명산名産 ××명주가 짜여 나오니 열댓자 수건이 성묘 갈 때 입을 때때를 만들고 시집살이 설움을 씻어주고 또 꿈과 꿈을 말소하는 쓰레받기도 되고─이렇게 실없는 내 환희입니다.

담배 가게 곁방 안에는 오늘 황혼을 미리 가져다 놓았습니다. 침침한 몇 갤런의 공기 속에 생생한 침엽수가 울창합니다. 황혼에만 사는 이민 같은 이국 초목에는 순백의 갸름한 열매가 무수히 열렸습니다. 고치─귀화한 마리아들이 최신 지혜의 과실을 단려한 맵시로 따고 있습니다. 그 아들의 불행한 최후를 슬퍼하며 크리스마스트리를 헐어 들어가는 피에타 화폭 전도입니다.

학교 마당에는 코스모스가 피어 있고 생도들은 글을 배우고 있습니다. 그들은 열심히 간단한 산술을 놓아 그들의 정직과 순박을 지혜와 교활로 환산하고 있습니다. 탄식할 이식산이 아니겠습니까. 족보를 찢어버린 것과 같은 흰나비 두어 마리 백묵 내음새 나는 화단 위에서 번복이 무상합니다. 또 연식 테니스공의 마개 뽑는 소리가 음향의 흔적이 되어서는 등고선의 각점 모양으로 남아 있는 것 같습니다. 이 마당에서 오늘 밤에 금융조합 선전 활동사진회가 열립니다. 활동사진? 세기의 총아─온갖 예술 위에 군림하는 넘버 제8예술의 승리. 그 고답적이고도 탕아적인 매력을 무엇에다 비하겠습니까? 그러나 이곳 주민들은 활동사진에

---

11 프랑스 소설가 콜레트(1873~1954)의 소설 〈암고양이〉를 가리킴.

대하여 한낱 동화적인 꿈을 가진 채 있습니다. 그림이 움직일 수 있는 이것은 참 홍모紅毛 오랑캐의 요술을 배워가지고 온 것 같으면서도 같지 않은 동포의 부러운 재간입니다.

활동사진을 보고 난 다음에 맛보는 담박한 허부—장주莊周의 호접몽이 이러하였을 것입니다. 나의 동글납작한 머리가 그대로 카메라가 되어 피곤한 더블렌즈로나마 몇 번이나 이 옥수수 무르익어 가는 초추의 정경을 촬영하였으며 영사하였던가. 플래시 백으로 흐르는 엷은 애수—도회에 남아 있는 몇 고독한 팬에게 보내는 단장斷腸의 스틸이다.

밤이 되었습니다. 초열흘 가까운 달이 초저녁이 조금 지나면 나옵니다. 마당에 멍석을 펴고 전설 같은 시민이 모여듭니다. 축음기 앞에서 고개를 갸웃거리는 북극 펭귄 새들이나 무엇이 다르겠습니까. 짧고도 기다란 인생을 적어 내려갈 편전지—스크린이 박모 속에서 바이오그래피의 예비 표정입니다. 내가 있는 건너편 객줏집에 든 도회풍 여인도 왔나 봅니다. 사투리의 합음이 마당 안에서 들립니다.

시작입니다. 부산 잔교가 나타납니다. 평양 모란봉입니다. 압록강 철교가 역사적으로 돌아갑니다. 박수와 갈채—태서의 명감독이 바야흐로 안색이 없습니다. 십 분 휴게 시간에 조합 이사의 통역부 연설이 있었습니다.

달은 구름 속에 있습니다. 금연—이라는 느낌입니다. 연설하는 이사 얼굴에 전등의 '스포트'도 비쳤습니다. 산천초목이 다 경동할 일입니다. 전등—이곳 촌민들은 ××행 자동차 헤드라이트 외에 전등을 본 일이 없습니다. 그 눈이 부시게 밝은 광선 속에서 창백한 이사는 강단하였습니다. 우매한 백성들은 이 이사의 웅변에 한 사람도 박수 치지 않았습니다―물론 나도 그 우매한 백성 중의 하나일 수밖에 없었습니다마는―

밤 열한시나 지나서 영화 감상의 밤은 해피엔드였습니다. 조합원들과 영사 기사는 이 촌 유일의 음식점에서 위로회를 열었습니다. 나는 객사로 돌아와서 죽어가는 등잔 심지를 돋우고 독서를 시작하였습니다. 그것은 이웃 방에 묵고 계신 노신사께서 내 나타와 우울을 훈계하는 뜻으로 빌려주신 고다 로한[12] 박사의 지은 바 《인人의 도道》라는 진서입니다. 개가 멀리서 끊일 사이 없이 이어 짖어댑니다. 그윽한 하이칼라 방향芳香을 못 잊어 군중은 아직도 헤어지지 않았나 봅니다.

구름이 걷히고 달이 나왔습니다. 벌레가 무도회의 창문을 열어놓은 것처럼 와짝 요란스럽습니다. 알지 못하는 노방路傍의 인人을 사색하는 도회인적인 향수가 있습니다. 신간 잡지의 표지와 같이 신선한 여인들―'넥타이'와 동갑인 신사들 그리고 창백한 여러 동무들―나를 기다리지 않는 고향―도회에 내 나체의 말씀을 번안하여 보내주고 싶습니다. 잠―성경을 채자하다가 엎질러 버린 인쇄 직공이 아무렇게나 주워 담은 지리멸렬한 활자의 꿈. 나도 갈가리 찢어진 사도가 되어서 세 번 아니라 열 번이라도 굶는 가족을 모른다고 그럽니다.

근심이 나를 제한 세상보다 큽니다. 내가 갑문을 열면 폐허가

---

12 일본의 소설가·수필가(1867~1947).

된 이 육신으로 근심의 조수가 스며들어 옵니다. 그러나 나는 나의 마조히스트 병마개를 아직 뽑지는 않습니다. 근심은 나를 싸고돌며 그러는 동안에 이 육신은 풍마우세로 저절로 다 말라 없어지고 말 것입니다.

밤의 슬픈 공기를 원고지 위에 깔고 창백한 동무에게 편지를 씁니다. 그 속에는 자신의 부고도 동봉하여 있습니다.

— 〈매일신보〉, 1935. 9. 27.~10. 11.

서망율도 西望栗島

삼동에 배꽃이 피었다는 동리에는 마른나무에 까마귀가 간수처럼 앉아 있을 뿐이었다.

비탈에서는 적톳빛 죄수들이 적토를 헐어낸다. 느끼하니 냄새 풍기는 진창길에 발만 성가시게 적시고 그만 갈 바를 잃었다.

강으로나 가볼까―울면서 수채화 그리던 바위 위에서 나는 도度 없는 안경알을 닦았다. 바위 아래 갈피를 잡지 못하는 삼월 강물이 충충하다. 시원찮은 볕이 들었다 났다 하는 밤섬을 서西에 두고 역청 풀어놓은 것 같은 물결을 나는 몇 번이나 몇 번이나 내려다보았다.

향방鄕邦의 풍토는 모발 같아

건드리면 새빨개진다

갯가에서 짐 푸는 소리가 한가하다. 개흙 묻은 장작더미 곁에서 낮닭이 겨웁고 배들은 다 돛폭을 내렸다. 벌써 내려놓은 빨랫방망이 소리가 얼마 만에야 그도 등 뒤에서 들려왔다. 나는 별안간 사람이 그리워졌다.

갯가에서 한 집 목로를 들렀다. 손이 없다.

무명조개 껍질이 너덧 석쇠 놓인 화롯가에 헤뜨려져 있을 뿐—목로 뒷방에서 아주먼네가 인사 없이 나온다. 손 베어질 것 같은 소복에 반지는 끼지 않았다. 얼큰한 달래 나물에 한잔 술을 마시며 나는 목로 위에 싸늘한 성모를 느꼈다. 아픈 혈족의 '저'를 느꼈다.

향방의 풍토는
　　　모발 같아
건드리면
　　　새빨개진다

그러고 나서는,

혈족이 저물도록
내 아픈 데가 닿아서
부드러운 구두 속에서도
일마다 아리다

밤섬이 싹을 틔우려나 보다. 걸핏하면 뺨 얻어맞는 눈에 강 건너 일판이 그냥 노랗게 헝클어져서는 흐늑히늑해 보인다.

— 〈조광〉, 1936. 3.

조춘점묘 早春點描

보험 없는 화재

격장에서 불이 났다. 흐린 하늘에 눈발이 성기게 날리면서 화염은 오적어 모양으로 덩어리 먹을 퍽퍽 토한다. 많은 약품을 취급하는 큰 공장이란다. 거대한 불더미 속에서는 간헐적으로 재채기하듯이 색다른 연기 뭉텅이가 내뿜긴다. 약품이 폭발하나 보다.

역 송구스러운 말이나 불구경 싫어하는 사람은 없는 것 같다. 뒤꼍으로 돌아가서 팔짱을 끼고 서서 턱살밑으로 달겨드는 화광을 쳐다보고 섰자니까 얼굴이 후끈후끈해 들어오는 것이, 꽤 할 만하다. 잠시 황홀한 엑스터시 속에 놀아본다.

불을 붙여놓고 보니까 뜻밖에 너무도 엉성한 그 공장 바라크는 삽시간에 불길에 휘감겨 버리고 그리고 그 휘말린 혓바닥이

인접한 게딱지 같은 빈민굴을 향하여 널름거리기 시작해서야 겨우 소방대가 달려왔다. 인제 정말 재미있다. 삼방三方으로 호스를 들이대고는 빈민굴 지붕 위에 올라서서 야단들이다. 하릴없이 깝친다.

이만큼 떨어져서 얼굴이 뜨거워 못 견디겠으니 거진 화염 속에 들어서다시피 바싹 다가선 소방대들은 어지간하렷다 하면서 여전히 점점 더 사나워오는 훈훈한 불길을 쪼이고 있자니까 인제는 게서 더 못 견디겠는지 호스 꼭지를 쥔 채 지붕에서 뛰어내려온다. 그러면 그렇지 하고 그 실오라기만도 못한 물줄기를 업신여기자니까 이번에는 호스를 화염 쪽에서 돌려서 잇닿은 빈민굴을 막 축이기 시작이다. 이미 화염에 굴뚝과 빨래 널어놓은 장대를 끄스르기 시작한 집에서들은 세간 기명을 끌어내느라고 허겁지겁들 법석이다 하더니 헐어내기 시작이다.

타는 것에서는 손을 떼고 성한 집을 헐어내는 이유는 이 좀 심한 서북풍에 진로를 차단하자는 속일 것이다. 그러나 아직들은 붙지도 않았는데 덮어놓고 헐리고 물을 끼얹고 해서 세간 기명을 그냥 엉망을 만들어버린 빈민굴 주민들로 치면 또 예서 더 억울할 데가 없을 것이다.

하도들 들이몰리고 내몰리고들 좁은 골목 안에서 복닥질들을 치기에 좀 내다보니까 삼층장 의걸이 양푼 납세독촉장 바이올린 여우목도리 다 해진 돗자리 단장 스파이크 구두 구공탄 풍로 뭐이따위 나부랭이가 장이 서다시피 내쌓였다. 그중에서도 이부자리는 물벼락을 맞아서 결딴이 난 것이 보기 사납다.

그제서야 예까지 타 들어오려나 보다 하고 선뜩 겁이 난다. 집으로 얼른 들어가 보니까 어머니가 덜―덜― 떨면서 때 묻은 이불 보퉁이를 뭉쳤다 끌렀다 하면서 갈팡질팡하신다. 코웃음이―문득―나오는 것을 참으면서―그건 그렇게 싸서 어따가 내놀 작정이십니까?―하고 묻는다. 생각하여 보면 남의 셋방 신세어니 탄들 다 타대야 집 한 채 탄 것의 몇 분의 일도 못 되리라.

불길은 인제는 서향 유리창에 환하다. 타려나 보다. 타면 탔지, 하는 일종 비유키 어려운 허무한 생각에서 다시 뒤꼍으로 돌아가서 불구경을 계속한다.

그동안에도 만일 불이 정말 이 일대를 폭파하고야 말 작정이라면 제일 먼저 꺼내 와야 할 것이 무엇일까를 생각하여 보았다.

그러나 아무것도 선뜻 떠오르는 게 없다. 그럼 다 타도 좋다는 심리인가? 아마 그런 게다. 그러나 어머니는 그 다 떨어진 포대기와 빈대투성이 반닫이가 무한히 아까운 모양이었다.

또 저 걸레 나부랭이를 길에 내놓았다가 그것을 줄래줄래 들고 찾아갈 곳이 있나 그것도 생각해 보았으나 그 역시 없다. 일가 혹은 친구―내 한 몸뚱이 같으면 몰라도 이 때 묻은 가족들을 일시에 말없이 수용해 줄 곳은 암만해도 없는 것이다.

불행히 불은 예까지는 오기 전에 꺼졌다. 그 좋은 불구경이 너무 하잘것없이 끝난 것도 섭섭했지만 그와는 달리 무엇이라고 형언할 수 없는 적막을 느꼈다.

듣자니 공장은 화재보험 덕에 한 파운드짜리 알코올 병 하나 꺼내놓지 않고 수만 원의 보상을 받으리라 한다. 화재보험―참 이것은 어떤 종류의 고마운 하느님보다도 훨씬 더 고마운 하느님에 틀림없다.

어머니는 어찌 되든지 간에 그때 마음 같아서는 '빌어먹을! 몽땅 다 타나 버리지' 하고 실없이 심술이 났다. 재산도 그 대신 걸레 조각도 없는 알몸뚱이가 한번 되어보고 싶었던 게다. 물론 '화재보험 하느님'이 내게 아무런 보상도 끼칠 바는 아니련만……

단지斷指한 처녀

들판이나 나무에 핀 꽃을 똑 꺾어본 일이 없다. 그건 무슨 제법 야생 것을 더 귀애한답시고 해서 그런 게 아니라 대체가 성격이 비겁하게 생겨먹은 탓이다.

못 꺾는 축보다는 서슴지 않고 꺾을 수 있는 사람이 역시—매사에 잔인하다는 소리를 듣는 수는 있겠지만—영단英斷이란 우수한 성격적 무기를 가진 게 아닌가 한다.

끝의 누이 동무 되는 새악시가 그 어머니 임종에 왼손 무명지를 끊었다. 과연 동양 도덕의 최고 수준을 건드렸대서 무슨 상인지 돈 삼 원을 탔단다. 세월이 세월 같으면 번듯한 홍문이 서야 할 계제에 돈 삼 원이란 어떤 도량형법으로 산출한 액수인지는 알 바가 없거니와 그보다도 잠깐 이 단지한 새악시 자신이 되어 생각을 해보니 소름이 끼친다. 사뭇 식도로다 한 번 찍어 안 찍히는 것을 두 번 찍고 세 번 찍고 열 번 찍어 안 넘어가는 나무가 없다는 격으로 기어이 찍어 떨어뜨렸다니 그 하늘이 동할 효성도 효성이지만 위선 이 끔찍끔찍한 잔인성은 상상만 해도 몸서리가 치고 오히려 남음이 있는가 싶다. 이렇게 해서 더러 죽은 어머니를 살리는 수가 있다니 그것을 의학이 어떻게 교묘하게 설명해 줄지는 모르나 도무지 신화 이상의 신화다.

원체가 동양 도덕으로는 신체발부에 창이를 내는 것을 엄중히 취체한다고 과문寡聞히 들어왔거늘 그럼 이 무시무시한 훼상을 왈, 중中에도 으뜸이라는 효도의 극치로 대접하는 역설적 이론의 근거를 찾기 어렵다.

무슨 물질적인 문화에 그저 맹종하자는 게 아니라 시대와 생활 시스템의 변천을 좇아서 거기 따르는 역시 새로운즉, 이 시대와 이 생활에 준거되는 적확한 윤리적 척도가 생겨야 할 것이고 가 아니라 의식적으로 입법해 내야 할 것이다.

단지―이 너무나 독한 도덕 행위는 오늘 우리가 짊어지고 있는 어떤 종류의 생활 시스템이나 사상적 프로그램으로 재어보아도 송구스러우나 일종의 무지한 만적蠻的 사실인 것을 부정키 어려운 외에 아무 취할 것이 없다.

알아보니까 학교도 변변히 못 가본 규중처녀라니 물론 학교에서 얻어 배운 것은 아니겠고 그렇다면―어른들의 호랑이 담배 먹는 옛이야기나 그렇지 않으면 울긋불긋한 각설이 떼 체효자충신전體孝子忠臣傳이 뙤어준 것임에 틀림없을 것이다. 그 밖에 손가락을 잘라서 죽는 부모를 살릴 수 있다는 가엾은 효법을 이 새악시에게 여실히 가르쳐줄 수 있을 만한 길이 없다. 아― 전설의 힘의 이렇듯 큼이여.

그러자 수삼 일 전에 이 새악시를 보았다. 어머니를 잃은 크나큰 슬픔이 만면에 형언할 수 없는 수색을 빚어내는 새악시의 인상은 독하기는커녕 어디 한 군데 흠잡을 데조차 없는 가련한 온

순한 하디의 '테스' 같은 소녀였다. 누이는 그냥 제 일같이 붙들고 울고 하는 곁에서 단지에 대한 그런 아포리즘과는 딴 감격과 슬픔을 느끼지 않을 수 없었다. 기적으로 상처는 도지지도 않고 그냥 앙글었으니 하늘이 무심치 않구나 했다.

하여간 이 양이나 다름없이 부드럽게 생긴 소녀가 제 손가락을 넓적한 식도로다 데꺽 찍어내었거니는 꿈에도 생각할 수 없다.

다만 그의 가련한 무지와 가증한 전통이 이 새악시로 하여금 어머니 잃고 또 저는 종생의 불구자가 되게 한 이중의 비극을 낳게 한 것이다.

극구 칭찬하는 어머니와 누이에게 억제하지 못한 슬픔은 슬쩍 감추고 일부러 코웃음을 치고—여자란 대개가 도무지 잔인하게 생겨먹었습넨다. 밤낮으로 고기도 썰고 두부도 썰고 생선 대가리도 족치고 나물도 뜯고 버들가지를 꺾어서는 피리도 만들고 피류도 찢고 버선감도 싹뚝싹뚝 썰어내고 허구한 날 하는 일이 일일이 잔인하기 짝이 없는 것뿐이니 아마 제 손가락 하나쯤 비웃한 마리 토막 치는 세음만 치면 찍히지—하고 흘려버린 것은 물론 궤변이요, 속으로는 역시 그 갸륵한 지성과 범키 어려운 일편단심에 아파하지 않을 수 없었고 존경하는 마음으로 하여 머리 수그리지 않을 수는 없었다.

불행히 시대에서 비켜선 지고한 효녀 그 새악시! 그래 돈 삼 원에다 어느 신문 사회면 저 아래에 칼표딱지만 한 우메구사[1]를 장만해 준밖에 무엇이 소저의 적막해진 무명지 억울한 사정을

---

1 일본어로 '여백을 채우는 기사'를 뜻함.

가로맡아 줍디까. 당신을 공경하면서 오히려 단지를 미워하는 심사 저 뒤에는 아주 근본적으로 미워해야 할 무엇이 가로놓여 있는 것을 소저! 그대는 꿈에도 모르리다.

차생윤회 此生輪廻

길을 걷자면 '저런 인간을랑 좀 죽어 없어졌으면' 하고 골이 벌컥 날 만큼이나 이 세상에 살아 있지 않아도 좋을 산댔자 되려 가지가지 해독이나 끼치는밖에 재조가 없는 인생들을 더러 본다. 일전 영화 〈죄와 벌〉에서 얻어들은 '초인법률초월론超人法律超越論'이라는 게 뭔지는 모르지만 진보된 인류 우생학적 위치에서 보자면 가령 유전성이 확실히 있는 불치의 난병자 광인 주정 중독자 유전의 위험이 없더라도 접촉 혹은 공기 전염이 꼭 되는 악저惡疽[2]의 소유자, 또 도무지 어떻게도 손을 댈 수 없는 절대 걸인 등 다 자진해서 죽어야 하든지 그렇지 않으면 모종의 권력으로 일조일석에 깨끗이 소탕을 하든지 하는 게 옳을 것이다. 극흉극악의 범죄인도 물론 그 종자를 절멸시켜야 옳을 것인데 이것만은 현행의 법률이 잘 행사해 준다. 그러나―법률에 대한 어려운 이론을 알 바 없거니와―물론 충분한 증거와 함께 범죄 사실이 노현한 경우에 한하여서이다. 영화 〈프랑켄슈타인〉에 나오는 지상 최대의 흉악한 용모의 소유자가 여기 있다면 그 흉리에는 어떤

2 악성 종기.

극악의 범죄 계획을 내함內緘하고 있다 하더라도 다만 그의 용모 골상이 흉악하다는 이유만으로는 법률이 그에게 판재判裁나 처리를 할 수는 없으리라. 법률은 그런 경우에 미행을 붙여서 차라리 이자의 범죄 현장을 탐탐히 기다릴 것이다. 의아한 자는 벌치 않는다니 그럴 법하다.

×

그러나 또 생각해 보면 걸인도 없고 병자도 없고 범죄인도 없고 하여간 오늘 우리 눈에 거슬리는 온갖 것이 다 깨끗이 없어져 버린 타작마당 같은 말쑥한 세상은 만일 그런 것이 지상에 실현할 수 있다면 지상은 그야말로 심심하기 짝이 없는 권태 그것과 같은 세상일 것이다. 그러니까 자선가의 허영심도 채울 길이 없을 것이고 의사도 변호사도 아니 재판소도 온갖 것이 다 소용이 없어질 것이고 따라서 그날이 그날 같고 이럴 것이니 이래서야 참 정말 속수무책으로 바야흐로 할 일이 없어질 것이다. 이런 춘풍 태탕한 세월 속에서 어쩌다가 우연히 부스럼이라도 좀 나는 사람이 하나 있다면 참괴 이것을 이기지 못하여 천하 만민 앞에서 아주 깨끗하게 일신을 자결할 것이고 또 그런 세상의 도덕이 그러기를 무언중에 요구해 놓아둘 것이다.

×

그게 겁이 나서 그런지는 모르지만 천하의 어떤 우생학자도 초인법률초월론자도 행정자에게 대하여 정말 이 '살아 있지 않아도 좋을 인간들'의 일제一齊 학살을 제안하거나 요구하지는 않나 보다. 혹 요구된 일이 전대에 더러 있었는지는 모르지만 일찍이 한 번도 이런 대영단적大英斷的 우생학을 실천한 행정자는 없는

가 싶다. 없을 뿐만 아니라 나환자 사구금救救金이니 빈민구제기
관이니 시료 병실이니 해서 어쨌든 이네들의 생명에 대하여 아
무런 위협도 가하지 않을 뿐 아니라 한편 그윽이 보호하는 기색
이 또한 무르녹는다. 가령 종로에서 전차를 기다리자면 "나리 한
푼 줍쇼" 하고 달겨든다. 더러 준다. 중에는 "내 십 전 줄게 다시
는 거지 노릇 하지 마라" 한 부인이 있다니 포복할 일이다. 또 점
두店頭에 그 호화 장려한 풍모로 나타나서 "한 푼 줍쇼" 소리를
될 수 있는 대로 듣기 싫게 연발하는 인간에게도 불성문으로 한
푼 주어 보내기로 되어 있다. 그래서 암암리에 사람들은 이 지상
의 암을 잘 기를 뿐만 아니라 은연히 엄호한다. 역 눈에 띄지 않
는 모순이다.

즉 그런 그다지 많지 않은 그러나 결코 적지 않은 한 층을 길
러서 이쪽이 제 생활의 어떤 원동력을 게서 얻자는 것인지도 모
른다. 목숨이 끊어지지 않을 만큼만 먹여 살려서는 그런 것이 역
연히 지상에 있다는 것을 사실로 지적해서는 제 인생 생활의 가
치와 레종 데르트[3]을 교만하게 긍정하자는 기획일 것이다. 그러
면서 부절히 이 악저로 하여 고통과 위협을 느끼는 중에 '네놈이
어디 나 같은 인간이 될 수 있나 해보아' 하는 형용할 수 없는 무
슨 투쟁심을 흉중에 축적시켜서는 '저게 겨우내 안 죽고 또 살
앗' 하는 의외에도 생활의 원동력을 흡취하자는 것일 게다.

3 프랑스어로 '존재 이유'를 뜻함.

하루 종로를 오르내리는 동안에 세 번 적선을 베푼 일이 있다. 파기록적 사실임에 틀림없다. 한 푼 받아 들고 이내 고개를 끄덕이고 꽁무니를 빼는 꼴을 보면서 '네놈 덕에 내가 사람 노릇을 하는 것이다. 알기나 아니?' 하고 심히 궁한 허영심에서 고소하였다. 자신 역 지상에 살 자격이 그리 없다는 것을 가끔 느끼는 까닭이다. 그러나 다음 순간 '나를 먹여 살리는 바로 상부 구조가 또 이렇게 만족해하겠지' 하고 소름이 연 쫙 끼쳤다. 그때의 나는 틀림없이 어떤 점잖은 분들의 허영심과 생활 원동력을 제공하기 위하여 꾸물꾸물하는 '거지적 존재'구나, 눈의 불이 번쩍 나지 않을 수 없었다.

공지空地에서

얼음이 아직 풀리기 전 어느 날 덕수궁 마당에 혼자 서 있었다. 마른 잔디 위에 날이 따뜻하면 여기저기 쌍쌍이 벌려 놓일 사람 더미가 이날은 그림자도 안 보인다. 이렇게 넓은 마당을 텅 이렇게 비워두는 뜻이 알 길 없다. 땅이 심심할 것 같다. 땅도 인제는 초목이 우거지고 기암괴석이 배치되는 데만 만족해하지는 않을 게다. 차라리 초목이 없고 괴석이 없더라도 집이 서고 집 속에 사람들이 북적북적하고 또 집과 집 사이에 참 아끼고 아껴서 남겨놓은 가늘고 길고 요리 휘고 조리 휜 얼마간의 지면—즉 길에는 늘 구두 신은 남녀가 뚜걱뚜걱 오고 가고 여러 가지 차량들이 굴러가고 하기를 희망할 것이다. 그렇게 땅의 성격도 기호도 변하였을 것이다.

그래 이건 아마 겨울 동안에는 인마의 통행을 엄금해 놓은 각별한 땅이나 아닌가 하고 대단히 겸연쩍어서 부리나케 대한문으로 내닫으려니까 하늘에 소리 있으니 사람의 소리로다―그러나 역시 잔디밭 위에는 아무도 없고 지난가을에 헤뜨리고 간 캐러멜 싸개가 바람에 이리 날고 저리 날고 할 뿐이다.

그러나 다음 순간 반드시 덕수궁에 적을 둔 금리金鯉[4] 떼나 놀아야 할 연못 속에 겨울 차림을 한 남녀가 무수히 헤어져 놀고 있는 것이 눈에 띄었다. 하나도 육지에 올라선 이가 없이 말짱 그 손바닥만 한 연못에 들어서서는 스마트한 스케이팅을 즐기는 것이 아닌가.

요컨대 새로 발견된 공지로군―하고 경이의 눈을 옮길 길이 없어 가까이 다가서서는 그 새로 점령된 미끈미끈한 공지를 조심성스러이 좀 들여다보았다. 그러니 금리어들은 다 어디로 쫓겨갔을까? 어족은 냉혈동물이라니 물이 얼어도 밑바닥까지만 얼지 않으면 그 얼음장 밑 냉수 속에서 족히 살아갈 수 있다는 것인가. 그러나 그 예리한 스케이트 날로 너무 걸커미어 놓아서 얼음은 영 불투명하다. 투명만 하면 불그스레한 금리어 꽁지가 더러 들여다보이기도 하련만―하여간 이 손바닥만 한 연못이 깊으면 얼마나 깊을까―바탕까지 다 땅땅 얼었다면 어족은 일거에 몰사하였을 것이고 얼음장 밑에 물이 흐르고 있다면 이 까닭 모를 소요에 얼마나 어족들이 골치를 앓을까? 이 신기한 공지를 즐기기 위

4 금잉어.

하여는 물론 그들은 어족의 두통 같은 것은 가산하지 않았을 것이다.

그날 황혼 천하에 공지 없음을 한탄하며 뉘 집 이층에서 저물어가는 도회를 내려다보고 있었다. 그때 실로 덕수궁 연못 같은 날만 따뜻해지면 제출물에 해소될 엉성한 공지와는 비교가 안 되는 참 훌륭한 공지를 하나 발견하였다.

××보험회사 신축 용지라고 대서특필한 높다란 판장으로 둘러막은 목산 범 천 평 이상의 명실상부의 공지가 아닌가.

잡초가 우거졌다가 우거진 채 말라서 일면이 세피아빛으로 덮인 실로 황량한 공지인 것이다. 입추의 여지가 가히 없는 이 대도시 한복판에 적지 않은 공지가 있다는 것은 기적 아닐 수 없다.

인마의 발자취가 끊인 지─아니 그건 또 처음부터 없었는지도 모르지만─오랜 이 공지에는 강아지가 서너 마리 모여 석양의 그림자를 끌고 희롱한다. 정말 공지─참말이지 이 세상에는 인제는 공지라고는 없다. 아스팔트를 깐 뻔질한 길도 공지가 아니다. 질펀한 논밭, 임야, 석산, 다 아무개의 소유답^{所有沓}이요, 아무개 소유의 산갓⁵이요, 아무개 소유의 광산인 것이다. 생각하면 들에 나는 풀 한 포기가 공지에 뿌리를 내리지 못한다. 이치대로 하자면 우리는 소유자의 허락이 없이 일보의 반보를 어찌 옮겨 놓으리오. 오늘 우리가 제법 교외로 산보도 할 수 있는 것은 아직도 세상인심이 좋아서 모두들 묵허를 해주니까 향유할 수 있는 치사다. 하나도 공지가 없는 이 세상에 어디로 갈까 하던 차에 이

5 산림.

런 공지다운 공지를 발견하고 저기 가서 두 다리 쭉 뻗고 누워서 담배나 한 대 피웠으면 하고 나서 또 생각해 보니까 이것도 역 ××보험회사가 이윤을 기다리고 있는 건조물인 것을 깨달았다. 다만 이 건조물은 콘크리트로 여러 층을 쌓아 올린 것과 달라 잡초가 우거진 형태를 하고 있을 뿐인 것이다.

봄이 왔다. 가난한 방 안에 왜싸리 분 하나가 철을 찾아서 요리조리 싹이 튼다. 그 닷곱 한 되도 안 되는 흙 위에다가 늘 잉크병을 올려놓고 하다가 싹 트는 것을 보고 잉크병을 치우고 겨우내 그대로 두었던 낙엽을 거두고 맑은 물을 한 주발 주었다. 그리고 천하에 공지라곤 요 분 안에 놓인 땅 한 군데밖에는 없다고 좋아하였다. 그러나 두 다리를 뻗고 누워서 담배를 피우기에는 이 동글납작한 공지는 너무 좁다.

도회의 인심

도회의 인심이란 어느 만큼이나 박해가려는지 알 길이 없다.

이런 이야기를 들은 일이 있다. 상해에서는 기아棄兒를―그것도 보통 죽은 것을―흔히 쓰레기통에다 한다. 새벽이면 쓰레기 쳐 가는 인부가 와서는 휘파람을 불어가며 쓰레기를 치는데 그는 이 흉악한 기아를 보고도 별반 놀라지 않을 뿐만 아니라 그 애총을 이리 비켜놓고 저리 비켜놓고 해서 쓰레기만 쳐가지고 잠자코 돌아간다는 것이다. 요컨대 기아야 뭐이 그리 이상하랴. 다만 이것은 쓰레기는 아니니까 내가 쳐 가지 않을 따름 어떻게 되는 걸 누가 알겠소―이 뜻이다.

설마―했지만 또 생각해 보면 있을 법도 한 일이다. 참 도회의 인심은 어느 만큼이나 박하고 말려는지 종잡을 수가 없다.

이 나가야[6]로 이사 온 지도 벌써 돌이 가까워오나 보다. 같은 들보 한 지붕 밑에 죽 칸칸이 산다. 박 서방, 김 씨, 이상, 최 주사, 이렇게 크고 작은 문패가 칸칸이 붙었다. 그러나 그들은 서로 사귀지 않는다. 그중에도 직업은 서로 절대 비밀이다. 남편 혹은 나 같은 아내 없는 장성한 아들들은 앞문으로 드나든다. 그러나 아내 혹은 말만 한 누이동생들은 뒷문으로 드나든다. 남편은 아침 혹 낮에 나가면 대개 저녁 혹은 밤에나 들어온다.

그러나 아낙네들은 집에 있다. 저녁때가 되면 자연 쌀을 씻어야겠으니까 수도로 모여든다. 모여들면 남자들처럼 서로 꺼리고 기피하지 않고 곧잘 언어노출증을 나타낸다. 그래서는 잠자코 있었으면 모를 이야기, 안 해도 좋을 이야기, 흥아잡이 무릎맞춤이 시작되어서 가끔 여류 무용전武勇傳을 만들기도 한다. 그리하여 힘써 감추는 남편 씨의 직업도 탄로가 나고 해서 바깥양반의 자존심을 여지없이 분쇄하고 마는 것이다. 그러나 기압은 대체로 보아 무풍 상태다.

우리 집 변소 유리창에서 똑바로 보이는 제2열 나가야 ○호 칸에 들은 젊은 세대는 작하 이래 내외 싸움이 그칠 사이가 없더니 가을로 들어서자 추풍낙엽과 같이 남편이 남편 직에서 떨어졌다. 부인은 ××카페 화형花形[7]여급이라는 것이다. '메리 위

---

6 일본어로 '길게 지은 집 또는 (칸을 막아 여러 가구가 살도록 지은) 연립주택'을 뜻함.
7 꽃 모양. 또는 꽃과 같은 모양. 여기서는 '가장 인기 있는 사람'을 뜻함.

도'⁸가 된 '화형'은 남편을 경질하기에는 환경이 이롭지 못함을 깨달았던지 떠나버리고 그 칸은 빈 채다. 물론 이사를 하는 경우에도 이웃에 인사를 하는 수고스러운 미덕은 이 나가야 규정에 없다. 그 바로 이웃 칸에 든 젊은이의 감상담에 의하면 앓던 이 빠진 것 같다고―왜냐하면 그 풍기를 문란케 하는 종류의 레코드 소리를 안 듣게 되었다는 것이다. 그러자 또 그 이웃 아주 지방분이 잘 침착한 젊은이는 젖먹이를 잃어버렸다. 그와 동시에 그 죽은 아이 체중보다도 훨씬 더 많을 지방분도 깨끗이 잃어버렸다. 그러나 그 어린애를 위해서나, 애어머니 지방분을 위해서나 부의 한 푼 있을 리 없다. 나도 훨씬 뒤에야 알았으니까―

날이 훨씬 추워지자 우리 바로 격장에 사남매로 조직된 가족이 떠나왔다. B 전문학교 다니는 오빠가 한 쌍, W 여고보에 다니는 매씨가 한 쌍―매양 석각夕刻이면 혼성사중창 유행가가 우리 아버지 완고한 사상을 고롭힌다 한다. 그렇건만 나는 한 번도 그 오빠들을 본 일이 없고 누이는 한 번도 그 매씨들과 말을 바꾸어 본 일이 없는 것이다.

정월에 반대편 이웃집에서 흰떡을 했다. 한 가락 주겠지 했더니 과연 한 가락도 안 준다. 우리는 지짐이만 부쳤다. 좀 줄까 하다가 흰떡 한 가락 안 주는걸 뭘, 하고 혼자 먹었다. 사남매 집은 원래 계산에 넣지 않은 이유가 그믐날 밤까지도 아무것도 부치지도 지지지도 않았기 때문이다. 그것은 전혀 흰떡과 지짐이를 이웃집에 기대하고 있는 수작이 아닌가 해서 미워서 그런 것이

---

8 merry widow, 행복한 과부.

다. 물론 이것은 내 오해인지도 모르지만—

해토하면서 막다른 칸에 든 젊은이가 본처에서 일약 첩으로 실격한 사건이 생겼다. 그러나 아무도 그 젊은이를 동정하지는 않고 그 남편이 배불뚝이라고 험담들만 실컷 하다 나자빠졌다. 그리고 우리 집에는 나날이 찾아오는 빚쟁이 수효가 늘어가기 시작이다. 그러다가 건물 회사에서 집달리를 데리고 나와 세간 기명 등속에다가 딱지를 붙이고 갔다. 집세가 너무 많이 밀렸다는 이유다. 이런 뒤법석이 일어난 것을 사남매는 모두 학교에 갔으니 알 길이 없고 이쪽 이웃 역 어느 장님이 눈을 씻누 하는 식이다. 차라리 나는 다행하다 생각하였다. 동네방네가 죄다 알고 야단들을 치면 더 창피다.

"이리 오너라" "누굴 찾으시오" "○ 씨 집이오?" "아뇨!" "그럼 어디오?" "그걸 내가 아오?" 하는 문답이 우리 집 문간에서 있나 보더니 아버지 말씀이 "알아도 안 가르쳐주는 게 옳아" "왜요?" "아 빚쟁일시 분명하니 거 남 못할 노릇 아니냐" 하신다. 도회의 인심은 대체 얼마나 박하고 말려고 이러나?

골동벽骨董癖

가령 신라나 고려 적 사람들이 밥상에다 콩나물도 좀 담고 또 장조림도 담고 또 약주도 따르고 해서 조석으로 올려놓고 쓰던 식기 나부랭이가 분묘 등지에서 발굴되었다고 해서 떠들썩하나 대체 어쨌다는 일인지 알 수 없다. 그게 무엇이 그리 큰일이며 그

사금파리 조각이 무엇이 그리 가치 높이 평가되어야 할 것이냐는 말이다. 황차 그렇지도 못한 이조 항아리 나부랭이를 가지고 어쩌니 어쩌니 하는 것들을 보면 알 수 없는 심사이다.

우리는 선조의 장한 일들을 잊어버려서는 못쓴다. 그러나 오늘 눈으로 보아서 그리 값도 나가지 않는 것을 놓고 얼싸안고 혀로 핥고 하는 꼴은 진보한 커트 글라스 그릇 하나를 만들어내는 부지런함에 비하여 그 태타의 극을 타기하고 싶다.

가끔 아는 이에게서 자랑을 받는다. "내 이조 항아리 좋은 것 우연히 싸게 샀으니 와 보시오"다. 싸다는 그 값이 결코 싸지도 않을 뿐만 아니라 가보면 대개는 아무 예술적 가치도 없는 태작인 경우가 많다. 그야 오늘 우리가 미쓰코시 백화점 식기부에서 살 수 없는 물건이니 볼 점이야 있겠지―하지만 그 볼 점이라는 게 실로 하찮은 것이다.

항아리 나부랭이는 말할 것 없이 그 시대에 있어서 의식적으로 미술품으로 만들어진 것은 아니다. 간혹 꽤 미술적인 요소가 풍부히 섞인 것이 있기는 있으되 역시 여기餘技 정도요 하다못해 꽃을 꽂으려는 실용이래도 실용을 목적으로 된 것임에 틀림없다. 이것이 오랜 세월을 지하에 파묻혔다가 시대도 풍속도 영 딴판인 세상인 눈에 띄니 위선 역설적으로 신기해서 얼른 보기에 교묘한 미술품 같아 보인다. 이것을 순수한 미술품으로 알고 왁자지껄들 하는 것은 가경할 무지다.

어느 박물관에서 허다한 점수의 출토품을 연대순으로 나열해놓고 또 경향이며 여러 가지 분류 방법을 적확히 구분해서 일목요연토록 해놓은 것을 구경하고 처음으로 그런 출토품의 아름다움과 가치 있음을 느꼈다.

결국 골동품의 가치는 그런 고고학적인 요구에서 생기는 것일 것이다. 겸하여 느끼는 아름다운 심정은 즉 선조에 대한 그윽한 향수에서 오는 것이 아닐까. 역사라는 학문을 부정할 수는 없으리라. 어느 시대 생활양식 민속 민속예술 등을 알고자 할 때에 비로소 골동품의 지위가 중해지는 것이지, 그러니까 골동품은 골동품을 모아놓는 박물관과 병존하지 않고는 그 존재 이유가 소멸할 뿐 아니라 하등의 구실을 못 한다. 같은 시대 것 같은 경향 것을 한데 모아놓고 봄으로 해서 과연 구체적인 역사적인 지식을 얻을 수 있는 것이지—그러니까 물론 많을수록 좋다—그렇지 않고 외따로 떨어진 한 파편은 원인 피테칸트로푸스의 단 한 개의 골편처럼 너무 짐작을 세울 길에 빈곤하다. 그것을 항아리한 개 접시 두 조각 해서 자기 침두에 늘어놓고 그중에 좋은 것은 누가 알까 봐 쉬쉬 숨기기까지 하는 당세 골동인 기질은 위선 아까 말한 고고학적 의의에서 가증한 일이요, 둘째 그 타기할 수 전노적 사유 관념이 밉다.

그러나 이 좋은 것을 쉬쉬하는 패쯤은 양민이다. 전혀 오 전에 사서 백 원에 파는 것으로 큰 미덕을 삼는 골동가가 있으니 실로 경탄할 화폐 제도의 혼란이다.

모 씨는 하루 이런 이야기를 한다. "요전에 샀던 것 깜빡 속았어. 그러나 오 원만 밑지고 겨우 다른 사람한테 넘겼지. 큰일 날 뻔했는걸"이다. 위조 골동을 모르고 고가에 샀다가 그것이 위조라는 것을 알자 산 값에서 오 원만 밑지고 딴 사람에게 팔아먹었다는 성공 미담이다.

　재떨이로도 쓸 수 없다는 점에 있어서 위선 제로에 가까운 가치밖에 없는 한개 접시를 위조하는 심리를 상상기 어렵거니와 그런 이매망량이 이렇게 교묘하게 골동 세계를 유영하고 있거니 생각하면 소름이 끼칠 일이다. 누구는 수만 원의 명도名刀를 샀다가 위조라는 것을 알고 눈물을 머금고 장사를 지내버렸다 한다. 그러나 이 가짜 항아리, 접시 나부랭이는 속은 사람이 또 속이고 해서 잘하면 몇백 년도 견디리라. 하면 그동안에 선대에는 이런 위조 골동품이 있었담네―하고 그것마저가 유서 깊은 골동품이 되고 말 것이다.

　이런 타기할 괴취미밖에 가지지 않은 분들에게 위졸랑은 눈에 띄는 대로 때려 부수시오―하고 권하기는커녕 골동품―물론 이 경우에 순수한 미술품 말고 항아리 나부랭이를 말함―은 고고학적 민속학적 요구에서 박물관에 모여서만 값이 있는 것이지 그렇지 않곤 의미 없소 허니 죄다 박물관에 기부하시오, 하는 권하면 권하는 이더러 천한 놈이라고 꾸지람을 하실 것이 뻔하다.

　동심 행렬

　아침 길이 똑 보통학교 학동들 등교 시간하고 마주치는 고로 자연 허다한 어린이들을 보게 된다. 그네들의 일거수일투족 눈 한번 끔벅하는 것. 말 한마디가 모두 경이다. 경이인 것이 위선 자신이 그런 어린이들과 너무 멀고 또 제 몸이 책보를 끼는 생활을 그만둔 지 너무 오래고 또 학교 다니는 어린 동생들도 다 장성해서 집안이 그런 학동을 기르는 집안 분위기에서 퍽 멀어진 지가 오래되기 때문일 것이다. 그저 먼 꿈의 세계를 너무나 똑똑히 눈앞에 보는 것 같아서 가슴이 뿌듯할 적이 많다.

학동들은 칠팔 세로 여남은 살까지 남녀가 뒤섞인 현란한 행렬이다. 이것도 엄격한 중고 교육을 받은 우리로는 경이다. 자전거가 멋모르고 좁은 골목에 들어섰다가 혼이 난다. 암만 벨을 울려도 이 아침 거리의 폭군들은 길을 비켜주지는 않는다. 자전거는 하는 수 없이 하마下馬를 하고 또 뭐라고 중얼거려도 보나 그런 것에 귀를 기울이는 사심이 없다. 저희끼리 이야기가 너무나 재미있어 견딜 수가 없는 것이다. 물론 누구하고 동무도 없고 행렬에도 끼지 못하고 화제도 없는 인물은 골목 한편 인가 담벼락에 비켜서서 이 화려한 행렬에 공손히 길을 치워주어야 한다.

우리는 구경도 못한 란도셀[9]이란 것을 하나씩 짊어졌다. 그것도 부럽다. 그 속에는 우리는 한 번도 가지고 놀아보지 못한 찬란한 그림책이 들었다. 십이색 크레용도 들었다. 불란서 근대 화파들보다도 훨씬 무서운 자유분방한 그들의 자유화를 기억한다. 우리는 일생을 통하여 기어코 완전한 거짓말 속에서 시종하라는 건가 보다. 우리는 이제 시작해서 저런 자유화 한 장을 그릴 수 있을까. 란도셀이라는 것 속에는 하고많은 보배가 들어 있다. 그러나 장난꾼이들, 란도셀이란 란도셀이 어쩌면 그렇게 모조리 해어져 떨어져서 헌털뱅인구.

---

9 주로 초등학교 학생들이 어깨에 메는 네모난 배낭형 가방을 말함.

단발이 부쩍 늘었다. 여남은 살 먹은 여학동 단발한 것은 깨끗하고 신선하고 칠팔 세 여학동 단발한 것은 인형처럼 귀엽다.

남학동들은 일제히 양복이다. 양복에다가 보통학교 아동 이외에는 이행을 불허하는 경편 운동화들을 신었다. 그래서는 좁은 골목 넓은 길을 살과 같이 닫고 또 한군데 한없이 머물러서는 장난한다. 이렇게 등교 시간 자체가 그네들에게는 황홀한 것이고 규정 이상의 과정인 것이다.

중에는 셋 혹 넷 무더기가 져서 걸어가면서 무슨 책인지 한 책에 집중되어 열중한다. 안경 쓴 학동이 드문드문 끼었다. 유리에 줄이 좍좍 간 것이 제법 근시들이다.

무에 저리 재밌을까―고 궁금해서 흘깃 좀 훔쳐본다. 양홍, 군청 등 현란한 극채색 판의 소년 잡지다. 그림은 무슨 군함 등속인가 싶다. 그러나 글자는 그저 줄이 죽죽 가 보일 뿐이지 눈에 들어오지 않는다.

보통학교 학동이 안경을 썼다는 것은 사실 해괴망측한 일이다.

일인 것이 첫째 깜찍스럽다. 하도 앙증스럽고 해서 처음에는 웃고 그만두었으나 생각해 보면 웃고 말 일이 아니다. 근시는 무슨 절름발이나 벙어리 같은 류의 그야말로 불구자라곤 할 수 없으되 불구자는 불구자다. 세상에는 치레로 금테 안경을 쓰는 못생긴 백성도 있기는 있으나 오페라글라스 비행사의 그 툭 불거진 안경 이외에 안경은 없는 게 좋다. 그것을 저런 아직 나이 들지 않은 연골 어린이들에게까지 씌우지 않으면 안 된다는 세상은 그리 고맙지 않은 세상임에 틀림없다.

예는 여러 가지 원인이 있겠으나 현대의 고도화한 인쇄술에도 트집을 아니 잡을 수 없다. 과연 보통학교 교과서만은 활자의 제한이 붙어서 굵직굵직한 것이 괜찮다. 그만만 하면 선천적 근시안이 아닌 다음에는 활자 탓으로 눈을 옥지르거나 하는 일은 없을 것 같다.

그러나 학동들이 교과서만 주무르다 그만두느냐 하면 천만에 위선, 참고서라는 것이 대개가 구 포인트 활자로 되어먹었다. 급기 소년 잡지 등속에 이르른즉은 심지어 육 호, 칠 포인트 반을 사용하여 오히려 태연한 출판업자―게다가 추악한 극채색을 덮어서 예의 학동들의 동공을 노리고 총공격의 자세를 일각도 게을리하지는 않는다.

아직도 안경 쓴 학동보다 안 쓴 학동의 수효가 더 많은 것으로 보아 한편 괴이도 하나 한편 아직 그들의 독서열이 사십 도에 이르지 않은 것을 차라리 다행히 생각하고 싶다. 누구에게라도 안경상眼鏡商을 추장推獎하고 싶다. 오늘 같은 부덕한 활자 허무 시대에 가하여 불완전한 조명 장치밖에 없는 이 땅에 늘어갈 것은 근시안뿐일 터이니 말이다.

— 〈매일신보〉, 1936. 3. 3~26.

여상 女像

지난여름 뒷산 머루를 많이 따 먹고 입술이 젖꼭지빛으로 까맣게 물든 것을 보았습니다. 지금 토실토실한 살 속으로 따끈따끈 포도주가 흐릅니다. 단 한 사람을 위한 잔치 단 한 번 잔치를 위하여 예비된 이 병, 마개를 뽑기는커녕 아무나 만져보는 것도 아닙니다. 그러나 자색 복스러운 피부에서 겨우내 목초牧草 내가 향긋하니 보랍니다.

삼단 같은 머리에 다홍빛 댕기가 고추처럼 열렸습니다. 물동이 물도 가만있는데 댕기는 왜 이렇게 흔들리나요. 꼭 쥐어야지요. 너무 대롱대롱 흔들리다가 마음이 달뜨기 쉽습니다.

이 봄이 오더니 저고리에 머리때가 유난히 묻고 묻고 하는 것이 이상합니다. 아랫배가 싸르르 아프다는 핑계로 가야 할 나물 캐러도 못 가곤 합니다.

도회와 달라 떠들지 않고 오는 봄, 조용히 바뀌는 아이 어른, 그만해도 다섯 해 전 거상居喪 입은 몸이 서도西道 육백오십 리에 이런 처녀를 처음 보았고 그 슬프고도 흐늑흐늑한 소꿉장난을 지금껏 잊으려야 잊을 수는 없습니다.

— 〈여성〉, 1936. 4.

약수

바른대로 말이지 나는 약수보다도 약주를 좋아하는 편입니다.

술 때문에 집을 망치고 해도 술 먹는 사람이면 후회하는 법이 없지만, 병이 나으라고 약물을 먹었는데 낫지 않고 죽었다면 사람은 이 트집 저 트집 잡으려 듭니다. 우리 백부께서 몇 해 전에 뇌일혈로 작고하셨는데 평소에 퍽 건강하셔서 피를 어쨌든지 내 짐작으로 화인火印 한 되는 쏟았건만 일주일을 버티셨습니다. 마지막에 돈과 약을 물 쓰듯 해도 오히려 구할 길이 없는지라 백부께서 나더러 약수를 길어 오라는 것입니다. 그때 친구 한 사람이 약박골 바로 넘어서 살았는데 그저 밥 국 김치 숭늉 모두가 약물로 뒤범벅이었건만 그의 가족들은 그리 튼튼하지도 못할 뿐 아니라 그 먼저 해에는 그의 막내 누이를 폐환으로 잃어버렸습니다. 그래서 나는 이것은 미신이구나 하고 병을 들고 약박골로 가서 한 병 얻어가지고 오는 길에 그 친구 집에 들러서 내일은 우리 집에 초상이 날 것 같으니 사퇴 시간에 좀 들러달라고 그래놓고 왔습니다.

백부께서는 혼란된 의식 가운데서도 이 약물을 아마 한 종발이나 잡수셨던가 봅니다.

그리고 이튿날 낮에 운명하셨습니다. 임종을 마치고 나는 뒤꼍으로 가서 오월 속에서 잉잉거리는 벌 떼, 파리 떼를 보고 있었습니다. 한물진 작약꽃 이파리 하나 가만히 졌습니다.

익키! 하고 나는 가만히 깜짝 놀랐습니다. 그래서 또 술이 시작입니다.

백모는 공연히 약물을 잡수시게 해서 그랬느니 마니 하고 자꾸 후회를 하시길래 나는 듣기 싫어서 자꾸 술을 먹었습니다.

"세 분 손님 약주 잡수세욧" 소리에 어깨를 으쓱거리면서 그 목롯집 마당을 마음에 맞는 친구들과 어우러져서 서성거리는 맛이란 굴비나 암치를 먹어가면서 약물을 퍼먹고 급기해하에 체하여 배탈이 나고 그만두는 프래그머티즘에 견줄 것이 아닙니다.

나는 술이 거나하게 취해서 어떤 여자 앞에서 몸을 비비 꼬면서 "나는 당신 없이는 못 사는 몸이오" 하고 얼러보았더니 얼른 그 여자가 내 아내가 되어버린 데는 실없이 깜짝 놀랐습니다. 얘— 이건 참 땡이로구나, 하고 삼 년이나 같이 살았는데 그 여자는 삼 년이나 같이 살아도 이 사람은 그저 세계에 제일 게으른 사람이라는 것밖에는 모르고 그만둔 모양입니다. 게으르지 않으면 부지런히 술이나 먹으러 다니는 게 또 마음에 안 맞았다는 것입니다. 한번은 병이 나서 신애로 앓으면서 나더러 약물을 떠 오라길래 그것은 미신이라고 그랬더니 뾰루퉁하는 것입니다.

아내가 가버린 것은 내가 약물을 안 길어다 주었대서 그런 것 같은데 또 내가 '약주'만 밤낮 먹으러 다니는 것이 보기 싫어서 그런 것도 같고 하여간 나는 지금 세상이 시들해져서 그날그날이 짐짐한데 술 따로 안주 따로 판다는 목로 조합 결의가 아주 마음에 안 들어서 못 견디겠습니다.

누가 술만 끊으면 내 위해주마고 그러지만 세상에 약물 안 먹어도 사람이 살겠거니와 술 안 먹고는 못 사는 사람이 많은 것을 모르는 말입니다.

—〈중앙〉, 1936. 7.

EPIGRAM

밤이 이슥한데 나는 사실 그 친구와 이런 회화를 했다. 는 이 야기를 염치 좋게 하는 것은 요컨대 천하의 의좋은 내외들에게 대한 통명이다. 친구는

"여비?"

"보조래도 해줬으면 좋겠다는 말이지만"

"둘이 간다면 내 다 내주지"

"둘이"

"임이와 결혼해서―"

여자 하나를 두 남자가 사랑하는 경우에는 꼭 싸움들을 하는 법이데 우리들은 안 싸웠다. 나는 결이 좀 났다는, 것은 저는 벌써 임이와 육체까지 수수授受하고 나서 나더러 임이와 결혼하라 니까 말이다.

나는 연애보다 공부를 해야겠어서 그 친구더러 여비를 좀 꾸어달란 것인데 뜻밖에 회화가 이 모양이 되고 말았다.

"그럼 다 그만두겠네"

"여비두?"

"결혼두"

"건 왜?"

"싫어!"

그러고 나서는 한참이나 잠자코들 있었다. 두 사람의 교양이 서로 뺨을 친다든지 하고 싶은 충동을 참느라고 그런 것이다.

"왜 내가 임이와 그런 일이 있었대서 그리나? 불쾌해서!"

"뭔지 모르겠네!"

"한 번 꼭 한 번밖에 없네. 독미毒味란 말이 있지"

"순수허대서 자랑인가?"

"부러 그리나?"

"에피그람이지."

암만해도 회화로는 해결이 안 된다. 회화로 안 되면 행동인데 어떤 행동을 하나. 물론 싸워서는 안 된다. 친구끼리는 정다워야 하니까. 그래서 우리는 우리 두 사람의 공동의 적을 하나 찾기로 한다. 친구가

"이촉를 알지? 임이의 첫 남자!"

"자네는 무슨 목적으로 타협을 하려 드나"

"실연허기가 싫어서 그런다구나 그래둘까"

"내 고집두 그 비슷한 이유지"

나는 당장에 허둥지둥한다. 내 인색한 논리는 눈살을 찌푸린

다. 나는 꼼짝할 수가 없다. 이렇게까지 나는 인색하다. 친구는

"끝끝내 이러긴가?"

"수세두 공세두 다 우리 집어치세"

"연간히 겁을 집어먹은 모양일세그려!"

"누구든지 그야 타락허기는 싫으니까!"

요 이야기는 요만큼만 해둔다. 임이의 남자가 셋이 되었다는 것을 누설한댔자 그것은 벌써 비밀도 아무것도 아니다.

— 〈여성〉, 1936. 8.

행복

달이 천심天心에 왔으니 이만하면 족하다. 물[湖]은 아직 좀 덜 들어온 것 같다. 축인 모래와 마른 모래의 경계선이 월광 아래 멀리 아득하다. 찰락찰락— 한 여남은 미터는 되나 보다. 단애 바위 위에 우리 둘은 걸터앉아 그 한 순간을 기다리고 있다.

"자, 인제 일어나요"

마흔아홉 개 꽁초가 내 앞에 무슨 푸성귀 싹처럼 해어져 있다. 나머지 담배가 한 대 탄다. 요것이 다 타는 동안에 내가 최후의 결심을 할 수 있어야 한단다.

"자, 어서 일어나요"

선이도 일어났고 인제는 정말 기다리던 그 순간이라는 것이 닥쳐왔나 보다. 나는 선이 머리를 걷어 치켜주면서

"겁이 나나"

"아—뇨"

"좀 춥지?"

"어떵가요?"

입술이 뜨겁다. 쉰 개째 담배가 다 탄 까닭이다. 인제는 아무리 하여도 피할 도리가 없다.

"자, 그럼 꼭 붙들어요"

"꼭 붙드세요"

행복의 절정을 그냥 육안으로 넘긴다는 것이 내게는 공포였다. 이 순간 이후 내 몸을 이 지상에 살려둘 수 없다. 그렇다고 선이를 두고 가는 수도 없다.

그러나—

뜻밖에도 파도가 높았다. 이런 파도 속에서도 우리 둘은 떨어지지 않았다. 떨어지지 않고 어느 만큼이나 우리는 떠돌아다녔던지 드디어 피로가 왔다—

죽기 전.

이렇게 해서 죽나 보다. 위선, 선이 팔이 내 목에서부터, 풀려나갔다. 동시에 내 팔은 선이 허리를 놓쳤다. 그 순간 물 먹은 내 귀가 들은 선이 단말마의 부르짖음

"○○ 씨!"

이것은 과연 내 이름은 아니다.

나는 순간 그 파도 속에서도 정신이 번쩍 났다. 오냐 그렇다면—

나는 죽어서는 안 된다.

나는 마지막 힘을 내어 뒷발을 한번 탕 굴러보았다. 몸이 소스라친다. 목이 수면 밖으로 나왔을 때 아까 우리 둘이 앉았던 바위가 눈앞에 보였다. 파도는 밀물이라 해안을 향해 친다. 그래 얼마 안 가서 나는 바위 위로 기어오를 수 있었다. 나는 그냥 뒤도 안 돌아보고 걸어가 버리려다 문득

선이를 살려야 하느니라

하는 악마의 묵시를 받지 않을 수 없었다. 월광에 오르내리는 검은 한 점, 내가 척 늘어진 선이를 안아 올렸을 때 선이 몸은 아직 따뜻하였다.

오호 너로구나.

너는 네 평생을 두고 내 형상 없는 형벌 속에서 불행하리라. 해서 우리 둘은 결혼하였던 것이다.

규방에서 나는 신부에게, 행형하였다. 어떻게?

가지가지 행복의 길을 가지가지 교재를 가지고 가르쳤다. 물론 내 포옹의 다정한 맛도.

그러나 선이가 한번 미엽媚靨[1]을 보이려 드는 순간 나는 영상嶺上의 고목처럼 냉담하곤 하곤 하는 것이다. 규방에는 늘 추풍이 소조히 불었다.

나는 이런 과로 때문에 무척 야위었다. 그러면서도 내 눈이 충혈한 채 무엇인가를 찾는다. 나는 가끔 내게 물어본다.

---

1 아름다운 보조개. '아양·교태'을 의미함.

'너는 무엇을 원하느냐? 복수? 천천히 천천히 하여라 네 운명하는 날에야 끝날 일이니까.'

'아니야! 나는 지금 나만을 사랑할 동정童貞을 찾고 있지 한 남자 혹 두 남자를 사랑한 일이 있는 여자를 나는 사랑할 수 없어 왜? 그럼 나더러 먹다 남은 형해에 만족하란 말이람?'

'허— 너는 잊었구나? 네 복수가 필畢하는 것이 네 낙명落命의 날이라는 것을. 네 일생은 이미 네가 부활하던 순간부터 제단 위에 올려놓여 있는 것을 어쩌누?'

그만해도 석 달이 지났다. 형리의 심경에도 권태가 왔다.

'싫다. 귀찮아졌다. 나는 한 번만 평민으로 살아보고 싶구나. 내게 정말 애인을 다고.'

마호메트의 것은 마호메트에게로 돌려보내야 할 것이다. 일생을 희생하겠다던 장도壯圖를 나는 석 달 동안에 이렇게 탕진하고 말았다.

당신처럼 사랑한 일은 없습니다 라든가 당신만을 사랑하겠습니다 라든가 하는 그 여자의 말은 첫사랑 이외의 어떤 남자에게 있어서도 '인사' 정도에 지나지 않는다. 는 것을 잊어서는 안 된다.

"내 만났지"

"누구를요"

"○○"

"네— 그래 결혼했대요?"

그것이 이렇게까지 선이에게는 몹시 걱정이 된다. 될 것이다. 나는 사실

"아니 혼자든데, 여관에 있다던데"

"그럼 결혼 아직 안 했군그래. 왜 안 했을까"

슬픈 선이의 독백이여!

"추물이야, 살이 띵 띵 찐 게."

"네? 거 그렇게꺼지 조소하려 들진 마세요. 그래두 당신네들
(? 이 들 자야말로 선이 천려의 일실이다)버덤은 얼마나 인간미
가 있는데 그래요. 그저 좀 인간이 부족허다 뿐이지."

나는 거기서 더 입이 떨어지지 않았다. 그만 후회도, 났다.

물론 선이는 내 선이가 아니다. 아닐 뿐만 아니라 ○○를 사
랑하고 그다음 ○를 사랑하고 그다음…….

그다음에 지금 나를 사랑한다. 는 체하여 보고 있는 모양 같
다. 그런데 나는 선이만을 사랑한다. 그러니까 우리는―

어떻게 해야만 좋을까까지 발전한 환술이 뚝 천장을 새어 떨
어지는 물 한 방울에 와르르 무너져 버렸다. 창밖에서는 빗소리
가 내 나태를 이러니, 저러니 하고 시비하는 것 같은 벌써 새벽
이다.

― 〈여성〉, 1936. 10.

추등잡필 秋燈雜筆

추석 삽화

일 년 삼백육십오 일 그중의 몇 날을 추려 적당히 계절 맞춰 별러서 그날만은 조상을 추억하며 생의 즐거움에서 멀어진 지 오래된 그들 망령을 있다 치고 위로하는 풍속을 아름답다 아니할 수 없으리라.

이것을 굳이 뜻을 붙여 생각하자면─

그날그날의 생의 향락 가운데서 때로는 사死의 적막을 가끔 상기해 보며 그러함으로써 생의 의의를 더한층 깊이 뜻있게 인식하도록 하는 선인들의 그윽한 의도에서 나온 수법이 아닐까.

이번 추석날 나는 돌아가신 삼촌 산소를 찾았다. 지난 한식날은 비가 와서 거기다 내 나태가 가하여 드디어 삼촌 산소에 가지

못했으니 이번 추석에는 부디 가보아야겠고 또 근래 이 삼촌이 지금껏 살아 계셨던들 하는 생각이 문득 드는 적이 많아서 중년에 억울히 가신 삼촌을 한번 추억해 보고도 싶고 한 마음에서 나는 미아리행 버스를 타고 나갔던 것이다.

온 산이 희고 온 산이 곡성으로 하여 은은하다. 소조한 가을 바람에 추초秋草가 나부끼는 가운데 분묘는 오 년 전에 비하여 몇 배수나 늘었다. 사람들은 나날이 저렇게들 죽어가는구나 생각하니 저으기 비감하다. 물론 오 년 동안에 더 많은 애기가 탄생하였으리라―그러나 그렇게 날로 날로 지상의 사람이 바뀐다는 것도 또한 슬픈 일이 아닌가.

다섯 번 조락과 맹동을 거듭한 삼촌 산소가 꽤 거친 모양을 바라보고 퍽 슬펐다. 시멘트로 땜질한 석상은 틈이 벌었고 친우 일동이 해 세운 석비도 좀 기운 듯싶었다.

분토 한 곁에 앉은 잠시 생전의 삼촌, 그 중엄하기 짝이 없는 풍모를 추억해 보았다. 그리고 운명하시던 날, 장사 지내던 날 내 제복 입었던 날 들의 일, 이런 다섯 해 전 일들이 내 심안을 쓸쓸히 지나가는 것이었다.

나는 또 비명을 읽어보았다. 하였으되―

公廉正直 信義友篤
金蘭結契 矢同憂樂
中世摧折 士友咸慟
寒山片石 以表衷情[1]

삼촌 구우舊友 K 씨의 작으로 내 붓 솜씨다. 오늘 이 친우 일동이 세운 석비 앞에 주과가 없는 석상이 보기에 한없이 쓸쓸하다.

그때 고 이웃 분묘에 사람이 왔다. 중로의 여인네가 한 분, 젊은 내외인 듯싶은 남녀, 십 세 전후의 소학생이 하나, 네 사람이다. 젊은 남정네는 양복을 입었고 젊은 여인네는 보퉁이를 펴더니 주과를 갖춘 조촐한 제상을 차리는 것이다. 그리고 향을 피우고 잔을 갈아 부으며 네 사람은 절한다.

양복 입은 젊은 내외의 하는 절이 더한층 슬프다. 그리고 교복 입은 소학생의 하는 절은 너무나 애련하다.

중로의 여인네는 호곡한다. 호곡하며 일어날 줄을 모른다. 젊은 내외는 소리 없이 몇 번이나 향 피우고 잔 붓고 절하고 하더니 슬쩍 비켜서는 것이다. 소학생도 따라 비켜선다.

비켜서서 그들은 멀리 건너편 북망산을 손가락질도 하면서 잠시 담화하더니 돌아서서 언제까지라도 호곡하려 드는 어머니를 일으킨다. 그러나 좀처럼 일어나려 하지 않는다.

그때 이날만 있는 이 북망산 전속의 걸인이 왔다. 와서 채 제사도 끝나지 않은 제물을 구걸하는 것이다. 그 태도가 마치 제 것을 제가 요구하는 것과 같이 픽 거만하다. 부처는 완강히 꾸짖으며 거절한다. 승강이가 잠시 계속된다.

이 광경을 바라보고 앉았는 동안에 내 등 뒤에서 이 또한 중로의 여인네가 한 분 손자인 듯싶은 동자 손을 이끌고 더듬더듬 내려오는 것이었다. 오면서 분묘 말뚝을 하나하나 자세히 조사한

---

1 공평 청렴 정직하고 신의와 우애가 두터웠으며/굳은 우정으로 근심과 즐거움을 함께하자 했는데/중년에 요절하여 벗들이 모두 슬퍼하며/쓸쓸한 산에 한 조각 돌로 충정을 표한다.

다. 필시 영감님의 산소 위치를 작년과도 너무 달라진 이 천지에서 그만 묘연히 잊어버린 것이리라.

이 두 사람은 이윽고 내 앞도 지나쳐 다시 돌아 그 이웃 언덕으로 올라간다. 그래도 좀처럼 여기구나 하고 서지 않는다.

건너편 그 거만한 걸인은, 시비의 무득함을 깨달았던지, 제물을 단념하고 다시 다음 시주를 찾아서 간다.

걸인은 동쪽으로 과부는, 서쪽으로—

해는 이미 일반日半을 지났으니 나는 또 삶의 여항閭巷으로 돌아가지 않으면 안 되리라. 코스모스 핀 언덕을 터벅터벅 내려오면서 그 과부는 영감님의 무덤을 찾았을까 걱정하면서 버스 선곳까지 오니까 모퉁이 목로술집에서는 일장의 싸움이 벌어진 중이었다. 말할 것도 없이 거상 입은 사람끼리다.

구경

전문한 것이 나는 건축인 관계상 재학 시대에 형무소 견학을 간 일이 더러 있다. 한번은 마포 벽돌 공장을 보러 간 일이 있는데 그것은 건물을 보러 간 것이 아니라 벽돌 제조의 여러 가지 속을 보러 간 것이니까 말하자면 건축 재료 제조 실제를 연구하는 한 시간이었다. 그러니까 죄수들의 생활이라든가 혹은 그들의 생활에 건물 구조를 어떻게 적응시켰나를 보러 간 것이 아니고 다만 한 공장을 보러 간 것에 지나지 않는 것이니까 직공들은 반드시 죄수들일 필요도 없거니와 또 거기가 하국何國의 형무소가 아니어도 좋다. 클래스 전부래야 열두 명이었는데 그날 간 사람은 겨우 칠팔 명에 불과하였다고 기억한다.

옥리의 안내를 받아 공장 각 부분을 차례차례 구경하기로 되었다. 구경하기 전에 옥리는 우리들에게 부디부디 다음 몇 가지 점에 주의해 달라고 일러주는 것이었다. 즉 담배를 피우지 말 것, 그들에게 무슨 필요로든 결코 말을 건네지 말 것, 그네들의 얼굴을 너무 차근차근히 들여다보지 말 것 등이다. 차례대로 이윽고 견학이 시작되었다. 그러나 나는 처음부터 벽돌 제조 같은 것에는 추호의 흥미도 가지지는 않았다. 죄수들의 생활, 동정의 자태를 볼 수 있다는 것이 이 견학이 나로 하여금 즐겁게 하여주는 이유의 전부였다. 나는 일부러 끝으로 좀 처지면서 그 똑같이 적토색 복장에 몸을 두르고 깃에다 번호찰을 부친 이네들의 모양을 살피기로 하였다 그런데 과연 아니나 다를까, 그들은 끝없는 증오의 시선을 우리들에게 던지는 것이 아니냐. 나는 놀랐다. 가슴이 두근두근해 왔다. 그리고 제출물에 겁이 나서 얼굴이 달아들어오는 것을 어찌하는 수가 없었다. 너무나 똑똑히 불쾌한 표정을 지어 보이는 그들을 나는 차마 바로 쳐다보는 재주가 없었다.

자기의 치욕의 생활의 내면을 혹 치욕이라고까지 하지는 않더라도 결코 남에게 떠벌려 자랑할 것이 못 되는 제 생활의 내면을 어떤 생면부지 사람들에게 막부득이 구경시키지 않으면 안 되는 것을 누구나 다 싫어하리라. 앙부괴어천 부불작어인仰不愧於天 俯不作於人[2] 이런 심경에서 사는 사람이라도 그런 일점의 흐린 구름이

---

2 하늘을 우러러 한 점 부끄러움이 없고 아래를 보아 사람에게도 부끄러움이 없다.

지지 않은 생활을, 남이 그야말로 구경거리로 알고 보려 달려들 때에는 저윽히 불쾌할 것이다. 황차 죄수들이 자기네들의 치욕적 생활을 백일 아래서 여지없이 구경거리로 어떤 몇 사람 앞에 내놓지 않으면 안 되는 경우에 그들의 심통함이 또한 복역의 괴로움보다 오히려 배대倍大할 것이다.

소록도의 나원癩院을 보고 온 이의 이야기를 들으면 아무리 석존 같은 자비스러운 얼굴을 한 사람이 내도하여도 그들은 그저 무한한 증오의 눈초리로 맞이할 줄밖에 모른다 한다. 코가 떨어지고 수족이 망가진 자기네들 추악한 군상을 사실 동류 이외의 어떤 사람에게도 보이기 싫을 것이다. 들자니 그네들끼리는 희희낙락하기도 하며 때로는 연애까지도 할 듯싶은 일이 다 있다 한다.

형무소 죄수들도 내가 본 대로는 의외로 활발하게 오히려 생활난에 쪼들려 헐떡헐떡하는 사바의 노역꾼들보다도 즐거운 듯이 일하고 있는 것이었다. 다만 그러면서도 남의 어떤 눈도 싫어하는 까닭은 말하자면 대등의 지위를 떠난 연한憐恨, 모멸, 동정, 기자忌刺, 이런 것을 혐오하는 인정 본연의 발로와 다름없는 것이 아닐까 한다.

가량 천형병天刑病의 병원을 근절코자 할진대 보는 족족 이 병환자는 살육해 버려야 할는지도 모르지만 기왕 끔찍한 인정을 발휘해서 그들을 보호하는 바에는 될 수 있는 대로 그들의 심정을 거슬러주어서는 안 될 것이다. 그러하다면 그들이 제일 싫어하는 '구경'을 절대로 금해야 할 것이다. 형무소 같은 것은, 성히 구경시켜서 죄과를 미연에 방지하는 것이 좋지나 않을까 하는 생각이 들기도 하지만 좀처럼 구경을 잘 시키지 않는 것은 역시 죄수 그들의 심정을 건드리지 않도록 하는 깊은 용의에서가 아닌가 한다.

예의

걸핏하면 끽다점에 가 앉아서 무슨 맛인지 알 수 없는 차를 마시고 또 우리 전통에서는 무던히 먼 음악을 듣고 그리고 언제까지라도 우두커니 머물러 있는 취미를 업신여기리라. 그러나 전기기관차의 미끈한 선, 강철과 유리, 건물 구성, 예각, 이러한 데서 미를 발견할 줄 아는 세기의 인人에게 있어서는 다방의 일게一恝[3]가 신선한 도락이요 우아한 예의가 아닐 수 없다.

생활이라는 중압은 늘 휜조하며 인간의 부드러운 정서를 억누르려 드는 것이다. 더욱이 현대라는 데 깃들이는 사람들은 이 중압을 한층 더 확실히, 인지하지 않을 수 없다. 어디를 보아도 교착된 강철과 거암과 같은 콘크리트 벽이 숨찬 억압 가운데 자칫하면 거칠기 쉬운 심정을 조용히 쉴 수 있도록, 그렇게 알맞은 한 개의 의자와 한 개의 테이블이 있다면 어찌 촌가寸暇[4]를 에어내어 발길이 그리로 옮겨지지 않을 것인가. 가하기를 한 잔의 따뜻한 차와 가연街喧[5]의 휜조한 잡음에 바뀌는 아름다운 음악이 있다면

---

3 잠깐의 휴식.
4 얼마 안 되는 짧은 겨를.
5 거리의 부산한 움직임.

그 심령들의 위안됨이 더한층 족하다고 하지 않으리오.

그가 제철 공장의 직인이건, 그가 외과의실의 집도인이건, 그가 교통정리 경찰이건, 그가 법정의 논고인이건, 그가 하잘것없는 일고용인日雇傭人[6]이건, 그가 천만장자의 외독자이건, 묻지 않는다. 그런 구구한 간판은 네온사인이 달린 다방 문간에다 내려놓고 들어가는 것이다. 그곳에서는 다 같이 심정의 회유를 기원하는 티 없는 '사람'의 하나가 되는 것이다. 그렇기에 이곳에서는 누구나 다 겸손하다. 그리고 다 같이 부드러운 표정을 하는 것이다. 신사는 다 조신하게 차를 마시고 숙녀는 다 다소곳이 음악을 즐긴다.

거기는 오직 평화가 있고 불성문의 정연하고도 우아 담박한 예의 준칙이 있는 것이다.

결코 이웃 좌석에는 들리지 않을 만큼 그만큼 낮은 목소리로 담화한다. 직업을 떠나서 투쟁을 떠나서 여기서 바뀌는 담화는 전면纏綿한 정서를 줄 수 있는 그런 그윽한 화제리라.

다 같이 입을 다물고 눈을 홉뜨지 않고 슈베르트나 쇼팽을 듣는다. 그때 육중한 구두로 마룻바닥을 건드리며 장단을 맞춘다거나 익숙한 곡조라 하여 휘파람으로 합주를 한다거나 해서는 아주 못쓴다. 왜? 그렇게 하는 것은 이곳의 불성문인 예의를 깨트림이 지극히 큰 고로.

나는 그날 밤에도 몸을 스미는 추냉秋冷을 지닌 채 거리를 걸었다. 천심天心에 달이 교교하여 일보 일보가 적이 무겁고 또한 황

6 날품팔이.

막하여 슬펐다. 까닭 모를 애수 고독이 불현듯이 인간다운 훈훈한 호흡을 연모케 하는 것이었다. 나는 달빛을 등지고 늘 드나드는 한 다방으로 들어섰다.

양 삼 인씩의 남녀가 벌써 다정해 보이는 따뜻한 한 잔씩의 차를 앞에 놓고 때마침 사운드박스를 울리는 현악 연주의 명곡을 즐기고 있는 것이 아닌가.

나도 또한 신사다웁게 삼가는 보조로 그들 가운데 한 자리를 차지하고 그리고 차와 음악을 즐기기로 하였다.

오 분, 십 분, 이십 분, 이 적당한 휴게가 냉화하려 들던 내 혈관의 피를 얼마간 덥혀주기 시작하는 즈음에―

문이 요란히 열리며 사오 인의 취한이 고성질타하면서 폭풍과 같이 침입하였다. 그들은 한복판 그중 번듯한 좌석에 어지러이 자리를 잡더니 차를 청하여 수선스러이 마시며 방약무인하게 방가放歌하는 것이었다. 그 바람에 음악은 간곳없고 예의도 간곳없고 그들의 추외醜猥한 성향聲響이 실내를 흔들 뿐이다.

내 심정은 다시 거칠어 들어갔다. 몸부림하려 드는 내 서글픈 심정을 나 자신이 이기기 어려웠다. 나는 일 초라도 바삐 이곳을 떠나고 싶어서 자리를 걷어차고 일어서 문간으로 나가려 하는 즈음에―

이번에는 유두백면油頭白面의 일 장한壯漢이 사자만이나 한 셰퍼드를 한 마리 끌고 들어오는 것이 아닌가. 나는 대경실색하여 뒤로 물러서면서 보자니까 그 개는 그 육중한 꼬리를 흔들흔들 흔들며 이 좌석 저 좌석의 객을 두루두루 코로 맡아보는 것이다.

그때 취한 중의 한 사람이 마시다 남은 차를 이 무례한 개를 향하여 끼었었다. 개는 질겁을 하여 뒤로 물러서더니 그 산이 울고 골짝이 무너질 것 같은 크나큰 목소리로 이 취한을 향하여 짖어대는 것이었다.

나는 창황히 찻값을 치르고 그곳을 나와 보도를 디뎠다. 걸으면서도 그 예술의 전당에서 울려 나오는 해괴한 견곡성犬哭聲을 한참 동안이나 등 뒤에 들을 수 있었다.

기여

그다지 명예롭지 못한 그러나 생각해 보면 또 그렇게 불명예라고까지 할 것도 없는 질환을 가지고 어떤 학부 부속병원에를 갔다. 진찰이 끝나고 인제 치료를 시작하려 그 그리 보기 좋지 않은 베드 위에 올라 누웠다. 그랬더니 난데없이 수십 명의 흑장속黑裝束[7]의 장정단이 우 — 틈입하여서는 내 침상을 둘러싸는 것이다. 말할 것도 없이 이 학부 재학의 학생들이요, 이것은 임상 강의 시간임에 틀림없다. 손에는 각각 노트를 들었고 시선을 내 환부인 한 점에 집중시키고 있는 것이다 의사 즉 교수는 서서히 입을 열어 용의주도하게 내 치료받고자 하는 개소를 주무르면서 유창한 언어로 강의를 개시하는 것이 아닌가. 이것은 나에게 있어서 참으로 천만의외의 일일 뿐 아니라 정말로 불쾌하기 짝이 없는 봉변일 수밖에 없는 일이다.

---

7 검은 옷을 입은 무리를 뜻함.

그들은 대체 누구의 허락을 얻어 나를 실험동물로 사용하는 것인가. 옆구리에 종기 하나가 나도 그것을 남에게 내보이는 것이 불쾌하겠거늘 아픈 탓으로 치부를 내보이지 않으면 안 되는 그 자그마한 기회를 타서 밑천 들이지 않고 그들의 실험동물을 얻고자 하는 것일 것이니 치료를 받기 위하여는 반드시 이런 굴욕을 받아야만 된다는 제도라면 사차불피辭此不避[8]일 것이나 그렇다 하더라도 이 변만은 어디까지든지 불쾌한 일이다.

의학의 진보 발달을 위하여 노구찌[9] 박사는 황열병에 넘어지기까지도 하였고 또 최근 어떤 학자는 호열자 균을 스스로 삼켰다 한다. 이와 같은 예에 비긴다면 치부를 잠시 학생들에게 구경시켰다는 것쯤 심술부릴 거리조차 못 될 것이다. 차라리 잠시의 아픔과 부끄러움을 참았다는 것이 진격眞擊한 연구의 한 도움이 된 것을 광영으로 알아야 할 것이요 기뻐하여야 할 것이다.

그러나 또 생각해 보면 사람은 누구나 다 반드시 이렇게 실험동물로 제공되어야 할 책임이 있다는 것은 아니리라. 환부를 내보이는 것은 어느 사람에게 있어서도 유쾌치 못한 일일 것이다. 의학만이 홀로 문화의 발달 향상을 짊어진 것은 아니겠고, 이 사회에서 생활을 향유하는 이치고는 누구나 적든 많든 문화를 담당하는 일원임에 틀림없다. 허락 없이 의학의 연구 재료로 제공될 그런 호락호락한 몸은 하나도 없을 것이다. 그렇다면 의사는, 교수는, 박사는 그가 어떤 종류의 미미한 인간에 불과한 경우일지라도 반드시 그의 감정을 존중히 하여 일언 간곡한 청탁의 말

---

8 죽는 한이 있어도 피할 수 없음.
9 아프리카에서 황열병을 연구하다 감염되어 죽은 일본의 세균학자(1876~1928).

이 있어야 할 것이요 일언 승낙의 말이 있은 다음에야 교재로 사용할 수 있을 것이겠다.

요는 이런 종류의 기여를 흔연히 하게 하는 새로운 도덕관념의 수립과 새로운 도덕관념의 보급에 있을 것이다.

어떤 해부학자는 자기의 유해를 담임하던 교실에 기부할 뜻을 유언하였다 한다. 그의 제자들이 차마 그 스승의 유해에 해부도를 대기 어려웠을 줄 안다.

또 어떤 학술적인 전람회에서 사형수의 두개골을 여러 조각에 조각조각 켜놓은 것을 본 일이 있다. 얼른 생각에 사형수 같은 인류의 해독을 좀 가혹히 짓주물렀기로니 차라리 그래 싼 일이지, 이렇게도 생각이 되지만 또 한편으로 생각해 보면 혼백이 이미 승천해 버린 유해에는 죄가 없는 것일 것이니 같이 사람대접으로 취급하는 것이 지당한 일일 것이 아닐까. 또한 본인의 한마디 승낙하는 유언을 얻어야 할 것이요 그렇지 않으면 통상의 예를 갖추어주어야 옳으리라.

나환인을 위하여―첫째 격리가 목적이겠으나―지상의 낙원을 꾸며놓았어도 소록도에서는 탈출하는 일이 빈빈히 있다 한다.

만일 그런 감정이나 도덕의 새로운 관념이 보급된다면 사형수는 의례히 해부를 유언할 것이요 나환자는 자진하여 소록도로 갈 것이다.

"내 치부에 이러이러한 질환이 발생하였는데 일찍이 듣지도 못하고 보지도 못한 듯하오니 아모쪼록 여러 학자와 학생들이 모여 연구해 주기기 바랍니다."
하고 나서는 기특한 인사가 출현할는지도 마치 모른다. 그렇다면 여러 학생들 앞에 치부를 노출시키는 영광을 얻기에 투쟁들을 하는 고마운 세월이 올는지도 또 마치 모르는 것이요, 오기만 한다면 진실로 희대의 기관奇觀일 것은 기관일 것이나 인류 문화의 향상 발달에 기여하는 바만은 오늘에 비하여 훨씬 클 것이다.

실수

몇 해 전까지도 동경 역두에는 릭샤 즉 인력거가 있었다 한다. 외국 관광객을 실은 호화선이 와 닿으면 제국호텔을 향하는 어마어마한 인력거의 행렬을 볼 수 있었다 한다. 그들 원래遠來의 이방인들을 접대하는 갸륵한 예의리라.

그러나 오늘 그 '달러'를 헤뜨리고 가는 귀중한 손님을 맞이하는 데 인력거는 폐지되었고 통속적인, 그들에게 있어서는 너무나 통속적인 자동차로 한다고 한다.

이것은 원래의 진객을 접대하는 주인으로서의 갸륵한 위신을 지키는 심려에서이리라.

그러나 그 코 높은 인종을 모시는 인력거는 이 나라에서 아주 없어진 것이 아니다. 아닐 뿐만 아니라 아직도 너무 많다.

수일 전 본정 좁고도 복작복작하는 거리를 관류하는 세 채의 인력거를 목도하였다. 말할 것도 없이 백인의 중년 부부를 실은 인력거와 모 호텔 전속의 안내인을 실은 인력거다.

그들은 우리 시민이 정히 못 알아들을 수밖에 없는 국어로 지껄이며 간혹 조소 비슷이 웃기도 하고 손에 쥔 단장을 들어 어느

방향을 가리키기도 한다. 자못 호기에 그득 찬 표정이었다.

과문寡聞에 의하면 저쪽 의례 준칙으로는 이 손가락질하는 버릇은 크나큰 실례라 한다. 하면 세계 만유를 하옵시는 거룩한 신분의 인사니 필시 신사리라.

그러하면 이 젠틀맨 및 레이디는 인력거 위에 앉아서 이 낯선 거리와 시민들에게 서슴지 않고 실례를 하는 모양이다.

'이까짓 데서는 예를 갖추지 않아도 좋다' 하는 애초부터의 괘씸한 배짱임에 틀림없다.

일순 나는 말할 수 없는 불쾌한 감정에 사로잡혀 마음대로 하라면 위선 다소곳이 그 인력거의 채를 잡고 있는 차부를 난타한 다음 그 무례한 부부를 완력으로 징계하여 주고 싶었다.

그러나 또 생각하여 보면 그들은 내가 채 알지 못하는 바 세계적 지리학자거나 고현학자인지도 모른다. 그렇지 않은 단지 일개 평범한 만유객에 지나지 않는다 하더라도 그들은 적지 않은 '달러'를 이 땅에 널어놓고 갈 것이요 고국에 이 땅의 풍광과 민속을 소개할 것이다. 어쨌든 이들은 족히 진중히 접대하여야만 할 손님임에는 틀림이 없다.

그랬다면?

내가 이들을 징계하였다는 것이 도리어 내 고향을 욕되게 하는 것이리라. 그렇건만—

그때 느낀 그 불쾌한 감정은 조금도 사라지지 않는다.

아무쪼록 많은 수효의 외국 관광단을 유치하는 것은 우리들이 땅의 주인 된 임무일 것이며 내방한 그들을 겸손하고도 친절한 예의로 접대하여서 그들로 하여금 이 땅 이 백성들의 인상을

끝끝내 좋도록 하는 것 또한 지켜야 할 임무일 것이다.

그러나 겸손을 지나쳐 그들의 오만과 모욕을 용납할 수 없다. 이것을 말없이 감수하는 것은 위에 말한 주인으로서의 임무에도 배치되는 바 크다.

이 땅에 있는 것을 그들에게 구경시켜 주는 것은 결코 동물원의 곰이나 말승냥이가 제 몸뚱이를 구경시키는 심사와는 다르다. 어디까지든지 그들만 못하지 않은 곳 그들에게 없는 그들보다 나은 곳을 소개하고 자랑하자는 것일 것이거늘—

인력거 위에 앉아서 단장 끝으로 손가락질을 하는 그들의 태도는 확실히 동물원 구경에 근사한 태도요 따라서 무시요 더없는 굴욕이다.

국가는 마땅히 법규로써 그들에게 어떠한 산간벽지에서라도 인력거를 타지 못하도록 취체하여야 할 것이다.

그들이 부두, 역두에 닿았을 때 직접 간접으로 이 땅의 위신을 제시하여 놓아야 할 것이다. 그것을 위선 인력거로 실어 숙소로 모신다는 것은 해괴망측하기가 짝이 없는 일이다. 동경뿐만 아니라 서울 거리에서도 이 괘씸한 인력거의 행렬을 보지 않게 되어야 옳을 것이 아닌가.

연전에 나는 어느 공원에서 어떤 백인이 한 걸식에게 오십 전 은화를 시여한 다음 카메라를 희롱하는 것을 지나가던 일위 무골 청년이 구타하는 것을 목도한 일이 있다. 이 청년 역 향토를 아끼는 갸륵한 자존심에서 우러난 행동이었음에 틀림없으리라. 그러나 이것은 그 이방인은 어찌 되었든 잘못된 일일 것이니 투어리스트 뷰로는 한낱 관광단 유치에만 부심할 것이 아니라 이

런 실수가 미연에 방지되도록 안으로서의 차림차림에도 유의하
는 바가 있어야 할 것이다.

— 〈매일신보〉, 1936. 10. 14~28.

십구 세기식

정조

이런 경우—즉 '남편만 없었던들' '남편이 용서만 한다면' 하면서 지켜진 아내의 정조란 이미 간음이다. 정조는 금제禁制가 아니요 양심이다. 이 경우의 양심이란 도덕성에서 우러나오는 것을 가리키지 않고 '절대의 애정' 그것이다.

만일 내게 아내가 있고 그 아내가 실로 요만 정도의 간음을 범한 때 내가 무슨 어려운 방법으로 곧 그것을 알 때 나는 '간음한 아내'라는 뚜렷한 죄명 아래 아내를 내어쫓으리라.

내가 이 세기에 용납되지 않는 최후의 한 꺼풀 막이 있다면 그것은 오직 '간음한 아내는 내어쫓으라'는 철칙에서 영원히 헤어나지 못하는 내 곰팡내 나는 도덕성이다.

비밀

비밀이 없다는 것은 재산 없는 것처럼 가난할 뿐만 아니라 더 불쌍하다. 정치情癡 세계의 비밀—내가 남에게 간음한 비밀, 남을 내게 간음시킨 비밀, 즉 불의의 양면—이것을 나는 만금과 오히려 바꾸리라. 주머니에 푼전이 없을망정 나는 천하를 놀려먹을 수 있는 실력을 가진 큰 부자일 수 있다.

이유

나는 내 아내를 버렸다. 아내는 "저를 용서하실 수는 없었습니까" 한다. 그러나 나는 한 번도 '용서'라는 것을 생각해 본 일은 없다. 왜? '간음한 계집은 버리라'는 철칙에 의혹을 가지는 내가 아니다. 간음한 계집이면 나는 언제든지 곧 버린다. 다만 내가 한참 망설여 가며 생각한 것은 아내의 한 짓이 간음인가 아닌가 그것을 판정하는 것이었다. 불행히도 결론은 늘 '간음이다'였다. 나는 곧 아내를 버렸다. 그러나 내가 아내를 몹시 사랑하는 동안 나는 우습게도 아내를 변호하기까지 하였다. '될 수 있으면 그것이 간음은 아니라는 결론이 나도록' 나는 나 자신의 준엄 앞에 애걸하기까지 하였다.

악덕

용서한다는 것은 최대의 악덕이다. 간음한 계집을 용서하여 보아라. 한번 간음에 맛을 들인 계집은 두 번째도 세 번째도 간음하리라. 왜? 불의라는 것은 재물보다도 매력적인 것이기 때문에—

계집은 두 번째 간음이 발각되었을 때 실로 첫 번째 보지 못하던 귀곡적鬼哭的 기법으로 용서를 빌리라. 번번이 이 귀곡적 기법은 그 묘를 극하여 가리라. 그것은 여자라는 동물 천혜의 본질이다.

어리석은 남편은 그때마다 새로운 감상으로 간음한 아내를 용서하겠지— 이리하여 실로 남편의 일생이란 '이놈의 계집이 또 간음하지나 않을까' 하고 전전긍긍하다가 그만두는 가엾이 허무한 탕진이리라.

내게서 버림을 받은 계집이 매춘부가 되었을 때 나는 차라리 그 계집에게 은화를 지불하고 다시 매춘할망정 간음한 계집을 용서하지도 버리지도 않는 잔인한 악덕은 범하지 말아야 한다고 나는 나 자신에게 타이른다.

— 〈삼사문학〉, 1937. 4.

권태

어서─차라리─어두워버리기나 했으면 좋겠는데─벽촌의 여름─날은 지루해서 죽겠을 만치 길다.

동에 팔봉산. 곡선은 왜 저리도 굴곡이 없이 단조로운고?

서를 보아도 벌판, 남을 보아도 벌판, 북을 보아도 벌판, 아─이 벌판은 어쩌자고 이렇게 한이 없이 늘어놓였을꼬? 어쩌자고 저렇게까지 똑같이 초록색 하나로 돼먹었노?

농가가 가운데 길 하나를 두고 좌우로 한 십여 호씩 있다. 휘청거린 소나무 기둥 흙을 주물러 바른 벽 강냉이대로 둘러싼 울타리 울타리를 덮은 호박 넝쿨 모두가 그게 그것같이 똑같다.

어제 보던 댑싸리 나무 오늘도 보는 김 서방 내일도 보아야 할 흰둥이 검둥이.

해는 백 도 가까운 볕을 지붕에도 벌판에도 뽕나무에도 암탉

꼬랑지에도 내리쪼인다. 아침이나 저녁이나 뜨거워서 견딜 수가 없는 염서炎署 계속이다.

나는 아침을 먹었다. 할 일이 없다. 그러나 무작정 널따란 백지 같은 '오늘'이라는 것이 내 앞에 펼쳐져 있으면서 무슨 기사記事라도 좋으니 강요한다 나는 무엇이고 하지 않으면 안 된다. 무엇을 해야 할 것인가 연구해야 된다. 그럼— 나는 최 서방네 집 사랑 툇마루로 장기나 두러 갈까. 그것 좋다.

최 서방은 들에 나갔다. 최 서방네 사랑에는 아무도 없나 보다. 최 서방의 조카가 낮잠을 잔다. 아하— 내가 아침을 먹은 것은 열시나 지난 후니까 최 서방의 조카로서는 낮잠 잘 시간에 틀림없다.

나는 최 서방의 조카를 깨워가지고 장기를 한판 벌이기로 한다. 최 서방의 조카와 열 번 두면 열 번 내가 이긴다. 최 서방의 조카로서는 그러니까 나와 장기 둔다는 것 그것부터가 권태다. 밤낮 두어야 마찬가질 바에는 안 두는 것이 차라리 낫지—그러나 안 두면 또 무엇을 하나? 둘밖에 없다.

지는 것도 권태어늘 이기는 것이 어찌 권태 아닐 수 있으랴? 열 번 두어서 열 번 내리 이기는 장난이란 열 번 지는 이상으로 싱거운 장난이다. 나는 참 싱거워서 견딜 수 없다.

한 번쯤 져주리라. 나는 한참 생각하는 체하다가 슬그머니 위험한 자리에 장기 조각을 갖다 놓는다. 최 서방의 조카는 하품을 쓱 한번 하더니 이윽고 둔다는 것이 딴전이다. 의례히 질 것이니까 골치 아프게 수를 보고 어쩌고 하기도 싫다는 사상이리라 아무렇게나 생각나는 대로 장기을 갖다 놓고는 그저 얼른얼른 끝을 내어 져줄 만큼 져주면 이 상승장군은 이 압도적 권태를 이기지 못해 제출물에 가버릴겠지 하는 사상이리라. 가고 나면 또 낮잠이나 잘 작정이리다.

나는 부득이 또 이긴다 인제 그만두잔다. 물론 그만두는 수밖에 없다.

일부러 져준다는 것조차가 어려운 일이다. 나는 왜 저 최 서방의 조카처럼 아주 영영 방심 상태가 되어버릴 수가 없나? 이 질식할 것 같은 권태 속에서도 사세些細한 승부에 구속을 받나? 아주 바보가 되는 수는 없나?

내게 남아 있는 이 치사스러운 인간 이욕이 다시없이 밉다. 나는 이 마지막 것을 면해야 한다. 권태를 인식하는 신경마저 버리고 완전히 허탈해 버려야 한다.

나는 개울가로 간다. 가물로 하여 너무나 빈약한 물이 소리 없이 흐른다. 뼈처럼 앙상한 물줄기가 왜 소리를 치지 않나?

너무 덥다. 나뭇잎들이 다 축 늘어져서 허덕허덕하도록 덥다. 이렇게 더우니 시냇물인들 서늘한 소리를 내어보는 재간도 없으리라.

나는 그 물가에 앉는다. 앉아서 자— 무슨 제목으로 나는 사색해야 할 것인가 생각해 본다. 그러나 물론 아무런 제목도 떠오르지는 않는다.

그렇다면 아무것도 생각 말기로 하자. 그저 한량없이 넓은 초록색 벌판, 지평선, 아무리 변화하여 보았댔자 결국 치열한 곡예의 역域을 벗어나지 않는 구름, 이런 것을 건너다본다.

지구 표면적의 백분의 구십구가 이 공포의 초록색이리라 그렇다면 지구야말로 너무나 단조 무미한 채색이다 도회에는 초록이 드물다. 나는 처음 여기 표착하였을 때 이 신선한 초록빛에 놀랐고 사랑하였다. 그러나 닷새가 못 되어서 이 일망무제의 초록색은 조물주의 몰취미와 신경의 조잡성으로 말미암은 무미건조한 지구의 여백인 것을 발견하고 다시금 놀라지 않을 수 없었다.

어쩔 작정으로 저렇게 퍼러냐. 하루 온종일 저 푸른빛은 아무 짓도 하지 않는다 오직 그 푸른 것에 백치와 같이 만족하면서 푸른 채로 있다.

이윽고 밤이 오면 또 거대한 구덩이처럼 빛을 잃어버리고 소리도 없이 잔다. 이 무슨 거대한 겸손이냐.

이윽고 겨울이 오면 초록은 실색한다. 그러나 그것은 남루를 갈기갈기 찢은 것과 다름없는 추악한 색채로 변하는 것이다. 한 겨울을 두고 이 황막하고 추악한 벌판을 바라보고 지내면서 그래도 자살 민절悶絕하지 않는 농민들은 불쌍하기도 하려니와 거대한 천치다.

그들의 일생이 또한 이 벌판처럼 단조한 권태 일색으로 도포된 것이리라. 일할 때는 초록 벌판처럼 더워서 숨이 칵칵 막히게 싱거울 것이요 일하지 않을 때에는 겨울 황원처럼 거칠고 구지레하게 싱거울 것이다.

그들에게는 흥분이 없다. 벌판에 벼락이 떨어져도 그것은 뇌성 끝에 가끔 있는 다반사에 지나지 않는다. 촌동이 범에게 물려가도 그것은 맹수가 사는 산촌에 가끔 있는 신벌에 지나지 않는다. 실로 전신주 하나 없는 벌판에서 그들이 무엇을 대상으로 흥분할 수 있으랴.

팔봉산 등을 넘어 철골 전선주가 늘어섰다. 그러나 그 동선銅線은 이 촌락에 엽서 한 장을 내려트리지 않고 섰는 채다. 동선으로는 전류도 통하리라. 그러나 그들의 방이 아직도 송명으로 어둠침침한 이상 그 전선주들은 이 마을 동구에 늘어선 포플러 나무와 조금도 다를 것이 없다.

그들에게 희망이 있던가 가을에 곡식이 익으리라? 그러나 그것은 희망은 아니다. 본능이다.

내일. 내일도 오늘 하던 계속의 일을 해야지 이 끝없는 권태의 내일은 왜 이렇게 끝없이 있나? 그러나 그들은 그런 것을 생각할 줄 모른다. 간혹 그런 의혹이 전광과 같이 그들의 흉리를 스치는 일이 있어도 다음 순간 하루의 노역으로 말미암아 잠이 오고 만다. 그러니 농민은 참 불행하도다. 그럼— 이 흉악한 권태를 자각할 줄 아는 나는 얼마나 행복된가.

댑싸리 나무도 축 늘어졌다. 물은 흐르면서 가끔 웅덩이를 만나면 썩는다.

내가 앉아 있는 데는 그런 웅덩이 가이다. 내 앞에서 물은 조용히 썩는다.

낮닭 우는 소리가 무던히 한가롭다. 어제도 울던 낮닭이 오늘도 또 울었다는 외에 아무 흥미도 없다. 들어도 그만 안 들어도 그만이다 다만 우연히 귀에 들려왔으니까 그저 들었달 뿐이다.

닭은 그래도 새벽, 낮으로 울기나 한다 그러나 이 동리의 개들은 짖지를 않는다 그러면 모두 벙어리 개들인가 아니다 그 증거로는 이 동리 사람 아닌 내가 돌팔매질을 하면서 위협하면 십 리나 달아나면서 나를 돌아다보고 짖는다.

그렇건만 내가 아무 그런 위험한 짓을 하지 않고 지나가면 천리나 먼 데서 온 외인 더구나 안면이 이처럼 창백하고 봉발이 작소를 이룬 기이한 풍모를 처다보면서도 짖지 않는다 참 이상하다 어째서 여기 개들은 나를 보고 짖지를 않을까? 세상에도 희귀한 겸손한 겁쟁이 개들도 다 많다.

이 겁쟁이 개들은 이런 나를 보고도 짖지를 않으니 그럼 대체 무엇을 보아야 짖으랴?

그들은 짖을 일이 없다 여인旅人은 이곳에 오지 않는다 오지 않을 뿐만 아니라 국도 연변에 있지 않는 이 촌락을 그들은 지나갈 일도 없다. 가끔 이웃 마을의 김 서방이 온다. 그러나 그는 여기 최 서방과 똑같은 복장과 피부색과 사투리를 가졌으니 개들이 짖어 무엇하랴. 이 빈촌에는 도적이 없다. 인정 있는 도적이면 여기 너무나 빈한한 새악시들을 위하여 훔친 바 비녀나 반지를 가만히 놓고 가지 않으면 안 되리라. 도적에게는 이 마을은 도적의 도심을 도적맞기 쉬운 위험한 지대리라.

그러니 실로 개들이 무엇을 보고 짖으랴. 개들은 너무나 오랫동안—아마 그 출생 당시부터—짖는 버릇을 포기한 채 지내왔다. 몇 대를 두고 짖지 않은 이곳 견족犬族들은 드디어 짖는다는 본능을 상실하고 만 것이리라. 인제는 돌이나 나무토막으로 얻어맞아서 견딜 수 없을 만큼 아파야 겨우 짖는다. 그러나 그와 같은 본능은 인간에게도 있으니 특히 개의 특징으로 쳐둘 것은 못 되리라.

개들은 대개 제가 길리우고 있는 집 문간에 가 앉아서 밤이면 밤잠 낮이면 낮잠을 잔다. 왜? 그들은 수위할 아무 대상도 없으니까다.

최 서방네 집 개가 이리로 온다. 그것을 김 서방네 집 개가 발견하고 일어나서 영접한다. 그러나 영접해 본댔자 할 일이 없다. 양구에 그들은 헤어진다.

설레설레 길을 걸어본다. 밤낮 다니던 길, 그 길에는 아무것도 떨어진 것이 없다. 촌민들은 한여름 보리와 조를 먹는다. 반찬은 날된장 풋고추다. 그러니 그들의 부엌에조차 남는 것이 없겠거늘 하물며 길가에 무엇이 족히 떨어져 있을 수 있으랴.

길을 걸어본댔자 소득이 없다. 낮잠이나 자자. 그리하여 개들은 천부의 수위술을 망각하고 낮잠에 탐닉하여 버리지 않을 수 없을 만큼 타락하고 말았다.

슬픈 일이다. 짖을 줄 모르는 벙어리 개, 지킬 줄 모르는 게으름뱅이 개, 이 바보 개들은 복날 개장국을 끓여 먹기 위하여 촌민의 희생이 된다. 그러나 불쌍한 개들은 음력도 모르니 복날은 몇 날이나 남았나 전연 알 길이 없다.

이 마을에는 신문도 오지 않는다. 소위 승합자동차라는 것도 통과하지 않으니 도회의 소식을 무슨 방법으로 알랴?

오관이 모조리 박탈된 것이나 다름없다. 답답한 하늘 답답한 지평선 답답한 풍경 답답한 풍속 가운데서 나는 이리 디굴 저리 디굴 굴고 싶을 만치 답답해하고 지내야만 된다.

아무것도 생각할 수 없는 상태 이상으로 괴로운 상태가 또 있을까. 인간은 병석에서도 생각한다. 아니 병석에서는 더욱 많이 생각하는 법이다. 끝없는 권태가 사람을 엄습하였을 때 그의 동공은 내부를 향하여 열리리라. 그리하여 망쇄할 때보다도 몇 배나 더 자신의 내면을 성찰할 수 있을 것이다.

현대인의 특질이요 질환인 자의식 과잉은 이런 권태치 않을 수 없는 권태 계급의 철저한 권태로 말미암음이다. 육체적 한산 정신적 권태 이것을 면할 수 없는 계급이 자의식 과잉의 절정을 표시한다.

그러나 지금 이 개울가에 앉은 나에게는 자의식 과잉조차가 폐쇄되었다.

이렇게 한산한데 이렇게 극도의 권태가 있는데 동공은 내부를 향하여 열리기를 주저한다.

아무것도 생각하기 싫다. 어제까지도 죽는 것을 생각하는 것 하나만은 즐거웠다. 그러나 오늘은 그것조차가 귀찮다. 그러면 아무것도 생각하지 말고 눈뜬 채 졸기로 하자.

더워 죽겠는데 목욕이나 할까. 그러나 웅덩이 물은 썩었다. 썩지 않은 물을 찾아가는 것은 귀찮은 일이고—

썩지 않은 물이 여기 있다기로서니 나는 목욕하지 않았으리라. 옷을 벗기가 귀찮다. 아니— 그보다도 그 창백하고 앙상한 수구瘦軀를 백일 아래 널어 말리는 파렴치를 나는 견디기 어렵다.

땀이 옷에 배이면? 배인 채 두자.

그렇다 하더라도 이 더위는 무슨 더위냐. 나는 내가 있는 집으로 돌아와서 세수를 하기로 한다. 나는 일어나서 오던 길을 돌치는 도중에서 교미하는 개 한 쌍을 만났다. 그러나 인공의 기교가 없는 축류의 교미는 풍경이 권태 그것인 것같이 권태 그것이다. 동리 동해들에게도 젊은 촌부들에게도 흥미의 대상이 못 되는 이 개들의 교미는 또한 내게 있어서도 흥미의 대상이 되지 않는다.

함석 대야는 그 본연의 빛을 일찍이 잃어버리고 그들의 피부색과 같이 붉고 검다. 아마 이 집 주인아주머니가 시집 올 때 가지고 온 것이리라.

세수를 해본다. 물조차가 미지근하다. 물조차가 이 무지한 더위에는 견딜 수 없었나 보다. 그러나 세수의 관례대로 세수를 마친다.

그리고 호박 넝쿨이 축 늘어진 울타리 밑 호박 넝쿨의 뿌리 돋친 데를 찾아서 그 물을 준다. 너라도 좀 생기를 내라고.

땀내 나는 수건으로 얼굴을 훔치고 툇마루에 걸터앉았자니까 내가 세수할 때 내 곁에 늘어섰던 주인집 아이들 넷이 제각기 나를 본받아 그 대야를 사용하여 세수를 한다.

저 애들도 더워서 저러는구나. 하였더니 그렇지 않다. 그 애들도 나처럼 일거수일투족을 어찌하였으면 좋을까 당황해하고 있는 권태들이었다. 다만 내가 세수하는 것을 보고 그럼 우리도 저 사람처럼 세수나 해볼까 하고 따라서 세수를 해보았다는 데 지나지 않는다.

원숭이가 사람의 흉내를 내는 것이 내 눈에는 참 밉다. 어쩌자고 여기 아이들이 내 흉내를 내는 것일까? 귀여운 촌동들을 원숭이를 만들어서는 안 된다.

나는 다시 개울가로 가본다. 썩은 물 늘어진 댑싸리 외에 아무것도 없다. 그러나 나는 거기 앉아서 이번에는 그 썩는 중의 웅덩이 속을 들여다본다.

순간 나는 진기한 현상을 목도한다. 무수한 오점이 방향을 정돈해 가면서 움직이고 있는 것이다. 이것은 생물임에 틀림없다. 송사리 떼임에 틀림없다.

이 부패한 소택 속에 이런 앙증스러운 어족이 서식하리라고는 나는 참 꿈에도 생각하지 못했다.

요리 몰리고 조리 몰리고 역시 먹을 것을 찾음이리라 무엇을 먹고 사누 벌러지를 먹겠지. 그러나 송사리보다도 더 작은 벌러지라는 것이 있을까?

잠시를 가만있지 않는다. 저물도록 움직인다. 대략 같은 동기와 같은 모양으로들 그러는 것 같다. 동기! 역시 송사리의 세계에도 시급한 목적이 있는 모양이다.

차츰차츰 하류를 향하여 군중적으로 이동한다. 저렇게 하류로 하류로만 가다가 또 어쩔 작정인가. 아니 그들은 중로에서 또 상류를 향하여 거슬러 올라올는지도 모른다. 그러나 당장 하류로 향하여 가고 있는 것이 확실하다. 하류로 하류로!

오 분 후에는 그들의 모양이 보이지 않을 만치 그들은 멀리 하류로 내려갔다. 그리고 웅덩이는 아까와 같이 도로 썩은 물의 웅덩이로 조용해지고 말았다.

나는 그 자리에서 일어나서 풀밭으로 가보기로 한다. 풀밭에는 암소 한 마리 있다.

고 웅덩이 속에 고런 맹랑한 현상이 잠복해 있을 수 있다니— 하고 나는 적잖이 흥분했다. 그러나 그 현상도 소낙비처럼 지나가고 말았으니 잊어버리고 그만두는 수밖에.

소의 뿔은 벌써 소의 무기는 아니다. 소의 뿔은 오직 안경의 재료일 따름이다. 소는 사람에게 얻어맞기로 위주니까 소에게는 무기가 필요 없다. 소의 뿔은 오직 동물학자를 위한 표지이다. 야우野牛 시대에는 이것으로 적을 돌격한 일도 있습니다—하는 마치 폐병廢兵의 가슴에 달린 훈장처럼 그 추어성이 애상적이다.

암소의 뿔은 수소의 그것보다도 더한층 겸허하다. 이 애상적인 뿔이 나를 받을 리 없으니 나는 마음 놓고 그 곁 풀밭에 가 누워도 좋다. 나는 누워서 위선 소를 본다.

소는 잠시 반추를 그치고 나를 응시한다.

'이 사람의 얼굴이 왜 이리 창백하냐 아마 병인인가 보다 내 생명에 위해를 가하려는 거나 아닌지 나는 조심해야 되지.'

이렇게 소는 속으로 나를 심리하였으리라. 그러나 오 분 후에는 소는 다시 반추를 계속하였다. 소보다도 내가 마음을 놓는다.

소는 식욕의 즐거움조차를 냉대할 수 있는 지상 최대의 권태자다. 얼마나 권태에 지질렸길래 이미 위에 들어간 식물을 다시 게워 그 시금털털한 반소화물의 미각을 역설적으로 향락하는 체해 보임이리오?

소의 체구가 크면 클수록 그의 권태도 크고 슬프다. 나는 소 앞에 누워 내 세균같이 사소한 고독을 겸손하면서 나도 사색의 반추는 가능할는지 불가능할는지 몰래 좀 생각해 본다.

길 복판에서 육칠 인의 아이들이 놀고 있다. 적발동부赤髮銅斧[1]의 반라군半裸群이다. 그들의 혼탁한 안색 흘린 콧물 두른 베 두렁이 벗은 웃통만을 가지고는 그들의 성별조차 거의 분간할 수 없다.

---

1 빡빡 깎은 머리에 구릿빛 피부.

그러나 그들은 여아가 아니면 남아요 남아가 아니면 여아인 결국에는 귀여운 오륙 세 내지 칠팔 세의 '아이들'임에는 틀림이 없다. 이 아이들이 여기 길 한복판을 선택하여 유희하고 있다.

　돌멩이를 주워 온다. 여기는 사금파리도 벽돌 조각도 없다. 이 빠진 그릇을 여기 사람들은 버리지 않는다.

　그러고는 풀을 뜯어 온다. 풀―이처럼 평범한 것이 또 있을까. 그들에게 있어서는 초록빛의 물건이란 어떤 것이고 간에 다시없이 심심한 것이다. 그러나 하는 수 없다. 곡식을 뜯는 것도 금제니까 풀밖에 없다.

　돌멩이로 풀을 짓찧는다 푸르스레한 물이 돌에 가 염색된다. 그러면 그 돌과 그 풀을 팽개치고 또 다른 풀과 다른 돌멩이를 가져다가 똑같은 짓을 반복한다. 한 십 분 동안이나 아무 말이 없이 잠자코 이렇게 놀아본다.

　십 분 만이면 권태가 온다. 풀도 싱겁고 돌도 싱겁다. 그러면 그 외에 무엇이 있나? 없다.

　그들은 일제히 일어선다 질서도 없고 충동의 재료도 없다. 다만 그저 앉았기 싫으니까 이번에는 일어서 보았을 뿐이다.

　일어서서 두 팔을 높이 하늘을 향하여 쳐든다. 그리고 비명에 가까운 소리를 질러본다. 그러더니 그냥 그 자리에서들 경중경중 뛴다. 그러면서 그 비명을 겸한다.

　나는 이 광경을 보고 그만 눈물이 났다. 여북하면 저렇게 놀까. 이들은 놀 줄조차 모른다. 어버이들은 너무 가난해서 이들 귀여운 애기들에게 장난감을 사다 줄 수가 없었던 것이다.

　이 하늘을 향하여 두 팔을 뻗치고 그리고 소리를 지르면서 뛰는 그들의 유희가 내 눈에는 암만해도 유희같이 생각되지 않는다. 하늘은 왜 저렇게 어제도 오늘도 내일도 푸르냐, 산은 벌판은 왜 저렇게 어제도 오늘도 내일도 푸르냐는 조물주에게 대한 저주의 비명이 아니고 무엇이랴.

아이들은 짖을 줄조차 모르는 개들과 놀 수는 없다. 그렇다고 모이 찾느라고 눈이 벌건 닭들과 놀 수도 없다. 아버지도 어머니도 너무나 바쁘다. 언니 오빠조차 바쁘다. 역시 아이들은 아이들끼리 노는 수밖에 없다. 그런데 대체 무엇을 가지고 어떻게 놀아야 하나, 그들에게는 장난감 하나가 없는 그들에게는 영영 엄두가 나서지를 않는 것이다. 그들은 이렇듯 불행하다.

그 짓도 오 분이다. 그 이상 더 길게 이 짓을 하자면 그들은 피로할 것이다. 순진한 그들이 무슨 까닭에 피로해야 되나? 그들은 위선 싱거워서 그 짓을 그만둔다.

그들은 도로 나란히 앉는다. 앉아서 소리가 없다. 무엇을 하나. 무슨 종류의 유희인지 유희는 유희인 모양인데─이 권태의 왜소 인간들은 또 무슨 기상천외의 유희를 발명했나.

오 분 후에 그들은 비키면서 하나씩 둘씩 일어선다. 제각각 대변을 한 무데미씩 누어놓았다. 아─ 이것도 역시 그들의 유희였다. 속수무책의 그들 최후의 창작 유희였다. 그러나 그중 한 아이가 영 일어나지를 않는다. 그는 대변이 나오지 않는다. 그럼 그는 이번 유희의 못난 낙오자임에 틀림없다. 분명히 다른 아이들 눈에 조소의 빛이 보인다. 아─ 조물주여 이들을 위하여 풍경과 완구를 주소서.

날이 어두웠다. 해저와 같은 밤이 오는 것이다. 나는 자못 이상하다.

가만히 생각해 보면 나는 배가 고픈 모양이다. 이것이 정말이라면 그럼 나는 어째서 배가 고픈가. 무엇을 했다고 배가 고픈가.

자기 부패 작용이나 하고 있는 웅덩이 속을 실로 송사리 떼가 쏘다니고 있더라. 그럼 내 장부 속으로도 나로서 자각할 수 없는 송사리 떼가 준동하고 있나 보다. 아무렇든 나는 밥을 아니 먹을 수는 없다.

밥상에는 마늘장아찌와 날된장과 풋고추조림이 관성의 법칙처럼 놓여 있다. 그러나 먹을 때마다 이 음식이 내 입에 내 혀에 다르다. 그러나 나는 그 까닭을 설명할 수 없다.

마당에서 밥을 먹으면 머리 위에서 그 무수한 별들이 야단이다. 저것은 또 어쩌라는 것인가. 내게는 별이 천문학의 대상이 될 수 없다. 그렇다고 시상詩想의 대상도 아니다. 그것은 다만 향기도 촉감도 없는 절대 권태의 도달할 수 없는 영원한 피안이다. 별조차가 이렇게 싱겁다.

저녁을 마치고 밖으로 나와보면 집집에서는 모깃불의 연기가 한창이다.

그들은 마당에서 멍석을 펴고 잔다. 별을 쳐다보면서 잔다. 그러나 그들은 별을 보지 않는다. 그 증거로는 그들은 멍석에 눕자마자 눈을 감는다. 그리고는 눈을 감자마자 쿨쿨 잠이 든다. 별은 그들과 관계없다.

나는 소화를 촉진시키느라고 길을 왔다 갔다 한다. 돌칠 적마다 멍석 위에 누운 사람의 수가 늘어간다.

이것이 시체와 무엇이 다를까? 먹고 잘 줄 아는 시체―나는 이런 실례로운 생각을 정지해야만 되겠다. 그리고 나도 가서 자야겠다.

방에 돌아와 나는 나를 살펴본다. 모든 것에서 절연된 지금의 내 생활─자살의 단서조차를 찾을 길이 없는 지금의 내 생활은 과연 권태의 극권태 그것이다.

그렇건만 내일이라는 것이 있다. 다시는 날이 새이지 않는 것 같기도 한 밤 저쪽에 또 내일이라는 놈이 한 개 버티고 서 있다 마치 흉맹한 형리처럼─

나는 그 형리를 피할 수 없다 오늘이 되어버린 내일 속에서 또 나는 질식할 만치 심심해야 되고 기막힐 만치 답답해해야 된다.

그럼 오늘 하루를 나는 어떻게 지냈던가 이런 것은 생각할 필요가 없으리라 그냥 자자 자다가 불행히─아니 다행히 또 깨거든 최 서방의 조카와 장기나 또 한판 두지 웅덩이에 가서 송사리를 볼 수도 있고─몇 가지 안 남은 기억을 소처럼─반추하면서 끝없는 나태를 즐기는 방법도 있지 않으냐.

불나비가 달려들어 불을 끈다 불나비는 죽었든지 화상을 입었으리라 그러나 불나비라는 놈은 사는 방법을 아는 놈이다 불을 보면 뛰어들 줄을 알고─평상에 불을 초조히 찾아다닐 줄도 아는 정열의 생물이니 말이다.

그러나 여기 어디 불을 찾으려는 정열이 있으며 뛰어들 불이 있느냐. 없다. 나에게는 아무것도 없고 아무것도 없는 내 눈에는 아무것도 보이지 않는다.

암흑은 암흑인 이상 이 좁은 방 것이나 우주에 꽉 찬 것이나 분량상 차이가 없으리다. 나는 이 대소 없는 암흑 가운데 누워서 숨 쉴 것도 어루만질 것도 또 욕심나는 것도 아무것도 없다. 다만 어디까지 가야 끝이 날지 모르는 내일 그것이 또 창밖에 등대하고 있는 것을 느끼면서 오들오들 떨고 있을 뿐이다.

(12월 19일 미명, 동경서)

— 〈조선일보〉, 1937. 5. 4~11.

슬픈 이야기

―어떤 두 주일 동안

거기는 참 오래간만에 가본 것입니다. 누가 거기를 가보라고 그랬나―모릅니다. 퍽 변했습디다. 그전에 사생하던 다리 아치가 모색暮色 속에 여전하고 시냇물도 그 밑을 조용히 흐르고 있습니다. 양 언덕은 잘 다듬어서 중간중간 연못처럼 물이 고였고 자그마한 섬들이 아주 세간처럼 조촐하게 놓여 있습니다. 게서 시냇물을 따라 좀 올라가면 졸업 기념으로 사진을 찍던 목교가 있습니다. 그 시절 동무들은 다 뿔뿔이 헤어져서 지금은 안부조차 모릅니다. 나는 게까지는 가지 않고 결상처럼 생긴 어느 나무토막에 가 앉아서 물속으로도 황혼이 오나 안 오나 들여다보고 앉았었습니다. 잎새도 다 떨어진 나무들이 거꾸로 물속에 가 비쳤습니다. 또 전신주도 비쳤습니다. 물은 그런 틈바구니로 잘 빠져서 흐르나 봅니다. 그 내려놓은 풍경을 만져보거나 하는 일이 없습니다. 바람 없는 저녁입니다.

그러더니 물속 전신주에 달린 전등에 불이 들어왔습니다. 마치 무슨 요긴한 '말씀' 같습니다―'밤이 오십니다'―나는 고개를 들어서 땅 위의 전신주를 보았습니다. 얼른― 불이 켜집니다. 내가 안 보는 동안에 백주白晝를 한 병 담아가지고 놀던 전등이 잠깐 한눈을 판 것도 같습니다. 그래 밤이 오나―그리고 보니까 참 공기가 차갑습니다. 두루마기 아궁탱이[1] 속에서 바른손이 왼손을 아귀에 꼭―쥐고 땀을 흘리고 있습니다. 내 마음이 허공에 있거나 물속으로 가라앉았을 동안에도 육신은 육신끼리의 사랑을 잊어버리거나 게을리하지는 않는가 봅니다. 머리카락은 모자 속에서 헝클어진 채 끽소리가 없습니다. 어떻게 생각하면 이 가난한 모체를 의지하고 저러고 지내는 그 각 부분들이 무한히 측은한 것도 같습니다. 땅으로 치면 토박한 불모지 셈일 게니까―눈도 퀭하니 힘이 없고 귀도 먼지가 잔뜩 앉아서 주접이 들었습니다. 목에서는 소리가 제대로 나기는 나지만 낡은 풍금처럼 다 윤택이 없습니다. 콧속도 그저 늘 도배한 것 낡은 것 모양으로 구중중합니다. 이십여 년이나 하나를 믿고 다소곳이 따라 지내온 그네들이 여간 가엾고 또 끔찍한 것이 아닙니다. 이런 그윽한 충성을 지금 그냥 없이하고 모체 나는 망하려 드는 것입니다.

일신의 식구들이―손, 코, 귀, 발, 허리, 종아리, 목 등―주인의 심사를 무던히 짐작하나 봅니다. 이리 비켜서고 저리 비켜서고 서로서로 쳐다보기도 하고 불안스러워하기도 하고 하는 중

---

1 '아가리'의 방언.

에도 서로서로 의지하고 여전히 다소곳이 닥쳐올 일을 기다리고 만 있는 것 같습니다. 그러는 동안에 꽤 어두워 들어왔습니다. 별이 한 분씩 두 분씩 모여들기 시작합니다. 어디서 오시나 굿이브닝 뿔뿔이 이야기꽃이 피나 봅니다. 어떤 별은 좋은 궐련을 피우고 어떤 별은 정한 손수건으로 안경알을 닦기도 하고 또 기념 촬영을 하는 패도 있나 봅니다. 나는 그런 오붓한 회장을 고개를 들어 보지 않고 차라리 물속으로 해서 처다봅니다. 시각이 거의 되었나 봅니다. 오늘 밤의 프로그램은―참 재미있는 여흥이 가지가지 있나 봅니다. 금단추를 단 순시가 여기저기서 들창을 닫는 소리가 납니다. 갑자기 회장이 어두워지더니 모든 인원 얼굴이 활기를 띠웁니다. 중에는 가벼운 흥분 때문에 잠깐 입술이 떨리는 이도 있고 의미 있는 듯한 미소를 주고받으면서 눈을 끔벅하는 이들도 있나 봅니다. 안드로메다 오리온 이렇게 좌석을 정하고 궐련들도 다 꺼버렸습니다.

그때 누가 급히 회장 뒷문으로 허둥지둥 들어왔나 봅니다. 모든 별의 고개가 한쪽으로 일제히 기울어졌습니다. 근심스러운 체조―그리고 숨결 죽이는 겸허로 하여 장내―넓은 하늘이 더 깊고 멀고 어둡고 멀어진 것 같습니다. 무슨 일인고―넓은 하늘 맨 뒤까지 들리는 그윽하나 결코 거칠지 않은 목소리의 음악처럼 유량한 말씀이 들려옵니다.―여러분, 오늘 저녁에는 모두들 일찍 돌아가시라는 전령입니다. 우―들 일어나나 봅니다. 베로아[2] 검정 모자는 참 품이 있어 보이고 또 서반아식 망토 자락도 퍽 보

2 벨루어. 털이 길고 부드러운 비로드.

기 좋습니다. 에나멜 구두가 부드러운 융전絨氈[3]을 딛는 소리가 빠드득빠드득 꽈리 부는 소리처럼 납니다 뿔뿔이 걸어서들 갑니다. 인제는 회장이 텅 빈 것 같고 군데군데 전등이 몇 개 남아 있나 봅니다. 늙은 숙직인이 들어오더니 그나마 하나씩 둘씩 꺼 들어갑니다. 삽시간에 등불도 다 꺼지고 어둡고 답답한 하늘 넓이에는 추잉껌 캐러멜 껍데기가 여기저기 헤어져 있습니다.

무슨 일이 있으려나—대궐에 초상이 났나 보다—나는 팔짱을 끼고 오랫동안 잊어버렸던 우두 자국을 만져보았습니다. 우리 어머니도 우리 아버지도 다 얽으셨습니다. 그분들은 다 마음이 착하십니다. 우리 아버지는 손톱이 일곱밖에 없습니다. 궁내부 활판소에 다니실 적에 손가락 셋을 두 번에 잘리우셨습니다. 우리 어머니는 생일도 이름도 모르십니다. 맨 처음부터 친정이 없는 까닭입니다. 나는 외갓집 있는 사람이 퍽 부럽습니다. 그러나 우리 아버지는 장모 있는 사람을 부러워하시지는 않으십니다. 나는 그분들께 돈을 갖다 드린 일도 없고 엿을 사다 드린 일도 없고 또 한 번도 절을 해본 일도 없습니다. 그분들이 내게 경제화를 사주시면 나는 그것을 신고 그분들이 모르는 골목길로만 다녀서 다 해뜨려 버렸습니다. 그분들이 월사금을 주시면 나는 그분들이 못 알아보시는 글자만을 골라서 배웠습니다. 그랬건만 한 번도 나를 사살하신 일이 없습니다. 젖 떨어져서 나갔다가 이십삼 년 만에 돌아와 보았더니 여전히 가난하게들 사십디다. 어머니는 내 다님과 허리띠를 접어주셨습니다. 아버지는 내 모자와 양복저고

---

3 융단.

리를 걸기 위한 못을 박으셨습니다. 동생도 다 자랐고 막내 누이도 새악시 꼴이 단단히 백였습니다. 그렇건만 나는 돈을 벌 줄 모릅니다. 어떻게 하면 돈을 버나요 못 법니다. 못 법니다.

동무도 없어졌습니다. 내게는 어른도 없습니다. 버릇도 없습니다. 뚝심도 없습니다. 손이 내 뺨을 만집니다. 남의 손같이 차디차구나―'무슨 생각을 그렇게 하시나요―이렇게 야왰는데.' 모체가 망하려 드는 기색을 알아차렸나 봅니다. 여내 위문이 끊이지 않습니다. 그러면 무얼 하나―속절없지―내 마음은 벌써 내 마음 최후의 재산이던 기사들까지도 몰래 다 내다 버렸습니다. 약 한 봉지와 물 한 보새기가 남아 있습니다. 어느 날이고 밤 깊이 너희들이 잠든 틈을 타서 살짝 망하리라 그 생각이 하나 적혀 있을 뿐입니다. 우리 어머니 아버지께는 고하지 않고 우리 친구들께는 전화 걸지 않고―기아하듯이 망하렵니다.

하하― 비가 오시기 시작입니다. 살랑살랑 물 위에 파문이 어지럽습니다. 고무신 신은 사람처럼 소리가 없습니다. 눈물보다도 고요합니다. 공기는 한층이나 더 차갑습니다. 까치나 한 마리― 참 이 스며들듯 하는 비에 까치집이 새지나 않나 모르겠습니다. 인제는 까치들도 살기가 어려워서 경성 근방에서는 다 없어졌나 봅디다. 이렇게 궂은비가 오는 밤에는 우는 사람이 많을 것입니다. 건넌편 양옥집 들창이 유달리 환―하더니 인제 누가 그 들창을 안으로 닫쳐버립니다. 따뜻한 방이 눈을 감고―실없는 장난을 하려나 봅니다. 마음대로 하라지요―하지만 한데는 너무 춥고 빗방울은 차차 굵어갑니다. 비가 오네 비가 오네나―인제 비가 들기만 하면 날이 드윽하렷다―그런 계절에 대한 근심이 마음을 불안하게 하는 때 나는 사람이 불현듯 그리워지나 봅니다. 내 곁에는 내 여인이 그저 벙어리처럼 서 있는 채입니다. 나는 가만히 여인의 얼굴을 쳐다보면 참 희고도 애처롭습니다. 이렇게 어둠침침한 밤에 몸시계처럼 맑고도 깨끗합니다. 여인은 그전에 월광 아래 오래오래 노는 세월이 있었나 봅니다. 아―저런 얼굴에―그러나 입 맞출 자리가 하나도 없습니다. 입 맞출 자리란 말하자면 얼굴 중에도 정히 아무것도 아닌 자그마한 빈 터전이어야만 합니다. 그렇건만 이 여인의 얼굴에는 그런 공지가 한 군데도 없습니다. 나는 이 태엽을 감아도 소리 안 나는 여인을 가만히 가져다가 내 마음에다 놓아두는 중입니다. 텅텅 빈 내 모체가 망할 때에 나는 이 '시몬'과 같은 여인을 체(滯)한 채 그러렵니다. 이 여인은 내 마음의 잃어버린 제목입니다. 그리고 미구에 내다 버릴 내 마음 잠깐 걸어두는 한개 못입니다. 육신의 각 부분들도 이 모체의 허망한 것을 묵인하고 있나 봅니다. 여인―내 그대 몸에는 손가락 하나 대이지 않으리라. 죽읍시다. "더블 플라토닉 슈사이드[4]인가요" 아니지요―두 개의 싱글 슈사이드지요. 나는 수첩을 꺼내서 짚었습니다. 오늘이 십일월 십육일이고 오는 오는 공일날이 십이월 일일이고 그렇다고. "두 주일이군요" 참 그렇군요. 여인의 창호지같이 창백한 얼굴에 금이 가면서 그리로 웃음이 가만히 내다보나 봅니다. 여인은 내 그윽한 공책에다 악보처럼 생긴 글자로 증서를 하나 쓰고 지장을 찍어주었습니다. "틀림없이 같이 죽어드리기로"―네―감사하다 뿐이겠습니까. 나는

---

4 suicide. 자살.

내가 제일 좋아하는 노래를 생각하고 휘파람을 불었습니다. 나는 세상의 모든 죄송스러운 일을 잊어버리기로 결심하였습니다. 그리고 깨끗한 손수건을 기처럼 흔들었습니다. 패배의 기념입니다. "저기 저 자동차들은 비가 오는데 어디를 저렇게 갑니까" 네 그 고개 너머 성모의 시장이 있습니다. "일 원짜리가 있다니 정말 불을 지르고 싶습니다" 왜요. 자동차들은 헤드라이트로 물을 투기면서 언덕 너머로 언덕 너머로 몰려갑니다. 오늘같이 척척한 밤공기 속에서는 분도 좀 더 발라야 하고 향수도 좀 더 강렬한 것이 소용될 것 같습니다. 참 척척합니다 비는 인제 제법 옵니다. 모자 차양에서도 물이 뚝뚝 떨어집니다. 두루마기는 속속들이 젖어서 인제는 저고리가 젖기 시작했습니다. 아무도 보는 사람이 없습니다. 아무도 없는데 뉘게다가 부끄러워해야 합니까. 나는 누구나 만나거든 부끄러워해 드립니다. 그러나 그이는 내가 왜 부끄러워해하는지 모릅니다. 내 속에 사는 악마는 고생살이 많이 한 사람 모양으로 키가 작습니다. 또 체중도 몇 푼어치 안 되나 봅니다. 악마는 어디 가서 횡재를 하고 돌아왔습니다. 장갑을 벗으면서 초췌하나 즐거운 얼굴을 잠깐 거울 속으로 엿보나 봅니다. 그러고 나서는 깨끗한 도화지 위에 단색으로 풍경화를 한 장 그립니다.

거기도 언젠가 한 번은 왔다 간 일이 있는 항구입니다. 날이 좀 흐렸습니다. 반찬도 맛이 없습니다. 젊은 사람이 젊은 여인을 곁에 세우고 우체통에 편지를 넣습니다. 찰삭—어둠은 물과 같이 출렁출렁하나 봅니다. 우체통 안으로 꼭두서니 빗물이 차갑게 튀어서 편지가 젖었을까 생각해 봅니다. 젊은 사람은 입맛을

다시더니 곁에 섰던 여인과 어깨를 나란히 부두를 향하여 걸어
갑니다. 몇 시나 되었나—네시? 해는 어지간히 서로 기울고 음
산한 바람이 밀물 내음새를 품고 불어옵니다. "담배를 다섯 갑만
주십시오. 그리고 오십 전짜리 초콜릿도 하나 주십시오" 여보 하
릴없이 실깡기 같지—"자— 안녕히 계십시오" 골목은 길고 포
도에는 귤껍질이 여기저기 헤어졌습니다. 뚜— 부두에서 들려오
는 기적 소리가 분명합니다. 뚜— 이 뚜— 소리에는 옅은 보라색
을 칠해야 합니다. 부두요올시다—에그 여기도 버스가 있구려.
마스트 위에서 깃발이 오늘은 숨이 차서 헐떡헐떡 야단입니다
젊은 사람은 앞가슴 둘째 단추를 빼어놓습니다. 누가 암살을 하
면 어떻게 하게—축항 물은 그냥 마루젱[5]처럼 검습니다. 나무토
막이 떴습니다. 저놈은 대체 어디서 떨어져 나온 놈인구—참 갈
매기가 나네—오늘은 헌 옷을 입었습니다. 허공중에도 길이 진
가 봅니다. 자— 탑시다. 선벽船壁은 검고 굴 딱지가 많이 붙었습
니다. 하여간 탑시다. 시간이 된 모양이지—뚜— 뚜뚜— 떠나나
보오. 나 좀 드러눕겠소. "저도요" 좀 똥그란 들창으로 좀 내다봐
야겠군—항구에는 불이 들어왔습니다. 여인의 이마를 좀 짚어봅
니다. 따끈따끈해요. 팔팔 끓습니다. 어쩌나— 그러지 마우. 담배
를 피워 물었습니다. 한 개 피우고 두 개 피우고 잇대어 세 개 피
우고 네 개 다섯 개 이렇게 해서 쉰 개를 피우는 동안에 결심을
하면 됩니다. 여보 그동안에 당신을랑 초콜릿이나 잡수시오. 선
실에도 다 불이 켜졌습니다. 모두들 피곤한가 봅니다. 마흔 개 마

5 일본어로 '돛대줄'을 뜻함.

흔한 개─이렇게 해서 어느 사이에 마흔아홉 개를 태워버렸습니다. 혀가 아려서 못 견디겠습니다. 초저녁이 흔들립니다. 여보 이 꽁초 늘어선 것 좀 봐요─마흔아홉 개요─일어나요─인제 갑판으로 나갑시다. 여인은 다소곳이 일어나건만 여전히 말이 없습니다. 흐렸군─별도 없이 바다는 그냥 문을 닫은 것처럼 어둡습니다. 소금 내 나는 바람이 여인의 치맛자락을 날립니다. 한 개 남은 담배에 불을 붙여 물고─요거 한 대가 다 타는 동안에 마지막 결심을 하면 됩니다. 여보 섧지는 않소? 여인은 머리를 좌우로 흔들었습니다. 다 탔소. 문을 닫아라─배를 벗어버리는 미끄러운 소리─답답한 야음을 떠미는 힘든 소리─바다가 깨어지는 요란한 소리─굿바이. 악마는 이 그림 한구석에 차근차근히 사인을 하였습니다.

두 주일이 속절없이 지나가고 공일날이 닥쳐왔습니다. 강변 모래밭을 나는 여인과 함께 걷고 있었습니다. 나는 기침을 합니다. 콜록콜록─ 코올록─ 감기가 촉생觸生이 되었습니다. 바람이 상류를 향하여 인정 없이 불어옵니다. 내 포켓에는 걱정이 하나 가뜩 들어 있습니다. 여인은 오늘 유달리 키가 작아 보이고 또 생기가 없어 보입니다. 내 그럴 줄을 알았지요. 당신은 너무 젊습니다. 그렇게 젊은 몸으로─이렇게 자꾸 기일이 천연되는 데에서 나는 불안이 점점 커갈 뿐입니다. 바람을 떵떵 먹은 돛폭을 둘씩 셋씩 세워서 상가선商賈船은 뒤에 뒤이어 올라가고 있습니다. 노래나 한마디 하시구려─하늘은 차고 땅은 젖었습니다. 과자보다도 가벼운 여인의 체중이었습니다. 나는 돌아서서 간신히 담배를 붙여 물고 겸사겸사 한숨을 쉬었습니다. 기침이 납니다. 저리 가

봅시다. 방풍림 우거진 속으로 철로가 놓여 있습니다. 까치 한 마리도 없이 낙엽은 낙엽대로 쌓여서 이 세상에 이렇게 황량한 데가 또 있겠습니까. 나는 여인의 팔짱을 끼고 질컥질컥하는 낙엽을 디디면서 동으로 동으로 걸었습니다. 자갈 실은 화물차가 자그마한 기적을 울리면서 우리 곁으로 지나갑니다. 우리는 서서 그 동화 같은 풍경을 한없이 바라보았습니다. 가끔가다가는 낙엽 위로 길도 있습니다. 그러나 사람은 하나도 만날 수가 없습니다. 어디까지든지 황량한 인외경人外境입니다. 나는 야트막한 여인의 어깨를 어루만지면서 그 장미처럼 생긴 귀에다 대고 부드러운 발음을 하였습니다. 집에 갑시다. "싫어요―저는 오늘 아주 나왔세요" 닷새만 더 참아요. "참지요―그러나 그렇게까지 해서라도 꼭 죽어야 되나요" "그러믄요. 죽은 세음 치고 그 영혼을 제게 빌려주실 수는 없나요" 안 됩니다. "언제든지 죽어드리겠다는 저당을 붙여도" 네.

　세상에 이런 일도 또 있습니까. 나는 주머니 속에서 몇 벌 편지를 꺼내서는 그 자리에서 다 찢어버렸습니다. 군이 이 편지를 받았을 때에는 나는 벌써 아무개와 함께 이 세상 사람이 아니리라는 내 마지막 허영심의 레터 페이퍼들이었습니다. 그러나 그게 뭐란 말입니까. 과연 지금 나로서는 혼자 내 한 명命을 끊을 만한 자신이 없습니다. 수양이 못 되었습니다. 그러나 힘써 얻어보오리다. 까치도 오지 않는 이 그윽한 수풀 속에 이 무슨 난데없는 때 상장喪章이 쏟아진 것입니다. 여인은 새파래졌습니다.

― 〈조광〉, 1937. 6.

실낙원

소녀

소녀는 확실히 누구의 사진인가 보다. 언제든지 잠자코 있다.

소녀는 때때로 복통이 난다. 누가 연필로 장난을 한 까닭이다. 연필은 유독하다. 그럴 때마다 소녀는 탄환을 삼킨 사람처럼 창백하다고 한다.

소녀는 또 때때로 각혈한다. 그것은 부상한 나비가 와서 앉는 까닭이다. 그 거미줄 같은 나뭇가지는 나비의 체중에도 견디지 못한다. 나뭇가지는 부러지고 만다.

소녀는 단정短艇 가운데 있었다. 군중과 나비를 피하여. 냉각된 수압이, 냉각된 유리의 기압이, 소녀에게 시각만을 남겨주었다. 그리고 허다한 독서가 시작된다. 덮은 책 속에 혹은 서재 어떤 틈에 곧잘 한 장의 '얄따란 것'이 되어버려서는 숨고 한다. 내 활자에 소녀의 살결 냄새가 섞여 있다. 내 제본에 소녀의 인두 자국이 남아 있다. 이것만은 어떤 강렬한 향수로도 헷갈리게 하는 수는 없을…….

사람들은 그 소녀를 내 처라고 해서 비난하였다. 듣기 싫다. 거짓말이다. 정말 이 소녀를 본 놈은 하나도 없다.

그러나 소녀는 누구든지의 처가 아니면 안 된다. 내 자궁 가운데 소녀는 무엇인지를 낳아놓았으니, 그러나 나는 아직 그것을 분만하지 않았다. 이런 소름 끼치는 지식을 내버리지 않고야 그렇다는 것이 체내에 먹어 들어오는 연탄鉛彈[1] 처럼 나를 부식시켜 버리고야 말 것이다.

나는 이 소녀를 화장해 버리고 그만두었다. 내 비공鼻孔으로 종이 탈 때 나는 그런 냄새가 어느 때까지라도 저회低廻하면서 사라지려 들지 않았다.

---

1 납으로 만든 탄환.

육친의 장

기독에 혹사한 한 사람의 남루한 사나이가 있었다. 다만 기독에 비하여 눌변이요 어지간히 무지한 것만이 틀리다면 틀렸다.

연기年紀 오십 유有 일.

나는 이 모조 기독을 암살하지 아니하면 안 된다. 그렇지 아니하면 내 일생을 압수하려는 기색이 바야흐로 농후하다.

한 다리를 절름거리는 여인. 이 한 사람이 언제든지 돌아선 자세로 내게 육박한다. 내 근육과 골편과 또 약소한 입방立方의 혈청과의 원가 상환을 청구하는 모양이다. 그러나 내게 그만한 금전이 있을까. 나는 소설을 써야 서푼도 안 된다. 이런 흉장胸醬의 배상금을 도리어 물어내라 그러고 싶다. 그러나 어쩌면 저렇게 심술궂은 여인일까. 나는 이 추악한 여인으로부터도 도망하지 아니하면 안 된다.

단 한 개의 상아 스틱, 단 한 개의 풍선.

묘혈에 계신 백골까지 내게 무엇인가를 강요하고 있다. 그 인감은 이미 실효된 지 오랜 줄은 꿈에도 생각하지 않고(그 대상代償으로 나는 내 지능의 전부를 포기하리라).

칠 년이 지나면 인간 전신의 세포가 최후의 하나까지 교체된다고 한다. 칠 년 동안 나는 이 육친들과 관계없는 식사를 하리라. 그리고 당신네들을 위하는 것도 아니고 또 칠 년 동안은 나를 위하는 것도 아닌 새로운 혈통을 얻어보겠다―하는 생각을 하여서는 안 된다.

돌려보내라고 하느냐. 칠 년 동안 금붕어처럼 개흙만을 토하고 지내면 된다. 아니, 미여기[2]처럼.

실낙원

천사는 아무 데도 없다. 파라다이스는 빈터다.

나는 때때로 이삼 인의 천사를 만나는 수가 있다. 제각각 다 쉽사리 내게 키스하여 준다. 그러나 홀연히 그 당장에서 죽어버린다. 마치 웅봉雄蜂처럼……

천사는 천사끼리 싸움을 하였다는 소문도 있다.

나는 B 군에게 내가 향유하고 있는 천사의 시체를 처분하여 버릴 취지를 이야기할 작정이다. 여러 사람을 웃길 수도 있을 것이다. 사실 S 군 같은 사람은 깔깔 웃을 것이다. 그것은 S 군은 오 척이나 넘는 훌륭한 천사의 시체를 십 년 동안이나 충실하게 보관하여 온 경험이 있는 사람이니까……

천사를 다시 불러서 돌아오게 하는 응원기 같은 기는 없을까.

천사는 왜 그렇게 지옥을 좋아하는지 모르겠다. 지옥의 매력

---

2 '메기'의 방언.

이 천사에게도 차차 알려진 것도 같다.

천사의 키스에는 색색이 독이 들어 있다. 키스를 당한 사람은 꼭 무슨 병이든지 앓다가 그만 죽어버리는 것이 예사다.

면경

철필 달린 펜촉이 하나. 잉크병. 글자가 적혀 있는 지편紙片(모두가 한 사람 치).

부근에는 아무도 없는 것 같다. 그리고 그것은 읽을 수 없는 학문인가 싶다. 남아 있는 체취를 유리의 '냉담한 것'이 덕德하지 아니하니, 그 비장한 최후의 학자는 어떤 사람이었는지 조사할 길이 없다. 이 간단한 장치의 정물은 투탕카멘처럼 적적하고 기쁨을 보이지 않는다.

피만 있으면, 최후의 혈구 하나가 죽지만 않았으면 생명은 어떻게라도 보존되어 있을 것이다.

피가 있을까. 혈흔을 본 사람이 있나. 그러나 그 난해한 문학의 끄트머리에 사인이 없다. 그 사람은(만일 그 사람이라는 사람이 그 사람이라는 사람이라면) 아마 돌아오리라.

죽지는 않았을까. 최후의 한 사람의 병사의, 논공조차 행하지 않을 영예를 일신에 지고. 지루하다. 그는 필시 돌아올 것인가. 그래서는 피로에 가늘어진 손가락을 놀려서는 저 정물을 운전할 것인가.

그러면서도 결코 기뻐하는 기색을 보이지는 아니하리라. 지껄이지도 않을 것이다. 문학이 되어버리는 잉크에 냉담하리라. 그러나 지금은 한없는 정밀靜謐이다. 기뻐하는 것을 거절하는 투박한 정물이다.

정물은 부득부득 피곤하리라. 유리는 창백하다. 정물은 골편까지도 노출한다.

시계는 좌향으로 움직이고 있다. 그것은 무엇을 계산하는 미터일까. 그러나 그 사람이라는 사람은 피곤하였을 것도 같다. 저칼로리의 삭감. 모든 기계는 연한이다. 거진거진 잔인한 정물이다. 그 강의불굴剛毅不屈하는 시인은 왜 돌아오지 아니할까. 과연 전사하였을까.

정물 가운데 정물이 정물 가운데 정물을 저며내고 있다. 잔인하지 아니하냐.

초침을 포위하는 유리 덩어리에 담긴 지문은 소생하지 아니하면 안 될 것이다. 그 비장한 학자의 주의를 환기하기 위하여.

자화상(습작)

여기는 도무지 어느 나라인지 분간할 수 없다. 거기는 태고와 전승하는 판도가 있을 뿐이다. 여기는 폐허다. 피라미드와 같은

코가 있다. 그 구멍으로는 '유구한 것'이 드나들고 있다. 공기는 퇴색되지 않는다. 그것은 선조가 혹은 내 전신이 호흡하던 바로 그것이다. 동공에는 창공이 의고하여 있으니 태고의 영상의 약도다. 여기는 아무 기억도 유언되어 있지는 않다. 문자가 닳아 없어진 석비처럼 문명에 잡다한 것이 귀를 그냥 지나갈 뿐이다. 누구는 이것이 데스마스크라고 그랬다. 또 누구는 데스마스크는 도적맞았다고도 그랬다.

죽음은 서리와 같이 내려 있다. 풀이 말라버리듯이 수염은 자라지 않은 채 거칠어갈 뿐이다. 그리고 천기天氣 모양에 따라서 입은 커다란 소리로 외친다. 수류水流처럼.

월상月像

그 수염 난 사람은 시계를 꺼내어 보았다. 나도 시계를 꺼내어 보았다. 늦었다고 그랬다.

일주야나 늦어서 달은 떴다. 그러나 그것은 너무나 심통한 차림차림이었다. 만신창이…… 아마 혈우병인가도 싶었다.

지상에는 금시 산비할 악취가 미만하였다. 나는 달이 있는 반대 방향으로 걷기 시작하였다. 나는 걱정하였다. 어떻게 달이 저렇게 비참한가 하는…….

작일의 일을 생각하였다. 그 암흑을, 그리고 내일의 일도, 그 암흑을…….

달은 지지하게도 행진하지 않는다. 나의 그 겨우 있는 그림자가 상하하였다. 달은 제 체중에 견디기 어려운 것 같았다. 그리고 내일의 암흑의 불길을 징후하였다. 나는 이제는 다른 말을 찾아내지 않으면 안 되게 되었다.

나는 엄동과 같은 천문과 싸워야 한다. 빙하와 설산 가운데 동결하지 않으면 안 된다. 그리고 나는 달에 대한 일은 모두 잊어버려야 한다. 새로운 달을 발견하기 위하여.

금시로 나는 도도한 대음향을 들으리라. 달은 타락할 것이다. 지구는 피투성이가 되리라.

사람들은 전율하리라. 부상한 달의 악혈 가운데 유영하면서 드디어 결빙하여 버리고 말 것이다.

이상한 괴기가 내 골수에 침입하여 들어오는가 싶다. 태양은 단념한 지상 최후의 비극을 나만이 예감할 수가 있을 것 같다.

드디어 나는 내 전방에 질주하는 내 그림자를 추격하여 앞설 수 있었다. 내 뒤에 꼬리를 이끌며, 내 그림자가 나를 쫓는다.

내 앞에 달이 있다. 새로운, 새로운, 불과 같은, 혹은 화려한 홍수 같은…….

—⟨조광⟩, 1939. 2.

병상 이후

그는 의사의 얼굴을 몇 번이나 쳐다보았다. '의사도 인간이다
나하고 조금도 다를 것이 없는!' 이렇게 속으로 아무리 부르짖어
보았으나 그는 의사를 한낱 위대한 마법사나 예언자 쳐다보듯
이 보지 아니할 수 없었다. 의사는 붙잡았던 그의 팔목을 놓았다.
(가만히) 그는 그것이 한없이 섭섭하였다. 부족하였다. '왜 벌써
놓을까 왜 고만 놓을까? 그만 보아가지고도 이 묵은(老) 중병자
를 뚫어 들여다볼 수가 있을까' 꾸지람 듣는 어린아이가 할아버
지의 눈치를, 쳐다보듯이 그는 가련(참으로)한 눈으로 의사의 얼
굴을 언제까지라도 치어다보아 고만두려고는 하지 않았다. 의사
는 얼굴을 십장생화 붙은 방문 쪽으로 돌이킨 채 눈은 천장에 꽂
아놓고 무엇인지 길이 깊이 생각하는 것 같으니 길게 한숨하였
다. 꽉 다물어져 있는 의사의 입은 그가 아무리 쳐다보아도 열릴

것 같지는 않았다.

✕

안방에서 들리는 담소의 소리에서 의사의 웃음소리가 누구의
것보다도 가장 큰 것을 그는 들을 수 있었다. 모든 것은 눈물 날
만큼 분하였다. 그러나 '자기의 병이 그다지 중하지는 아니하기
에 저렇지' 하는 생각도 들어 한편으로는 자그마한 안심을 가져
오게 할 수도 있었다. 그러나 그러는 가운데에도 그가 잊을 수 없
는 것은 그의 팔목을 잡았을 때의 의사의 얼굴에서부터 방산해
오는 술의 취기 그것이었다. '술을 마시고도 정확한 진찰을 할 수
있나' 이런 생각을 하여가며 그래도 그는 그의 가슴을 자제하였
다. 그리고 의사를 믿었다. (그것은 억지로가 아니라 그는 그렇게
도 의사를 태산같이 믿었다.) 그러나 안방에서 나오는 의사의 큰
웃음소리를 그가 누워서 귀에 들을 수 있었을 때에 '내 병 같은
것은 안중에도 없지! 술을 마시고 와서 장난으로 내 팔목을 잡았
지 그 수심스러운 무엇인가를 숙고하는 것 같은 얼굴의 표정도
다— 일종의 도화극道化劇이었지! 아— 아— 중요하지도 않은 인
간—' 이런 제어할 수 없는 상념이 열에 고조된 그의 머리에 좁
은 구멍으로 뽑아내는 철쇄처럼 뒤이어 일어났다. 혼자 애썼다.
그러는 동안에도 "아— 고만하세요 전작이 있어서 이렇게 많이
는 못 합니다" 의사가 권하는 술잔을 사양하는 이러한 소리와 함
께 술잔이 무엇엔가 부딪히는 '그렁' 하는 금속성 음향까지도 구
별해 내며 의식할 수 있을 만큼 그의 머리는 아직도 그다지 냉정
을 상실하지는 않았다.

✕

의사 믿기를 하느님같이 하는 그가 약을 전혀 먹지 않는 것은 그 무슨 모순인지 알 수 없다. 한밤중에 달여 들여오는 약을 볼 때 우선 그는 '먹기 싫다'를 느꼈다. 그의 찌푸려진 지 오래인 양 미간은 더한층이나 깊디깊은 홈[溝]을 짓지 아니하면 아니 되었다. 아무리 바라다보았으나 그 누르끄레한 액체의 한 탕기가 묵고 묵은 그의 중병(단지 지금의 형세만으로도 훌륭한 중병 환자의 자격을 가지고 있다)을 고칠 수 있을까 믿기는 예수 믿기보다도 그에게는 어려웠다.

목은 그대로 타들어 온다. 밤이 깊어갈수록 신열이 점점 더 높아가고 의식은 상실되어 몽현간夢現間에 왕래하고 바른편 가슴은 펄펄 뛸 만치 아파 들어오는 것이었다. 무엇보다도 우선 가슴 아픈 것만이라도 나았으면 그래도 살 것 같다. 그의 의식이 상실되는 것도 다만 가슴 아픈 데 원인될 따름이었다. (적어도 그에게는 그렇게 생각되었다.)

'나의 아프고 고로운 것을 하늘이나 땅이나 알지 누가 아나' 이러한 우스꽝스러운 말을 그는 그대로 자신에서 경험하였다. 약물이 머리맡에 놓인 채로 그는 그대로 혼수상태에 빠져 있었다. 얼마 후에 깨어났을 때에는 그의 전신에는 문자 그대로 땀이 눈으로 보는 동안에 커다란 방울을 지어가며 황백색 피부에서 쏟아져 솟았다. 그는 거의 기능까지도 정지되어 가는 눈을 쳐들어 벽에 붙은 시계를 보았다. 약 들여온 지 십 분 그동안이 그에게는 마치 장년월長年月의 외국 여행에서 돌아온 것만 같은 느낌이었다. 약탕기를 들었을 때에 약은 냉수와 마찬가지로 식었다. '나는 이다지도 중요하지 않은 인간이다. 이렇게 약이 식어버리도록 이것을 마시라는 말 한마디 하여주는 사람이 없으니' 그는 그것을 그대로 들이마셨다. 거의 절망적 기분으로 그러나 말라빠진 그의 목을 그것은 훌륭히 축여주었다.

×

얼마 동안이나 그의 의식은 분명하였다. 빈약한 등광 밑에 한쪽으로 기울어져 가며 담벼락에 기대어 있는 그의 우인友人의 〈몽국풍경夢國風景〉의 불운한 작품을 물끄러미 바라다보았다. 평소 같으면 그 화면이 몹시 눈이 부시어서(밤에만) 이렇게 오랫동안을 계속하여 바라볼 수 없었을 것을 그만하여도 그의 시각은 자극에 대하여 무감각이 되었었다. 몽롱히 떠올라 오는 그동안 수개월의 기억이 (더욱이) 그를 다시 몽현왕래夢現往來의 혼수상태로 이끌었다. 그 난의식亂意識 가운데서도 그는 동요가 왔다.―이것을 나는 근본적인 줄만 알았다. 그때에 나는 과연 한때의 참혹한 걸인이었다. 그러나 오늘날까지의 거짓을 버리고 참에서 살아갈 수 있는 '인간'이 되었다―나는 이렇게만 믿었다. 그러나, 그것도 사실에 있어서는 근본적은 아니었다. 감정으로만 살아나가는 가없는 한 곤충의 내적 파문에 지나지 않았던 것을 나는 발견하였다. 나는 또한 나로서도 또 나의 주위의―모든 것에 대하여 굉장한 무엇을 분명히 창작(?)하였는데 그것이 무슨 모양인지 무엇인지 등은 도무지 기억할 길이 없는 것은 당연한 일이다.―

그동안 수개월―그는 극도의 절망 속에 살아왔다. (이런 말이 있을 수 있다면 그는 '죽어왔다'는 것이 더 정확하겠다) 급기야 그가 병상에 쓰러지지 아니하면 아니 되었을 순간―그는 '죽음은 과연 자연적으로 왔다'를 느꼈다. 그러나 하루 이틀 누워 있는 동안 생리적으로 죽음에 가까이까지에 빠진 그는 타오르는 듯한 희망과 야욕을 가슴 가득히 채웠던 것이다. 의식이 자기로 회복되는 사이사이 그는 이 오래간만에 맛보는 새 힘에 졸리었다.(보채어졌다) 나날이 말라 들어가는 그의 체구가 그에게는 마치 강철로 만든 것으로만 결코 죽거나 할 것이 아닌 것으로만 자신되었다.

✕

그가 쓰러지던 그날 밤(그전부터 그는 드러누웠었다. 그러나 의식을 잃기 시작하기는 그날 밤이 첫 밤이었다) 그는 그의 우인에게서 길고 긴 편지를 받았다. 그것은 글로서 졸렬한 것이었다 하겠으나, 한순한 인간의 비통을 초한 인간 기록이었다. 그는 그것을 다 읽는 동안에 무서운 원시성의 힘을 느꼈다. 그의 가슴 속에는 보는 동안에 캄캄한 구름이 전후를 가릴 수도 없이 가득히 엉키어 들었다. '참을 가지고 나를 대하여 주는 이 순한 인간에게 대하여 어째 나는 거짓을 가지고만밖에는 대할 수 없는 것은 이 무슨 슬퍼할 만한 일이냐' 그는 그대로 배를 방바닥에 대인 채 엎드리었다. 그의 아픈 몸과 함께 그의 마음도 차츰차츰 아파 들어왔다. 그는 더 참을 수는 없었다. 원고지 틈에 끼기워 있는 3030 용지를 꺼내어 한두 자 쓰기를 시작하였다. '그렇다, 나는 확실히 거짓에 살아왔다.―그때에 나에게는 체험을 반려(伴侶)한 무서운 동요가 왔다―이것을 나는 근본적인 줄만 알았다. 그때에 나는 과연 한때의 참혹한 걸인이었다 그러나 오늘까지의 거짓을 버리고 참에서 살아갈 수 있는 '인간'이 되었다―나는 이렇게만 믿었다. 그러나 그것도 사실에 있어서는 근본적은 아니었다. 감정으로만 살아나가는 가엾은 한 곤충의 내적 파문에 지나지 않았던 것을 나는 발견하였다. 나는 또한 나로서도 또 나의 주위의 모—든 것에게 대하여서도 차라리 여지껏 이상의 거짓에서 살지 아니하면 안 되었다…… 운운' 이러한 문구를 늘어놓는 동안에 그는 또한 몇 줄의 짧은 시를 쓴 것도 기억할 수도 있었다. 펜이 무연히 종이 위를 활주하는 동안에 그의 의식은 차츰차츰 몽롱하여 들어갔다. 어느 때 어느 구절에서 무슨 말을 쓰다가 펜을 떨어뜨렸는지 그의 기억에서는 전혀 알아낼 길이 없다. 그가 펜을 든 채로 그대로 의식을 잃고 말아버린 것만은 사실이다.

×

의사도 다녀가고 며칠 후, 의사에게 대한 그의 분노도 식고 그의 의식에 명랑한 시간이 차차로 많아졌을 때 어느 시간 그는 벌써 알지 못할(근거) 희망에 애태우는 인간으로 나타났다. '내가 일어나기만 하면……' 그에게는 단테의 《신곡》도 다빈치의 〈모나리자〉도 아무것도 그의 마음대로 나올 것만 같았다. 그러나 오직 그의 몸이 불건강한 것이 한 탓으로만 여겨졌다. 그는 그 우인의 기다란 편지를 다시 꺼내어 들었을 때 전날의 어두운 구름을 대신하여 무한히 굳센 '동지'라는 힘을 느꼈다. '○○ 씨! 아무쪼록 광명을 보시오!' 그의 눈은 이러한 구절이 쓰인 곳에까지 다다랐다. 그는 모르는 사이에 입 밖에 이런 부르짖음을 내기까지 하였다. "오냐 지금 나는 광명을 보고 있다"고.

—의주통 공사장에서

—〈청색지〉, 1939. 5.

동경 東京

　내가 생각하던 마루노치 빌딩[1]—속칭 '마루비루'—은 적어도 이 '마루비루'의 네 갑절은 되는 굉장한 것이었다. 뉴욕 브로드웨이에 가서도 나는 똑같은 환멸을 당할는지—어쨌든 '이 도시는 몹시 가솔린 내가 나는구나!'가 동경의 첫인상이다.

　우리같이 폐가 칠칠치 못한 인간은 우선 이 도시에 살 자격이 없다. 입을 다물어도 벌려도 척 가솔린 내가 침투되어 버렸으니 무슨 음식이고 간에 얼마간의 가솔린 맛을 면할 수 없다. 그러면 동경 시민의 체취는 자동차와 비슷해 가리로다.

　이 '마루노치'라는 빌딩 동리에는 빌딩 외에 주민이 없다. 자동차가 구두 노릇을 한다. 도보하는 사람이라고는 세기말과 현대

1　일본 도쿄 신주쿠에 위치한 큰 빌딩.

자본주의를 비예하는 거룩한 철학인―그 외에는 하다못해 자동차라도 신고 드나든다.

그런데 내가 어림없이 이 동리를 오 분 동안이나 걸었다. 그러면 나도 현명하게 택시를 잡아타는 수밖에―

나는 택시 속에서 이십 세기라는 제목을 연구했다. 창밖은 지금 궁성 호리[2] 곁―무수한 자동차가 영영營營히 이십 세기를 유지하느라고 야단들이다. 십구 세기 쉬적지근한 내음새가 썩 많이 나는 내 도덕성은 어째서 저렇게 자동차가 많은가를 이해할 수 없으니까 결국은 대단히 점잖은 것이렷다.

신주쿠는 신주쿠다운 성격이 있다. 박빙을 밟는 듯한 사치―우리는 프랑스 야시키[3]에서 미리 우유를 섞어 가져온 커피를 한 잔 먹고 그리고 십 전씩을 치를 때 어쩐지 구 전 오 리보다 오 리가 더 많은 것 같다는 느낌이었다. '에루테루ERUTERU'[4]―동경 시민은 불란서를 HURANSU라고 쓴다―는 세계에서 제일 맛있는 연애를 한 사람의 이름이라고 나는 기억하는데 '에루테루'는 조금도 슬프지 않다.

신주쿠―귀화鬼火 같은 이 번영繁榮 삼 정목丁目―저편에는 판장과 팔리지 않는 지대地份와 오줌 누지 말라는 게시가 있고 또 집들도 물론 있겠지요.

C 군은 우선 졸려 죽겠다는 나를 치쿠지[築地] 소극장으로 안

---

2 성 둘레를 파서 물이 흐르거나 고이게 한 것. 해자.
3 일본어로 '저택'을 뜻함.
4 괴테의 《젊은 베르테르의 슬픔》에 나오는 '베르테르'를 가리킴.

내한다. 극장은 지금 놀고 있다. 가지가지 포스터를 붙인 이 일본 신극 운동의 본거지가 내 눈에는 서투른 설계의 끽다점 같았다.

그러나 서푼짜리 영화는 놓치는 한이 있어도 이 소극장만은 때때로 참관하였으니 나도 연극 애호가 중으로는 고급이다.

'인생보다는 연극이 재미있다'는 C 군과 반대로 H 군은 회의파다. 아파트 H 군의 방이 겨울에는 십육 원, 여름에는 십사 원, 춘추로 십오 원 이렇게 산비둘기처럼 변하는 회계에 대하여 그는 회의와 조소가 깊고 크다. 나는 건망증이 좀 심하므로 그렇게 계절을 따라 재주를 부리지 않는 방을 원하였더니 시골 사람으로 이렇게 먼 데를 혼자 찾아온 것을 보니 당신은 역시 재주가 많은 사람이라고 조주[女中][5] 양이 나를 위로한다. 나는 그의 코 왼편 언덕에 달린 사마귀가 역시 당신의 행복을 상징하는 것이라고 위로해 주고 나서 후지 산을 한번 똑똑히 보았으면 원이 없겠다고 부언해 두었다.

이튿날 아침 일곱시에 지진이 있었다. 나는 들창을 열고 흔들리는 대동경을 내어다보니까 빛이 노랗다. 그 저편 잘 개인 하늘 소꿉장난 과자같이 가련한 후지 산이 반백의 머리를 내어놓은 것을 보라고 조주 양이 나를 격려했다.

긴자[6]는 한개 그냥 허영독본虛榮讀本이다. 여기를 걷지 않으면 투표권을 잃어버리는 것 같다. 여자들이 새 구두를 사면 자동차

---

5 일본어로 '하녀·식모·여자 종업원'을 뜻함.
6 일본 도쿄 중앙부에 위치한 번화가.

를 타기 전에 먼저 긴자의 보도를 디디고 와야 한다.

낮의 긴자는 밤의 긴자를 위한 해골이기 때문에 적잖이 추하다. '살롱하루'[7] 굽이치는 네온사인을 구성하는 부지깽이 같은 철골들의 얼크러진 모양은 밤새고 난 여급의 퍼머넌트 웨이브처럼 남루하다. 그러나 경시청에서 '길바닥에 침을 뱉지 말라'고 광고판을 써 늘어놓았으므로 나는 침을 뱉을 수는 없다.

긴자 팔 정목이 내 측량에 의하면 두 자 가웃쯤 되는지! 왜? 적염난발赤染亂髮의 모던 영양 한 분을 삼십 분 동안에 두 번 반이나 만날 수 있었으니 말이다. 영양은 지금 영양 하루 중의 가장 아름다운 시간을 소화하시려 나오신 모양인데 나의 이 건조무미한 프롬나드[8]는 일종 반추에 지나지 않는다.

나는 교바시[京橋][9] 곁 지하 공동변소에서 간단한 배설을 하면서 동경 갔다 왔다고 그렇게나 자랑을 하던 여러 친구들의 이름을 한번 암송해 보았다.

시와스[走師]—섣달 대목이란 뜻이리라. 긴자 거리 모퉁이 모퉁이의 구세군 사회냄비가 보병총처럼 걸려 있다. 일 전—일 전만 있으면 와사[10]로 밥 한 냄비를 끓일 수 있다. 이렇게 귀중한 일 전을 이 사회냄비에 던질 수는 없다. 고맙다는 소리는 일 전어치 가스만큼 우리 인생을 비익하지 않을 뿐 아니라 때로는 신선한 산책을 불쾌하게 하는 수도 있으니 '보이'와 '걸'이 자선 쪽박을 백

7 일본어로 '봄'을 뜻함.
8 promenade. 산보·산책.
9 교바시. 일본 도쿄의 번화가.
10 가스.

안시하는 것도 또한 무도無道가 아니리라 묘령의 낭자 구세군—얼굴에 여드름이 좀 난 것이 흠이지 청춘다운 매력이 횡일橫溢하니 '폐경기 이후에 입영하여도 그리 늦지는 않을걸요' 하고 간곡히 그의 전향을 권설하고도 싶었다.

미쓰코시 마츠자카야 이토야 시로키야 마츠야[11] 이 칠층집들이 요새는 밤에 자지 않는다. 그러나 우리는 그 속에 들어가면 안 된다.

왜? 속은 칠층이 아니요 한 층인 데다가 산적한 상품과 무성한 숍걸 때문에 길을 잃어버리기 쉽다.

특가품 격안품格安品 할인품 어느 것을 고를까. 그러나저러나 이 술어들은 자전에도 없다. 그러면 특가 격안 할인품보다 더 싼 것은 없다. 과연 보석 등속 모피 등속에는 눅거리가 없으니 눅거리를 업수이 여기는 이 종류 고객의 심리를 이해하옵시는 중형重刑들의 슬로건 실로 약여하도다.

밤이 왔으니 관사冠詞 없는 그냥 '긴자'가 출현이다. '코롬방'[12]의 차 기노쿠니야[13]의 책은 여기 사람들의 교양이다 그러나 더 점잖게 '브라질'[14]에 들러서 스트레이트를 한잔 마신다. 차를 나르는 새악시들이 모두 똑같이 단풍 무늬 옷을 입었기 때문에 내 눈에는 좀 성병性病 모형 같아서 안됐다. '브라질'에서는 석탄 대신 커피를 연료로 기차를 운전한다는데 나는 이렇게 진한 석

---

11 일본의 유명 백화점들.
12 카페 이름.
13 일본 도쿄 신주쿠에 있는 유명한 서점.
14 카페 이름.

탄을 암만 삼켜보아도 정열은 불붙어 오르지 않는다.

애드벌룬이 착륙한 뒤의 긴자 하늘에는 신의 사려에 의하여 별도 반짝이련만 이미 이 카인의 말예末裔들은 별을 잊어버린 지도 오래다. 노아의 홍수보다도 독가스를 더 무서워하라고 교육받은 여기 시민들은 솔직하게도 산보 귀가의 길을 지하철로 하기도 한다. 이태백이 놀던 달아! 너도 차라리 십구 세기와 함께 운명하여 버렸었던들 작히나 좋았을까.

— 〈문장〉, 1939. 5.

최저낙원最低樂園

1

공연한 아궁이에 침을 뱉는 기습奇習—연기로 하여 늘 내운 방향—머무르려는 성미—걸어가려 드는 성미—불현듯이 머무르려 드는 성미—색색이 황홀하고 아예 기억 못 하게 하는 질서로소이다.

구역充役을 헐값에 팔고 정가를 은닉하는 가게 모퉁이를 돌아가야 혼탁한 탄산가스에 젖은 말뚝을 만날 수 있고 흙 묻은 화원 틈으로 막다른 하수구를 뚫는데 기실 뚫렸고 기실 막다른 어른의 골목이로소이다. 꼭 한 번 데림프스를 만져본 일이 있는 손이 리졸에 가라앉아서 불안에 흠씬 끈적끈적한 백색 법랑질을 어루만지는 배꼽만도 못한 전등 아래—군마가 세류細流를 건너는 소리—산곡을 답사하던 습관으로는 수색 뒤에 오히려 있는지 없는지 의심만 나는 깜빡 잊어버린 사기詐欺로소이다. 금단의 허방이 있고 법규세척法規洗滌하는 유백의 석탄산수요 내내 실낙원을 구련驅練하는 수염 난 호령이로소이다. 오월이 되면 그 뒷산에 잔디가 태만하고 나날이 가뿐해 가는 체중을 가져다 놓고 따로 묵직해 가는 윗도리만이 고닯게 향수하는 남만도 못한 인견 깨끼저고리로소이다.

2

방문을 닫고 죽은 꿩 털이 아깝듯이 네 허전한 쪽을 후후 불어본다. 소리가 나거라. 바람이 불거라. 흡사하거라. 고향이거라. 정사情死거라. 매 저녁의 꿈이거라. 단심이거라. 펄펄 끓거라. 백지 위에 납작 엎디거라. 그러나 네 끝에는 연화鉛華가 있고 너의 속으로는 소독이 순환하고 하고 나면 도회의 설경같이 지저분한 지문이 어우러져서 싸우고 그냥 있다. 다시 방문을 열랴. 아서랴. 주저치 말랴. 어림없지 말랴. 견디지 말랴. 어디를 건드려야 건드려야 너는 열리느냐. 어디가 열려야 네 어저께가 들여다보이느냐. 마분지로 만든 임시 네 세간—석박으로 빚어놓은 수척한 학이 두 마리다. 그럼 천후天候도 없구나. 그럼 앞도 없구나. 그렇다고 네 뒤꼍은 어디를 디디며 찾아가야 가느냐 너는 아마 네 길을 실없이 걷나 보다. 점잖은 개 잔등이를 하나 넘고 셋 넘고 넷 넘고—무수히 넘고 얼마든지 겪어 제치는 것이—해내는 용龍인가

오냐 네 행진이더구나 그게 바로 도착到着이더구나 그게 절차더구나 그다지 똑똑하더구나 점잖은 개 떼가 월광이 은화 같고 은화가 월광 같은데 멍멍 짖으면 너는 그럴 테냐. 너는 저럴 테냐. 네가 좋아하는 송림이 풍금처럼 발개지면 목매 죽은 동무와 연기 속에 정조대 채워 금해둔 산아제한의 독살스러운 항변을 홧김에 토해놓는다.

3

연기로 하여 늘 내운 방향—걸어가려 드는 성미—머무르려 드는 성미—색색이 황홀하고 아예 기억 못 하게 하는 길이로소이다. 안전을 헐값에 파는 가게 모퉁이를 돌아가야 최저낙원의 부랑한 막다른 골목이요 기실 뚫린 골목이요 기실은 막다른 골목이로소이다.

에나멜을 깨끗이 훔치는 리졸 물 튀기는 산곡 소리 찾아보아도 없는지 있는지 의심나는 머리끝까지의 사기로소이다. 금단의 허방이 있고 법규를 세척하는 유백의 석탄산이요 또 실낙원의 호령이로소이다. 오월이 되면 그 뒷산에 잔디가 게으른 대로 나날이 가벼워가는 체중을 그 위에 내던지고 나날이 무거워가는 마음이 혼곤히 향수하는 겹저고리로소이다. 혹 달이 은화 같거나 은화가 달 같거나 도무지 풍성한 삼경에 졸리면 오늘 낮에 목 매달아 죽은 동무를 울고 나서—연기 속에 망설거리는 B·C의 항변을 홧김에 방 안 그득히 토해놓은 것이로소이다.

4

　방문을 닫고 죽은 꿩 털을 아깝듯이 네 뚫린 쪽을 후후 불어 본다. 소리 나거라. 바람이 불거라. 흡사하거라. 고향이거라. 죽고 싶은 사랑이거라. 매 저녁의 꿈이거라. 단심이거라. 그러나 너의 곁에는 화장化粧 있고 너의 안에도 리졸이 있고 있고 나면 도회의 설경같이 지저분한 지문이 쩔쩔 난무할 뿐이다. 겹겹이 중문中門일 뿐이다. 다시 방문을 열까. 아설까. 망설이지 말까. 어림없지 말까. 어디를 건드려야 너는 열리느냐 어디가 열려야 네 어저께가 보이느냐.

　마분지로 만든 임시 네 세간―석박으로 빚어놓은 수척한 학 두루미. 그럼 천기가 없구나. 그럼 앞도 없구나. 그렇다고 뒤통수도 없구나. 너는 아마 네 길을 실없이 걷나 보다. 점잖은 개 잔등이를 하나 넘고 둘 넘고 셋 넘고 넷 넘고―무수히 넘고―얼마든지 해내는 것이 꺾어 제치는 것이 그게 행진이구나. 그게 도착이구나. 그게 순서로구나. 그렇게 똑똑하구나. 점잖은 개―멍멍 짖으면 너도 그럴 테냐. 너는 저럴 테냐. 마음 놓고 열어젖히고 이대로 생긴 대로 후후 부는 대로 짓밟아라. 춤추어라. 깔깔 웃어버려라.

―〈조선문학〉, 1939. 5.

무제

초추, 양지쪽은 아직 덥다. 그 일광 아래서 옥수수는 황옥으로 날마다 익어간다.

집들의 첨하 밑에 구슬 같은 옥수수 묶음이 매달려 있다. 명년에 대한 준비—한없이 윤회하는 농가의 세월이여.

나락은 이삭만을 급각도로 굽히고 있다. 그래 꼼짝할 수도 없다. 그리고 그럼으로써 들은 만경萬頃의 물결을 일으키고 있다.

그 논둑 위에 서서 나는 그 불투명한 물결 사이로 자태도 없이 흐르는 잔잔한 맑은 물소리를 듣는다.

한낮, 망막한 원경은 이 사소한 맑은 물소리로써 계산되고 있는 것만 같다. 건강한 정밀靜謐이여. 명징한 맥박이여.

아침은, 나는 식어들기 일쑤였다. 만사는 나에게 더욱 냉담한 사념이 되어간다.

신神을 엄습하는 가을의 사색, 그럴 때마다 느끼는 생존의 적막과 울고픔에 견디낼 수 없다. 나의 전방에 선명한 문자처럼 전개하는 자살에의 유혹.

그러나―

나의 냉각한 피는 이 성磬쇠[1]처럼 꽃다운 맥박 속에서 포옹처럼 따뜻해지는 것이었다.

창백한 맨발을 일광이 불타듯 물들였다. 나의 보조는 한가하고 즐겁다. 걸으면서 집들을 빠끔히 들여다본다.

문과 창은 깊이 잠겨 있었다. 어째서 그들은 그들의 곰팡 난 미밀微密을 일광에 쪼이지 않는 것일까. 음참한 전통이여. 오랜 옛 조선祖先이 그 둔중한 창문 뒤에서 앓고 있다. 골수를―불결을.

점괘의 암담함이여―언제면 이 땅과 폐쇄된 집집마다 행운과 환희가 찾아올 것인가.

그래도 남루 조각 같은 아이들은 복숭아씨를 돌멩이로 두들겨 깨면서 묵묵히 놀고 있었다. 저주 같은 햇빛이 그 위에 그림자가 깊숙이 두드러지게 내려쬐고 있었다.

뜰엔 시어머니와 새 며느리가 있다. 남자들은 모두 들에 나간 것일 게다.

회화會話―사오 명의 여인들은 상반신을 벌거벗고 씩씩하게

1 옥이나 돌로 만든 아악기의 하나.

선일들을 한다. 암소와 함께―소도 수소는 들에 나간 것이다.

도색桃色의 젖 빠는 어린것을 흔들흔들 흔들면서 맷돌을 돌리는 암소의 큰 실체는 의외로 적고 여자답게 보여서 상냥스러웠다.

소중한 가족인 것이다. 암소까지도 생계를 함께하면서 여러 가지 말을 주고받는 것처럼 보였다.

돼지, 닭, 그리고 오래된 솜털 같은 강아지. 들은 넓고 해님은 단 하나이다.

이 땅에도 문명은 침입해 왔다. 먼 산등을 넘어 늘어서 있는 철골의 망대가 보이고 그리고 그것으로 이 촌도 전화電話하려는 전기회사의 사택의 빨간 인조 슬레이트 지붕을 짚으로 이엉을 인 지붕과 겹친 저편에 병적으로 선명히 빛나 보였다.

맑은 물소리도 멀어서 들리지 않는다. 촌과 들은 마치 백주의 슬픈 점괘에 서버린 채 굳어버린 화폭이다. 혼수昏睡와 같은 문명의 마술에 드디어 꾸벅꾸벅 조는 것일까. 이 촌에 행복 있으라.

― 〈현대문학〉, 1960. 12.

이 아이들에게 장난감을 주라

토지 일대는 현무암 질이어서 중·남선中·南鮮에 많이 있는 화강암 질과 비하면 몹시 아름답지 못하다. 그래서 지방 아이들은 선천적으로 조약돌도 줍지 않는다.

나는 해양 같은 권태 속을 헤엄치고 있다. 지느러미는 미적지근한 속에 있다.

아이들은 아우성을 지르면서 나의 유쾌한 잠을 송두리째 뒤흔들어 놨다. 나는 깜짝 놀랐다. 구릿빛 살결을 한 남아처럼 뵈는 아이 두셋이 내가 누워 있는 곁에서 놀고 있는 것이다. 모색暮色이 망토 모양으로 그들의 시체 같은 불결을 휩싸고 있다.

오호라, 아이들은 어떻게 놀아야 좋을지 모르는 모양이다.

그러나 그들은 완전히 거세되어 버린 것이 아니다. 풀을 휘뚜루 뽑아가지고 와서 그걸 만지작거리며 놀아본다. 영원한 녹색―녹색은 그들에게 조금도 특이하거나 신통치 않다. 아이는 뭐든 그들을 경탄케 해줄 특이한 것이 탐나는 것이다. 하지만 아무리 둘러봐야 현재의 그들로선 규모가 지나치게 큰 가옥과 권속(혈연)과 끝없는 들판과 그들의 깔긴 똥이나 먹고 돌아다니는 개 새끼들 등.

그들은 이런 모든 것에 지쳐버렸다. 그들은 흥취를 느낄 만한 출구가 없다. 그들은 무의식적으로 어째야 좋을지 어쩔 줄을 모른다. 그들, 상처에 어지러이 쥐어뜯긴 풀잎 조각들이 함부로 흩어져 있다.

오호라, 이 아이들에게 가지고 놀 것을 주라.

비록 더러우나 그들의 신선한 손엔 아무것도 없다.

조그맣게 그리고 못 견디도록 슬픈 그들의 두뇌가 어떡하면 좋을까 하고 생각한다. 유희를 버린 아이란 것이 과연 있을 수 있는가, 하고.

그렇다. 유희 않는 아이란 있을 수 없다. 유희를 주장한다. 유희를 요구한다.

아무래도 살길 없는 죽음―우리는 이래도 역시 아이랄 수 있는가)

이윽고 그들은 발명한다. 장난감 없어도 놀 수 있는 방법을.

두 손을 앞으로 쭉 뻗기도 하며 뛰돌아다니기도 하며 한곳에

버티고 서서 몸을 뒤틀기도 하며 이것은 전혀 율동적이 아니며 그저 척해보는 것이다.

그리고 어느 품사에도 소속치 않는 기묘한 아우성을 지르면서 거의 자신들을 동댕이치듯 떠들어댔다. 가엾게도 볼수록 엉터리다.

이것도 유희인가, 이래도 재미있는가─이렇게 광적이고도 천격인 광경에 저으기 눈시울을 적셨다.

나는 이 불쌍한 소란 옆에서 정신을 잃었다.

암만 기다려도 아이들은 이 어처구니없는 유희를 그만두지 않는다. 어렵쇼 이러다가 이 아이들은 참으로 미쳐버리지나 않을까. 어디서나 권태로워서 안절부절못한다는 것은 치명적인 부상이라기보다도 인간에겐 더욱 치명적인 것만 같다. 현재 내 자신을 보라. 나는 혹 내부에서 이미 구원될 수 없을 정도로 미쳐버리지 않았다고 누가 나를 보증하겠는가?

내게서 이미 불쾌한 감정이 뭉게뭉게 일어났다.

이 우주의 오점보다도 더욱 밉살스러운 불행한 아이들이 태어났다는 것을 나는 저주한다.

허나 그러는 중에 이 기괴한 유희에도 이만 싫증이 난 것이겠지─고요히 실망하고 만 그들은 아무런 동기도 목적도 없는 것만 같다. 도무지 분명치 못한 작태로 그 근방을 방황하고 있었다.

나는 그들이 벌써 발광한 거나 아닌가 생각하고 슬퍼하였다. 그러나 모색暮色에서도 그들의 용모는 정상적이었다.

아이가 놀지 않는다는 현상은 병이 아니면 사망일 것이다. 아이는 쉴 새 없이 유희한다. 그래서 놀지 않는다는 것은 전연 불가능한 일이다. 그러니 앞으로 이 아이들은 또 어떻게 놀 것인가. 나는 걱정하였다. 다음에서 그다음으로 놀 수 있는ㅡ장난감 없이ㅡ그런 방법을 발견 못한 아이들은 결국 혹시 어른처럼 자살이나 하지 않을까 하고.

나는 그들에게 가르쳐주고 싶다. 말하자면 돌멩이를 집어 이 근방에 싸다니는 남루 조각 같은 개들을 칠 것. 피해 달아나는 개를 어디까지나 뒤쫓을 것 등. 그러나 그들은 선천적으로 이 토지의 돌멩이가 기막히게 추악하다는 걸 알고 있음인지, 결코 돌멩이를 줍지 않는다.

(또 농촌에선 돌 던지는 걸 엄금하고 있다는 이유도 있을 것이다)

이번만은 또 어떤 기상천외의 노는 법이라도 고안하여 그들의 생명을 유지할 것인가. 불연不然이면 정말 발병하여 단번에 죽어버릴 것인가. 이상한 흥분과 긴장으로 나는 눈을 홉뜨고 있다.

잠시 후 그들은 집 사립짝 옆 토벽을 따라 약속이나 한 것처럼 나란히 늘어서서 쪼그리고 앉는다. 뭔지 소군소군 모의하는 상하더니 벌써 침묵이다. 그리고 열중하기 시작하였다.

똥을 내지르는 것이었다. 나는 아연히 놀랐다. 이것도 소위 노는 것이랄 수 있을까. 또는 그들은 일시에 뒤가 마려웠던 것일까. 더러움에 대한 불쾌감이 나의 숨구멍을 막았다. 하늘만큼 귀중한 나의 머리가 뭔지 철저히 큰 둔기에 얻어맞고 터지는 줄 알았다.

그뿐인가. 또 한 가지 나를 아연케 한 것은 남아인 줄만 알았었는
데 빤히 들여다보이는 생식기—아니 기실은 배뇨기이었을 줄이
야. 어허 모조리 마이너스고녀. 기괴 천만한 일도 다 있긴 있도다.

이번엔 서로의 엉덩이 구멍을 서로 들여다보기 시작하였다.
하는 짓마다 더욱 기상천외다.

그들의 얼굴빛과 대동소이한 윤기 없는 똥을 한 덩어리씩 극
히 수월하게 해산하고 있다. 그것으로 만족이다.

허나 슬픈 것은 그들 중에 암만 안간힘을 써도 똥은커녕 궁둥
이마저 나오지 않아 쩔쩔매는 것도 있다. 이러고야 겨우 착상한
유희도 한심스럽기 그만이다. 그 명예롭지 못한 아이는 이제 다
시 한 번 젖 먹던 힘까지 내어 하복부에 힘을 줬으나 역시 한발^瞥
^懸이다. 초조와 실망의 빛이 역력히 나타났다. 나도 이 아이가 특
히 미웠다. 가엾게도, 하필이면 이럴 때 똥이 안 나오다니, 미움
을 받다니, 동정의 대상이 되다니.

선수들은 목을 비둘기처럼 모으고 이 한 명의 낙오자를 멸시
하였다.(우리 좌석의 흥을 깨어버린 반역자)

이 마사^{摩詞}[1] 불가사의한 주문 같은 유희는 이리하여 허다한 불
길과 원한을 품고 대단원을 고하였다. 나는 이제 발광하거나 졸
도할 수밖에 없다. 만신창이 빈사의 몸으로 간신히 그곳에서 도
망하였다.

— 〈현대문학〉, 1960. 12.

1 다음에 오는 말을 찬미·강조하는 접두어. '큰·위대한·뛰어난' 등의 의미.

모색 暮色

바구니의 삼베 보를 벗기자 머루와 다래가 나왔다.

내게 사달라는 것이다. 머루와 다래의 덜 익은 맛을 나는 좋아하지 않는다. 나는 들어가지 않겠다고 하였다.

도대체 어처구니없이 젊다.

그리고 또 하나의 바구니엔 복숭아가 가득 들어 있었다. 복숭아는 복숭아 같은 모양을 하고 있다는 것만으로써 무릇 복숭아는 아니다. 새파랗고 조그만 하여간 다른 과실이었다. 그러나 이건 복숭아인 것이다.

나는 그것들을 조금씩 먹어보곤 깜짝 놀랐다. 대체로 내 혓바닥은 약하다. 내 혀는 금세 맹목이 될 상싶다.

촌사람들 특히 아이들은 아귀처럼 입을 물들이며 먹는 것이었다. 나는 그들의 혀가 초인간적으로 건강한 데에 혀를 차지 않을 수 없었다. 아니 촌사람만도 아니다. 파는 사람 자신부터가 열심히 먹으면서 장사를 하는 것이다. 그건 그렇게 먹음으로써 다른 사람들에게도 식욕을 일으킬 수 있다는 속셈도 있을 것이다. 늘어진 팔자라 하겠다.

한 사람은 오구랑 노파[1]로서 불행한 운명 때문에 오십 평생을 이미 꼬기꼬기 구겨버리고 말았다. 보기만 해도 가엾은 상이다. 그리고 또 한 사람은 어처구니없이 젊다. 그것은 어머니다.

젖먹이 어린놈은 더럽혀진 장난감처럼 삐이삐이 하고 때로 심술궂게 악을 쓴다. 그런데 어머니는 거의 무신경이다. 그뿐인가, 때 묻은 유방을 축 늘어뜨리고서 맛나게 머루만 씹고 있다.

과연 노파는 한 푼이라도 더 돈으로 바꾸고 싶은 노파심에서였을 것이다. 먹지도 않고 그 곁에서 수연만장하는 나에게 하나쯤 먹어보는 것도 좋다, 그리고 먹음직하거든 제발 좀 사달라고 얼굴은 울음 반 웃음 반이다.

나는 나대로의 노파심 때문에 하여간 나는 사지 않을 테니 필요 없다고 말한다.

그러자 이번엔 어린것에게 젖을 먹이느라고 잠시 먹던 걸 중지한 그 젊은 어머니에게 권하는 것이었다. 아마 그녀는 노파의 며느리일 것이다.

며느리는 다시 복숭아와 머루를 그 시원스러운 즙을 입속 가득히 스며들도록 넣으면서 음향 효과도 신명지게 씹고 있다.

1 꼬부랑 할머니.

무엇보다도 나는 이 십칠이나 팔밖에 안 되는 새댁이 어떻게 어린놈을 낳았을까 하고 그것이 가장 불가사의해서 견딜 수 없었던 것이다.

서방은 건장한 농사군일 것이다. 약간 나이가 위인. 아니면 나이가 아래일까?

부부의 비밀─노파의 저 쭈굴쭈굴한 얼굴에 나타난 단념과 만족의 표정. 아들의 행복은 바로 노파의 행복인 것이다.

그리고 이 새댁도 어느덧 저 세피아 색으로 반짝반짝거리는 노파가 될 것이다.

그리고 지금 저 가슴팍에 매달려 있는 젖먹이 때문에 자기의 오십 평생을 희생한 것도 잊고서 단념과 만족의 전생을 보낼 것이다.

또 새 며느리를 맞이할 때도 산엔 다래와 머루가 익을 것이다. 그땐 그것이 벌써 전매특허가 되어버렸을지 모른다. 어느덧 모색은 마을에 내려와서 저 빈약한 장사치들도 다 돌아가 버렸다.

그러나 저 노파의 자태는 다만 홀로 조세장려표항粗稅奬勵標杭 곁에서 애닯게도 고요히 호젓하였다. 그러나 그것도 노파의 노파심에서일 것이다. 젊은 어머니의 자태는 이미 그 곁에 없었다.

─〈현대문학〉, 1960. 12.

어리석은 석반夕飯

만복滿腹의 상태는 거의 고통에 가깝다. 나는 마늘과 닭고기를 먹었다. 또 어디까지나 사람을 무시하는 후쿠진쓰케[福神漬][1]와 지우개 고무 같은 두부와 고춧가루가 들어 있지 않는 뎃도마수 같은 배추 조린 것과 짜다는 것 이외 아무 미각도 느낄 수 없는 숙란熟卵을 먹었다. 모든 반찬이 짜기만 하다. 이것은 이미 여러 가지 외형을 한 소금의 유족에 지나지 않는다. 이건 바로 생명을 유지하는 데 목적을 두고 있는 완전한 쾌적 행위이다. 나는 이런 식사를 이젠 벌써 존경지념尊敬之念까지 품고서 대하는 것이다.

이 지방에 온 후, 아직 한 번도 담배를 피지 않았다. 장지長指

---

1 잘게 썬 무·가지·작두콩 등을 소금물에 절여 물기를 뺀 다음 간장에 조린 것.

의, 저 노서아 빵의 등어리 같은 기름진 반문斑紋은 벌써 사라져 자취도 없다. 나는 약간 남은 기름기를 다른 편 손의 손톱으로 긁어버리면서, 난 담배는 피지 않습니다 하고 즉답할 때의 기쁨을, 내심으로 상상하며 혼자 유쾌했던 것이다. 요즘 나의 머리는 오로지 명료하다고 말할 수 없으나 적어도 담배 연기만을 제외한 명료만은 획득하고 있음을 자부한다. 물론 나는 단 한 번도 내 두뇌를 시험해 본 일이 없으므로 분명한 것은 알 수 없다.

모색暮色은 침침하여 쓰르라미 소리도 시작되었다. 외줄기 도로에 면한 대청에 피차의 구별 없이 모여든다. 그것은 오로지 개항장 비슷한 기분이다. 그리고 서로 상대에게 식사하셨냐고 물음으로써 으레 그다음에 있을 어리석고 쓸데없는 잡담의 실마리부터 만드는 것이다. 이건 정말 평화롭고도 기묘하지만 그러나 이런 것이 그들에겐 지극히 자연적으로 취급된다. 실로 부러운 잡음들이다. 그중 한 사람은, 어느 고리대금을 하는 경찰서장보다도 권세에 있어 훨씬 능가한다는 점을 길게 말한다. 모두 약속이나 한 것처럼 감격한다. 그것은 그 고리대금쟁이가 은행 이율에 비해서 다만 일 분밖에 높지 않은 이식을 취하기 때문에, 한 촌락의 존경을 여하히 일신에 모으고 있느냐에 의하여 권세는 증명된 셈이다. 도적이 결코 그를 습격하지 않는 것은 이십사 시간 중 그의 집 문이 개방되어 있는 것만 보아도 내맥을 빤히 알 수 있을 것이다. 그쯤 되면 나도 감격하여 무의식중에 목을 끄떡였다. 그리고 장기를 두었다. 모두 한 덩어리가 되어 훈수를 한다. 마지막엔 완전히 흰소의 덩어리로 화해버린다. 그러는 중에 여러 번

주연자가 무의식중에 교대되었다. 호화스러운 스포츠다.

　나는 이 이십여 호가 못 되는 촌락 한가운데를 관통하는 한 줄기 통로를 왕래한다. 나는 집들을 주의 깊이 더구나 타인에게 들키지 않게 들여다보았다. 결단코 그 속은 어두워서 아무것도 보이지 않았다. 모깃불을 올려서 연기는 푸르고 누렇다. 대규모의 모기 쫓는 불이다. 그것은 독 사와 못지않는 독과 악취와 자극성을 갖고 있어 어느덧 눈물마저 짜내게 한다. 나는 이 집 저 집 들여다보던 것을 중지한다. 순전히 사람을 몰아내기 위해 올리는 모깃불이기도 하다. 별이 나왔다. 일찍이 아무도 촌사람에게, 하늘에서 별이 나온다는 걸 가르쳐준 사람이 없으므로 그들은 별이란 걸 모른다. 그것은 별이 송두리째 하느님에 틀림없다. 더구나 일등성, 이등성 하고 구별하는 사람의 번쇄야말로, 가히 짐작할 수 있도다. 불행한 사람들임에 틀림없다.

　그러나 그중에도 백면의 청년이 있어 이 촌락의 숭고한 교양을 교란한다. 경멸해야 할 작자다. 그런 백면들은 나이트기운을 입기도 하며, 머리에 포마드를 바르기도 하며, 바이올린을 켜기도 하며, 신문을 읽기도 하면서 촌사람을 얼떨떨하게 만든다.

　그러나 이 촌락은 평화하다. 나는 마늘 냄새 풍기는 게트림을 하였다. 마늘─이 토지의 향기를 빨아올린 귀중한 것이다. 나는 이 권태 바로 그것인 토지를 사랑하는 동시, 백면들을 제외한 그들 촌사람의 행복을 축복하고 싶다. 이제 나는 움직일 수 없는 태산처럼 만족 상태이다.

인간이 인간의 능력으로써 어느 정도 타태할 수 있느냐가 문제일까. 사실 이 목적도 없는 게으른 생활은 어쩐 일인가. 도대체 이것이 과연 생활이라고 이름할 수 있는가.

추풍은 적막하여 새벽녘의 체온은 쥐에게 긁어 먹힌 듯 감하減下한다. 어느 정도까지 감하하면 겨우 그제부터 경계해야 할 상태가 되는 것일 게다. 곧 잠에서 깨어난다. 아침 햇빛은 깊이 그리고 쓸쓸한 음영과 함께 뜰 가운데 적막하다. 가을의 구슬픔이 은근히 몸에 스며든다.

어느덧 오줌이 마렵다. 이건 어젯밤부터의 소변일 것이다. 잠시 동안 오줌이 마렵다는 것을 사유 속에 유지하면서 막연한 것을 생각한다. 아무 일도 떠오르지 않는다. 이건 소위 아무것도 생각지 않는 것보다 더욱 불순한 상태일 것이다.

갑자기 나는 오줌은 싸버리지 않으면 안 된다는 것과, 독소의 체내 침전은 신체에 유해하다는 데 정신이 쏠렸다. 나는 놀라버린다. 호박의 백치 같은 잎사귀 밑에다 소변을 한다. 들은 이제야 누렇게 물들려 아침 햇빛에 제법 아름답게 빛나고 있다. 그러는 동안에도 나는 역시 어떤 정리된 것을 생각하는 것은 불가능하였다.

일곱시다. 밤과 낮이 전혀 전도되어 있는 내게 있어 오전 일곱시에 잠을 깬다는 것은 지극히 우스꽝스러운 일이다. 이건 (?)정위생定衛生에 반드시 나쁘다고 나는 생각해 버린 것이다. 나 같은, 즉 건전한 신으로부터 버림받은 인간에게 있어 오전 일곱시의 기상은 오로지 비위생이며 불섭생이리라.

다시 침구 속에 파고들어 가, 진짜 수면은 이제부터라고 주장하면서도, 의식적으로 자는 척한다.

잠들지 않는다. 우스울 지경이다. 더구나 아침 공기는 너무나 싸늘한 것 같다. 서늘하다는 것은 내게 있어 춥다는 것과 같다. 일어날까? 일어나서 어떡하겠다는 건가? 그걸 생각하면, 갑자기 불쾌해지고 모든 시간이 나에겐 터무니없는 고통의 연속 같기만 해서, 견딜 수 없다. 이러는 동안에 몸은 더욱 식어들 뿐, 나는 침구 속에 깊이 파고들면서 얼떨떨해진다. 너무 파고들면 발이 나온다. 발이 공기 속에 직하로 뛰어나온다는 것은 내게 있어 가장 중대한 위구危懼이다. 발은 항상 양말이나 이불 속에 숨어 있어야 한다. 벌써 초조해진 이상, 잠든다는 것은 단념해야 한다.

그런데—이건 또 어떤 일인가. 배가 명동하는 것이다. 소화 성적은 극히 양호하다고 하던데, 벌써 위주머니 속엔 아무것도 남았을 리 없는데, 전혀 원인을 알 수 없다. 필시 발, 발이 싸늘해진 때문일 것이다.

무슨 일이건 다 불쾌하다는 걸 계속해서 생각하는 것은 불쾌하다. 그러자 이번은 이웃 방 사람들의 식사하는 소리가 들려온다. 꼭 개가 죽 먹을 때의 그 소리다. 인간이 식사하는 것을, 보이지 않는 곳에서 숨어서 들을 때, 개의 그것과 똑같다는 것을 발견함은 일대 쾌사라 하겠다. 나는 그 반찬들을 상상해 본다. 나의 식사와 조금도 다르지 않는 것들일 것이니 말이다. 이러고 보니 나는 몹시 시장하다. 빨리 일어나 밥을 먹자. 그건 좋은 생각이다. 그럼 밥을 먹은 후 또 뭣을 먹으면 좋을까. 먹을 것이라곤 없다. 닭이 요란스레 울부짖는다. 알을 낳는 것일 게다. 아니라면 괭일까. 괭이라면 근사하겠다. 맘속으로 날개가 흩어지는 민첩한 광경을 그려보면서 마침내─일어나 볼까. 따뜻한 갓 낳은 계란 이 하나 먹고 싶고나 하고, 부질없는 일을 원해본다.

이렇게 오고 가는 방향이 서로 어긋나는 생리 상태와 심리 상 태는 도대체 어쩌자는 셈일까. 심리 상태가 뭣이든 사사건건마 다 생리 상태에 대하여 몹시 노하고 있는 것이다. 아니라면 그 반 대일 것이다. 오로지 그렇게밖에 볼 수 없는, 수습할 수 없는, 상 태며 난국이다. 나는 건강한지 불건강한지, 판단조차 할 수 없다. 건강하다면 나는 이 세상 모든 건강한 사람의 그 누구와도 (조금 도) 닮지 않았다. 불건강하다면 이건 얼마나 처치 곤란하리만큼 뻔뻔스러운 그렇게 약해빠진 몰골인가.

시계를 보았다. 아홉시 반이 지난. 그건 참으로 바보 같고 우 열한 낯짝이 아닌가. 저렇게 바보 같고 어리석은 시계의 인상을 일찍이 한 번도 경험한 일이 없다. 아홉시 반이 지났다는 것이 대 관절 어쨌단 거며 어떻게 된다는 것인가. 시계의 어리석음은 알 도리조차 없다. 세수하기 전에 나는 잠시 동안 무슨 의의라도 있 는 듯이 뜰을 배회한다. 뜰 한구석에 함부로 자라는 여러 가지 화초를 들여다본다. 그것들은 다 특색이 있어 쾌적하다. 아침 햇 볕에 종용히 목을 숙인 것만 같아서 단정하고도 가련하다. 기생 화─언제면 이 간드러진 이름을 가진 식물은 꽃을 보여줄까 하 고, 내가 걱정하자, 주인은 앞으로 삼 일만 지나면 꽃이 필 것이라고 말한다. 아직 꽃봉오리도 나와 있지 않으니 터무니없는 거짓말일 것이다. 주인의 엉터리 대답은 참말처럼 꾸미고 있어서 쾌적하다.

여인숙집 주인은 우스꽝스러운 사나이다. 그 멀쩡하게 시침 떼고 있는 얼굴 표정은 사람을 웃기기에 충분하다.

호박꽃에 벌이 한 마리 앉았다. 벌은 개구리 같은 형태를 하고 있다. 이 소[牛] 같은 꽃에 열심히 물고 늘어졌대야 별수 없을 것이다.

유자 넝쿨엔 상당수의 열매가 늘어져 있다. 제법 오렌지 비슷한 것은 사람의 불알 같아서 우습다. 특히 그 전 표면에 나타나 있는 많은 소돌기는 보는 사람으로 하여금 심심케 하지 않는 형태다.

나는 얼굴을 씻으면서 사람이 매일 이렇게 세수를 해야 한다는 것이 얼마나 번쇄한가에 대해 고민하였다. 사실 한없이 게으름뱅이인 나는 한 번도 기꺼이 세숫물을 써본 기억이 없다.

밥상이 오기까지 나는 이제 한번 뜰 가운데를 소요하였다. 그러자 남루한 강아지가 한 마리 어디서 나타났는지 끼어들었다. 이 여인숙에선 개를 기르지 않으니 이건 다른 집 개일 것이다. 내겐 전혀 구애 없이, 그러면서도 내심으론 몹시 나를 두려워하는 듯, 나에게서 약간 거리를 둔 지점에 걸음을 멈추는 기색도 없이 머물러 서서, 내 눈엔 아무것도 보이지 않는 땅바닥 위를 벌름거리며 냄새만 연신 맡는다. 그러자 여인숙집의 일곱 살쯤 된 딸아이가 옥수수(알맹이는 다 먹어버린) 꽁갱이를 그 강아지 앞에 던졌다. 강아지는 잠깐 그 냄새를 맡아보다가, 이윽고 그것이 식용에 적합하지 않는 물체란 걸 알아차리자, 원래 아무것도 없는 땅바닥을 다시 한 번 맡아보는 시늉을 하곤, 거기서마저 아무런 소득이 없자 그대로 살금살금 그곳을 떠나버렸다. 나는 갑자기 촌락 중에 득실거리는 저 많은 개들은 다 뭣을 먹고서 살아 있는 것일까 하고 그것이 걱정되기 시작하였다. 생각하면 개를 기르는 주인이 제각기 일정한 시간에 일정한 식물을 개에게 주겠지. 그럼 개 주인은 항상 그렇게 빠짐없이 그것을 이행하는 것일까. 어느새 잊는 수도 있을 것이다. 그럴 때 한 집안에서 기르는 여러 마리 개는 어떻게 될까. 촌락은 좁다. 사람들은 옥수수 꽁갱이 같은 물건 이외엔 잘 물건을 버리지 않는다.

암담할 뿐이다. 그러나 개도 개지, 글쎄 아무것도 없는 땅바닥을 열심히 몇 번씩이나 냄새를 맡는 것은 얼마나 우열한 일이뇨 개는 개다. 나는 인간으로 태어나서 행복하다.—역시 이런 걸 생각하는 자체부터가 아무것도 없는 땅바닥을 냄새 맡는 것과 다름없을 것이다. 그러나.

개도 가버렸다. 나는 이제 무엇을 관찰해야 좋을지 모르겠다. 나는 울타리 너머로 산과 들을 바라보기로 한다. 산은 어젯날과 같이, 자체마저 알 수 없는 새벽녘 빛을 대변하고 있다. 들은 어젯밤 이래 아무 일도 일어나지 않았다. 저 밑바닥은, 태양도 없는 어두운 공포의 한가운데 있으면서도, 얼마나 무신경한 둔감 바로 그것인가. 산은 소나무도 없는 활엽수만으로써 전혀 유치한 자격뿐이다. 이 광대무변한 제애도 없는 세련되지 못한 영원의 녹색은 도대체 어디로부터 어디에까지 계속하고 있는 것인가.

나는 이 정도로써 이 홍수 같은 녹색의 조망에 싫증이 나버렸다. 나는 하늘을 쳐다보기로 한다. 원래부터 하늘엔 무어고 있을 리 만무하다. 그러나 구름이 있다. 그것은 어제도 백색이었다. 그리고 오늘도 하얗다. 여름 구름에도 있을 상싶지 않은 단조롭고도 저능한 일이다. 구름의 존재란 것은 무엇을 의미하는가? 비가 된다고? 나는 아직 한 번도 구름이 비가 된다는 것을 믿어본 적이 없다. 그렇다면 저건 자기 스스로를 속이고 있다. 부끄러운 줄도 모른다. 완전히 부운 같은 존재에 지나지 않는다. 나는 이 아침의 이 세상의 어느 나라의 지도와도 닮지 않은 백운을 망연히 바라보며 인생의 무한한 무료함에 하품을 하였다.

감벽의 하늘, 종일 자기 체온으로 작열하는 태양, 햇볕은 황금색으로 반짝이고 있다.

어찌한 까닭인가? 저 감벽의 하늘이 중후하여서 괴롭고 무더워 보이는 것일 게다. 화초는 숨이 막혀 타오르고, 혈흔의 빨간 잠자리는 병균처럼 활동한다.

쇠파리와 함께 이 백주는 죽음보다도 더욱 적막하여 음향이 없다. 지구의 끝 성스러운 토지에 장엄한 질환이 있는 것일 게다.

닭도 그늘에 숨고 개는 목을 드리우고 있다. 대기는 근심의 빛에 충만하였다.

뼈 마디마디가 봉명을 목표하고 쑤신다. 모든 나의 지식은 망각되어 방대한 암석 같은 심연에 임하여, 일악一握의 목편만도 못하다.

미온적인 체취를, 겨우 녹슬어 가는 화초의 혼잡 속에 유지하고 있는 나.

헛된 포옹―사랑하는 자들이여. 어느 곳으로? 정서의 완전한 고독 속에서 나는 나의 골절마다 동통을 앓는다. 그러나 나에겐 들린다―이 크나큰 불안의 전체적인 음향이―

쇠파리와 함께 밑바닥 깊숙이 적요해진 천지는, 내 뇌수의 불안에 견딜 수 없음으로 인한 혼도에 의한 것이다. 나는 그걸 알고 있다. 이제 지상에 무슨 일이 일어나지 않으면 안 된다. 만일 이대로 아무 일도 일어나지 않는다면 우주는 그냥 그대로 암흑의 밑바닥에서 민절하여 버릴 것이다.

늘어선 집들은 공포에 떨고, 계시의 종잇조각 같은 백접 두서너 마리는 화초 위를 방황하며, 단말마의 숨을 곳을 찾고 있다. 그러나 어디에 그런 곳이 있는가. 대지는 간모間毛의 틈조차 없을 만큼 구석마다 불안에 침입되어 있는 것이다.

그때였다. 나의 가슴에 음향한 것은 유량한 종소리였다. 나는 아차! 하고 머리를 들었다.

대지의 성욕에 대한 결핍―이 엄중하게 봉쇄된 금제의 대지에 불륜의 구멍을 뚫지 않으면 안 된다.

이 이상 참을 수 없는 충혈. 나는 이 천년처럼 무겁고 괴로운 건강한 악혈 속을 헤엄치고 있다. 경계의 종이 마지막 울렸던 것이다. 그러나 역시 지상엔 아무 일도 일어날 기색조차 없다.

나는 시뻘겋게 충혈되고 팽창한 손가락이 손가락질하는 곳으로, 쑤시고 아픈 보조를, 소보다도 둔중히 일보 일보 옮기고 있었다.

벌써 백접의 번득임도 음삼한 사물의 그림자 속에 숨어버린 후, 공간은 발음이 막혀서 헛되이 울고 있다. 적적히. 적적히.

일순, 숨결의 거친 곳에―

사태는 그 절정에서 폭발하였다. 그리하여 촌락의 모든 조화와 토인은 정상적인 정서를 회복하였다.

나는 안심하였다. 그러고서 욕망하였다. 성욕을 수욕獸慾을―

나의 구간軀幹은 창백히 수척하였다. 성욕에의 갈망으로 초조와 번민 때문에.

지구의 이런 구멍에서 나오는 것일 게다. 한 마리의 순백한 암캐가 무겁게 머리를 드리우고 농밀한 침으로 주둥이를 더럽히면서 슬금슬금 나온다. 어떻게 될 것이냐. 지구의, 한없는 성욕의 백주白晝 속에서, 여하히 이행되어 갈 것인가, 하고 나의 가슴은 뛰었다.

순백한 털은, 격렬한 탐욕 때문에 약간 더럽혀졌으므로, 오래된 솜을 생각게 하였다. 그리고 방순芳醇한 체취를 코에서 발산하고 있었다. 코 가장자리의 유연한 얄팍한 근육은 끊임없이 씰룩씰룩 신경질로 씰룩거렸다. 그리고 보조는 더욱더욱 졸린 듯이,

돌멩이 냄새를 맡기도 하며, 나무 조각 냄새를 맡기도 하며, 복숭아씨 냄새를 맡기도 하며, 마침내 아무것도 없는 지면 냄새를 맡기도 하면서, 연신 체중의 토출구를 찾는 것 같다.

음문陰門은 사향처럼 살집 좋게 무게 드리워서 농후한 습기로 몹시 더럽혀져 있었다. 그리고 때로는 목을 비틀고서 제 음문을 냄새 맡기까지도 하였다. 그러나 불만과 대기의 무료함이 그 악혈에 충만한 체중을 더욱더욱 무겁게 할 뿐이다.

마침내 취기는 먼 곳을 불렀다. 한 마리의 순흑색 개가 또 어디선지 모르게 나타나 괴상한 이 고혹적인 음문의 주위를 걸음마저 어지러이 늘어붙는다. 암캐는 꼬리를 약간 높이 들어 올리면서 천천히 정든 표정으로 돌아본다.

생비린내 나는 공기가 유동하면서, 넋을 녹여낼 듯한 잔물결의 바람이 가벼운 비단 바람을 흔들어 일으켰다.

일광 아래서 코도반처럼 촌 처녀의 피부는 염염艶艶[2]히 빛났다.

그녀들의 체취는 목장 풀과 봉선화 향기로 변하였다. 이 처녀들도 격렬한 노역엔 땀을 흘릴까.

투명한 맑은 물 같은 땀―곡물처럼 따뜻이 향기 나는 땀―

저 생률처럼 신선한 뇌수는 동백기름을 바른 모발 밑에서 뭣을 생각하고 있는 것일까. 무슨 꿈을 꾸고 있는 것일까. 황옥처럼 투겨진 옥수수의 꿈. 우물 속에 움직이는 목고어目高魚[3]의 꿈. 그리고 가엾은 물빛 인견의 꿈. 그리고 서투른 사랑의 꿈.

2 광택·윤이 나는 모양. 반들반들·반지르르.
3 일본어로 '송사리'를 뜻함.

촌 처녀의 성욕은 대추처럼 푸르기도 하고 세피아 빛으로 검붉기도 하다.

그러나 그중에 증기처럼 백색인 처녀를 보기도 한다. 목공미木公尾를 머리에 이고, 내 곁을 지나는 것이 께름해서, 일부러 머언 길을 돌아가는 그 증기 같은 처녀―

조부는 주름투성인 백지 같은 한 방 속에 웅크리고서 노후를 앓으며 묵묵히 죽음을 기다리고 있다. 고요한 골편이여, 우울한 유령이여.

나는 어젯밤도 조셋드와 요트와 해변 호텔과 거류지와의 혼잡한 도회의 신문 같은 꿈을 보았다.

두뇌는 어젯날 신문처럼 신선함을 잃으며 퇴색하고 있었다.

나는 이들 처녀 앞에서 이런 부륜腐倫한 유혹을 품고 길 잃은 아이가 되어버렸다.

아이들은 어디로 가버린 것일까. 풀덤불 속에?

파랗게 질리면서 납촉처럼 타고 있다. 축 늘어진 나의 자태를, 저 증기의 처녀는, 거친 발[簾] 너머로 보고 있다.

나는 완전히 불쌍하게 보이겠지. 또는 메마른 풀 같은 나의 듬성듬성 난 수염이 이상해 보이는 것일까.

만취한 양 비틀거리며 나는 세수수건을 지팡이로 의지하며 목욕장 속으로 떨어져 갔다. 모든 걸 물에 흘려버리자는 슬픈 생각을 하면서.

대기는 약간 평화하다. 그러나 나의 함정은 아직 보이지 않는다.

— 〈현대문학〉, 1961. 2.

첫 번째 방랑

출발

통화通化는 시골이라고들 한다. 그리고 아직껏 위험하다고들 한다. 그는 진도陣刀 모양의 끈 달린 지팡이를 가지고 있었다. 나는 그것이 금세 칼집에서 불쑥 알맹이를 드러내는 것이나 아닌지 겁이 났다. 나는 또 그에게 아편을 본 적이 있느냐고 물어보았다. 그가 어떤 대꾸를 했는지, 그건 잊어버렸다.

그―그는 작달막하고 이쁘장하게 생긴 사나이다. 안경 쓰는 걸 머리에 포마드 바르는 것처럼이나 하이칼라로 아는 그는 바로 요전까지 종로의 금융조합에 근무하고 있었단다. 그가 나를 어떻게 생각하고 있는지는 모르지만, 나는 그를 아주 사람 좋고 순진하고 인정이 넘치는 사람인 줄 알고 있다. 그를 멸시할 생각도 자격도 나에겐 추호도 있을 수 없다.

그리고 그는 현재 만주의 통화라는 곳에 전근해 있다고 하지 않는가.

오랜만에 돌아온 경성은 정답기 그지없다고 한다. 경성을 떠나고 싶지 않다. 카페, 그리고 지분脂粉 냄새도 그득한 바 하며 참으로 뼈에 사무치게 좋다는 게다. 통화는 시골이라 오락 기관—그의 말을 따르면—같은 것이 통 없어서 쓸쓸하단다.

나는 그의 말에 일일이 고개를 끄덕여 보았다. 실상 나는 그 방면의 일은 제법 잘 알고 있을 것 같으면서 조금도 그렇지 못한 것인데, 그는 자꾸만 그런 것에 대해 고유명사를 손꼽아 대곤 나를 깜짝깜짝 놀라게 하는가 하면, 또 나아가서는 사계斯界의 종업자從業者[1]인 나보다도 이처럼 많은 것을 알고 있다는 걸 뽐내 보임으로써, 그 천생의 도락 벽에다 여하히 달콤한 우월감을 더해볼까 하는 속셈인 것 같으나, 나는 또 나로서 사실 말이지 그의 여러 가지 이야기에 고분고분 경의를 표하지 않을 수 없는 노릇이었다.

그의 하찮은, 한 번에 삼 원 정도의, 좀 더 소규모로는 오륙십 전의 도락은 정말 싫증 나는 법이 없는가 보다. 그는 또 무엇보다도 금수강산으로 이름난 평양에 한나절 놀고 싶노라고도 했다. 평양 기생은 예쁘다. 하지만 노는 상대는 어쩐지 기생은 아닌 상싶다.

1 이상 자신이 서울에서 여러 차례 다방을 경영한 일을 말함.

그와 얘기한다는 건 한없이 나를 침묵케 하는 일이다. 그가 하는 이야기에 일일이 감탄을 표하고 있지 않으면 안 되니 말이다.

나는 얘기해서 그를 감격케 할 만한 아무것도 갖지 않았다. 나의 이야기는 그가 그저 괴상하다는 느낌만 들게 할 따름이리라. 첫째, 나는 나의 초라한 행색을 어떻게 변명해야 좋을는지를 알지 못한다. 그는 나의 이 빈약한 꼴을 비웃을 것에 틀림없다. 나로선 그것은 참기 어려운 노릇이다.

나의 여행은 진실로 모파상식이라는 것을 그에게 설명해 주고 싶다. 허나 나의 혼탁한 두뇌는 그것을 어떻게 설명해야 좋을지 엄두가 나지 않는다. 나는 입을 다물고 그저 무턱대고 초조해하는 수밖엔 없다.

집을 나설 때, 나는 역에서 또 기차간에서 아무하고도 만나지 않았으면 싶었다. 다행히 역에는 아무도 없다. 내가 아는 사람은 아무도 없었다.

나의 이 뭐가 뭔지 알 수 없는 여행에 대해 변명을 하는 것은 정말이지 나로선 괴로운 일이다. 나는 기차간에서도 아무하고도 만나지 않았으면 싶었다.

그는 이렇게 언짢은 얼굴을 한 나를 보고, 참으로 치근치근하게 인사를 했다. 나는 애써 얼굴에 웃음을 지으면서 한동안 어리둥절해 있었다. 그는 그런 일에는 무관심한 모양이다. 나그넷길엔 길동무―어쩌고 하면서, 그는 자진해서 그의 만주행이 얼마만큼 장도의 여행인가를 설명한다.

경성 신의주 여섯 시간 하고도 이십 분, 스피드업한 국제열차 아니고선 그를 만족시킬 수는 없다고 그런다. 그러나 그는 여태

비행기라는 편리한 교통 기관이 있다는 사실을 알지 못하는 것만 같다.

나는 왜 이렇게 피로해 있는가에 대하여 생각해 보았다. 어제는 엊그제 같기도 하고, 또한 내일 같기조차 하다. 나에겐 나의 기억을 정리할 만한 끈기가 없어졌다. 나는 이젠 입을 다물고 있는 수밖엔 별도리가 없었다.

거대한 바위 같은 불안이 공기와 호흡의 중압이 되어 마구 짓눌렀다. 나는 이 야행 열차 안에서 잠을 자지 않으면 아니 된다.

미지의 사람들이 우글거리는 차내의 한구석에서, 나의 눈은 자꾸만 말똥말똥해지기만 한다.

그는 이윽고 이 불손하기 짝이 없는 사나이한테 이야기하는 것이 얼마나 부질없는 노릇인가를 깨달았던 것일까. 비스듬히 맞은편 좌석에 누이동생인 듯한 열 살쯤 난 여자아이를 데리고 있는 한 여학생 차림의 얌전한 여인 위에 그의 주의를 돌리기 시작한다(그런 것 같았다). 나처럼 그는 결코 여인을 볼 때에 눈을 번쩍이거나 하지 않는다. 느슨한 먼 풍경을 바라보는 사람과 같이 그야말로 평화스럽다. 평화스러운 눈매 그것이다.

나도 그 여자 쪽을 본다. 잘생기지는 못했다. 그러나 꽤 감성적인 얼굴이다. 살찐 듯하면서도 날렵하게 야윈 정강이는 가볍고 또 애처롭다. 포도를 먹었을 때처럼 가무스레한 입술이다. 멀리 강서 근처에서 폐를 요양하는 애인을 생각하는 그런 표정이었다.

나는 모든 것을 잊어버리지 않으면 아니 된다. 나 자신을 암살하고 온 나처럼, 내가 나답게 행동하는 것조차도 금지되지 않으면 아니 된다.

〈세르팡〉²을 꺼낸다. 아폴리네르가 즐겨 쓰는 테마 소설이다. 〈암살당한 시인〉³ 나는 신비로운 고대의 냄새를 풍기는 주인공에게서 '벤케이'⁴를 연상한다. 그러나 그것은 시인이기 때문에, 낭만주의자이기 때문에, 저 벤케이와 같이―결코―화려하지는 못할 것이다.

글자는 오수午睡처럼 겨드랑이 밑에 간지럽다. 이미지는 멀리 바다를 건너간다. 벌써 바닷소리마저 들려온다.

이렇게 말하는 환상 속에 나오는 나, 영상은 아주 반지르르한 루바시카를 입은 몹시 퇴폐적인 모습이다. 소년 같은 창백한 털북숭이 풍모를 하고 있다. 그러곤 언제나 어느 나라인지도 모를 거리의 십자로에 멈춰 서 있곤 한다.

나는 차가운 에나멜의 끝이 뾰족한 구두를 신고 있다. 나는 성큼성큼 걷기 시작한다. 얼마 후 꿈 같은 강변으로 나선다. 강 저편은 목멘 듯이 날씨가 질척거리고 있다. 종이 울리는가 보다. 허나 저녁 안개 속에 녹아버려 이쪽에선 영 들리지 않는다.

나처럼 창백한 얼굴을 한 청년이 헌책을 팔고 있다. 나는 그것들을 뒤적거린다. 찾아낸다. 나카무라 쓰네⁵의 자화상 데생 말이다.

멀리 소년의 날, 린시드유⁶의 냄새에 매혹되면서 한 사람의 화

2 해외 예술 정보가 많이 실린, 일본의 문화 잡지.
3 아폴리네르의 소설 제목.
4 일본 헤이안 시대 말기, 가마쿠라 시대 초기의 무장(1155~89).
5 일본의 화가(1888~1924).

인齒人은, 곧잘 흰 시트 위에 황달색 피를 토하곤 했었다.

　문득 그가 페이지를 넘기는 소리가 났다. 이건 또 어찌 된 셈일까? 그도 열심히 책을 읽고 있다. 그리고 미간에 주름살마저 잡혀 있지 않는가. 〈킹구〉[7]— 이 천진한 사나이의 마음을 아프게 하는 그 어떤 기사가 그 속에 있다는 것일까?

　나는 담배를 피우듯이 숨을 쉬었다. 그 아가씨는? 들녘처럼 푸른 사과 껍질을 깎고 있다. 그 옆에서 저 여동생 같기도 한 소녀는 점점 길게 드리워지는 껍질을 열심히 응시하고 있다. 독일 낭만파의 그림처럼 광선도 어둡고 심각한 화면이다.

　나는 세상 불행을 제가끔 짊어지고 태어난 것 같은 오욕에 길든 일족을 서울에 남겨두고 왔다. 그들은 차라리 불행을 먹고 살고 있는 것인지도 모른다. 그들은 오늘 저녁도 또 맛없는 식사를 했을 테지. 불결한 공기에 땀이 배어 있을 테지.

　나의 슬픔이 어째서 그들을 진심으로 사랑할 수 없는가? 잠시나마 나의 마음에 평화라는 것이 있었던가. 나는 그들을 저주스럽게 여기고 증오조차 하고 있다. 그렇지만 그들은 멸망하지 않는다. 심한 독소를 방사하면서, 언제나 내게 거치적거리며 나의 생리에 파고들지 않는가.

　지금 야행 열차는 북위를 달리고 있다. 무서운 저주의 실마리가 엿가락처럼 이 열차를 쫓아 꼬리가 되어 뻗쳐 온다. 무섭다.

6　아마씨 기름. 유화에서 가장 일반적인 재료이며 유화 역사상 가장 오랫동안 쓰인 재료.
7　일본의 대중 잡지.

무섭기만 하다.

나는 좀 자야겠다. 허나 눈꺼풀 속은 별의 보슬비다. 암야의 거울처럼 습기 없이 밝고 맑은 눈이 자꾸만 더 말똥말똥하기만 하다.

책을 덮었다. 활자는 상(箱)에게서 흘러 떨어졌다. 나는 엄격한 자세를 하지 않으면 아니 된다. 나는 이젠 혼자뿐이니까.

차창

사람들은 모두 잠이 들어 있다. 그것이 나에겐 아무래도 이상스럽기만 하다. 어째서 앉은 채 사람들은 잠자는 것일까? 그러한 사람들의 생리 조직이 여간 궁금하지 않다. 저 여학생까지도 자고 있다. 검은 드로어즈가 보인다. 허벅다리 언저리가 한결 수척해 보인다.

피는 쉬고 있나 보다. 가만히 들여다보니 그 얼굴은 몹시 창백하다. 슬픈 나머지 울고 있는 것처럼 보이기까지 한다.

기차는 황해도 근처를 달리고 있는 모양이다. 가끔가끔 터널 속에 들어가 숨이 막히곤 했다. 도미에의 〈삼등열차〉가 머리에 떠올랐다.

나는 고양이처럼 말똥말똥해서 단정히 앉아 있었다. 이따금 포즈를 흐트러 잠잘 수 있을 만한 자세를 해본다. 하지만 그것은 부질없이 뼈마디를 아프게 하는 이외의 아무것도 아니다. 나는 체념한다. 해저에 가라앉는 측량기처럼 나는 단정히 앉아 있다.

창밖은 깊은 안개다. 아무것도 안 보인다. 능형으로 움직이는 차창의 거꾸로 비친 그림자에 풀 같은 것들의 존재가 간신히 인정된다.

내가 앉아 있는 쪽으로 이건 또 누구일까, 다가오는 기척이 난다. 나는 반사적으로 고개를 그쪽으로 돌린다. 지극히 키가 큰 사람이다. 중대가리다. 입을 한일자로 다물고 있다. 눈엔 독기를 띠고 있는 것 같기만 했다.

옆에까지 온 그 사람은, 별안간 무엇을 떨어뜨리기나 한 것처럼 커다란 소리를 내었다. 나는 오싹했다. 하지만 몸이 움직여지지 않는다.

지나가는 무슨 악귀처럼 그 사람은 맞은편 도어를 열고 다음 찻간으로 자취를 감추었다. 이게 어찌 된 일일까. 저 금융조합 사나이가 가지고 있던 진도 모양의 단장을 넘어뜨렸던 것이다. 그는 잠이 깨지는 않았다. 이건 또 어찌 된 일일까.

사람들은 답답한 숨들을 쉬었다. 개중엔 커다라니 입을 벌리고 있는 사람조차 있었다. 폐들은 풀무처럼 소리 내어 울렸다.

탁한 공기는 빠져나갈 구멍을 잃고 있다. 송사리 떼 같은 세균의 준동이 육안에도 보이는 것만 같다. 나는 코를 손가락으로 집어봤다. 끈적거리면서 양쪽 벽면은 희미한 소리마저 내면서 부착했다. 나는 더 숨을 쉴 수가 없다. 정신이 아찔했다.

안면은 순식간에 빨갛게 물들어 갔다. 다시마가 집채 같은, 콘크리트 같은 파도에 흔들리고 있는 것이 보였다. 일순간 그들 다시마는 뱀장어로 변형돼 갔다. 독기를 품은 푸르름이 나의 육체를 압착했다. 나를 내부로 질질 끌고 갔다. 이제 완전히 나는 선

머슴 애가 되고 말았다. 세월은 나의 소년의 것이다. 나는 가런한 아이였다.

풀밭이 먼 데까지 펼쳐져 있다. 언덕 너머 목초 냄새가 풍겨온다. 빨간 지붕이 보였다. 여기는 대체 어디란 말인가?

나의 강막에 거대한 괴물이 비쳤다. 그것은 점점 멀어져 가는 것 같았다. 나는 이제 놀라지 않는다. 이렇게 내 손은 희다.

이 사나이는 또다시 저 진도처럼 생긴 단장을 넘어뜨렸던 것이다. 이 무슨 경망스러운 작자일까. 그건 그렇다 치더라도 아까 넘어졌던 그걸 일으켜 단정히 세워놓은 사람은 누구일까. 나는 그것을 보지 않는다. 그런데도 그것은 얌전하게 서 있지 않으면 안 된다는 이치인 것이다. 그렇다 치더라도 또 나는 이 무슨 환상의 풍경을 눈앞에 본 것일까. 나는 그만 꾸벅꾸벅 졸았던 모양이다. 그러는 동안에 어쩌면 누군가가 내 옆을 지나갔을 것이다. 그리고 저 단장을 일으켜 놓은 모양이다. 저 사나이는 아직도 잠에서 깨어나지 않고 있다.

몹시 두드려대는—도어를—소리로 해서 나의 의식은 한층 또렷해졌다. 내 앞에서 저 진도처럼 생긴 단장이 딩굴어 있다. 나는 반쯤 조소로써 그것을 응시하고 있다. 그것은 어째 알맹이가 없는 그저 그런 장님 진도인 것 같다. 사람들은 저런 걸 사는 것이다. 이걸 만든 사람은 그것을 알고 있었기에 바로, 저 얼토당토않은 물건을 만들었을 것이다. 나는 그것을 짚어보았다. 나는 단장 휘두르기를 좋아한다. 머리가 민짜인 그 단장은 휘두를 수는 없다. 나는 발밑 풀을 후려쳐 쓰러뜨리는 그런 시늉을 해보았다.

풀을 건드리지 않고 단장은 날카롭게 공기를 베었다. 나는 또 그 끝으로 흙을 눌러보았다. 시뻘건 피 같은 액체가 아주 조금 배어 나왔다. 나는 몸에 가벼운 그러나 추위에 충분히 대비할 수 있는 고귀한 양복을 입고 있었다.

내 눈앞에서 한 여인이 해산을 하고 있다. 치골 언저리가 몹시 아프다. 팔짱을 끼듯 나는 그 애처로운 광경을 그저 바라만 보고 있다. 팔굽 언저리는 딱딱한 책상이다. 책상 위엔 아무것도 없다.

말소리가 유리를 뚫고 맑게 울리는 시골 사투리가 되어 들려왔다. 그것들은 더없이 즐겁다. 그리고 좀 시끄럽기조차 하다.

나는 개 떼한테 쫓기고 있었다. 나는 쏜살같이 달아난다. 이윽고 나의 속도는 개들의 그것보다 훨씬 뒤진다. 개들의 흙투성이 발이 내 위에 포개졌다. 무수한 체중이 나를 짓누른다. 개들은 나를 쫓고 있는 것은 아니리라. 나를 밟고 넘어선 나의 전방 먼 저쪽 방향을 향해 달려가는 것이었다. 그렇다 치더라도 이건 또 어쩌면 이렇게도 숱한 개의 수효란 말인가.

열차는 멈춰 있었다. 밤안개 속에 체온을 증발시키고 있었다. 턱수염인 것처럼 때때로 기관차는 뼈 돋친 숨을 쉬었다.

차창 밖을 흘깃 내다보았더니 이건 또 유령의 나라 순사인가. 금빛 번쩍거리는 모자를 쓴 사람이 습득물 바퀴 하나를 가지고 우두커니 서 있다. 이윽고 태엽을 감기나 한 듯이 종종걸음으로 걷기 시작했다. 그 순간 그의 얼굴에 어디선지 불이 옮겨 붙었는가 하자, 이미 그 모습은 무슨 방대한 어둠의 본체 속으로 빨려들어 보이지 않게 되었다.

나는 모골이 송연했다. 보아선 아니 된다. 나는 또 그 무슨 참혹한 광경을 목도한 것일까. 그런 생각을 하고 있자니까 내 귀에 산 같은 것이 무너져 떨어졌다.

내 귀는 멀어 있었던가. 그것은 남행의 국제 특급인 것 같았다. 그렇다 치더라도 내 귀는 멀어 있었던가.

아무것도 남기지 않고, 그리고 모든 것을 남기고 또 하나의 야행 열차는 아기 때문에 흠씬 젖은 덩치를 엇비비듯 지나쳤다.

누군가가 슬픈 음색으로 기적을 불었다. 그렇게 느껴졌다. 마을은 보이지 않는다. 마을은 잠든 사이에 멸형減刑되었나 보다.

개찰구에 홀로 우두커니 기대고 있던 백의의 사람이 에스컬레이터처럼 움직이기 시작했다. 금빛을 번쩍거리던 사람은 다시 어디선가 나타나서 엄숙하게 거수경례를 해 보였다. 나는 내심 혀를 낼름 내밀었다. 이건 혹시 장난감 기차인지도 모른다. 진짜 기차는 어딘가 내 손이 결코 닿을 수 없는 위대한 지도 위를 달리고 있는 것이나 아닌지 그렇게 나는 생각해 보았다.

내 곁의 그는 어느새 잠이 깨고, 그 진도처럼 생긴 단장을 턱에 짚고 눈을 깜박거리고 있었다. 고쳐 앉은 나를 향해 지금 엇갈려 간 열차는 '히카리'[8]가 분명하다고 말하는 것이었다. 나는 그렇구말구 하듯 끄덕여 보였다. 그는 만족한 듯 그 '히카리'호의

---

8 일본어로 '빛'을 뜻함. 일제 강점기에 '히카리'라는 이름의 급행열차가 있었음.

속력이 어떻게 절륜적인 것인가에 대해 그 체험을 이야기했다. 그것은 얼마나 드물게밖엔 정차하지 않는가에 의해 증명되는 것이라고 한다.

그리고 그는 슈트케이스에서 사륙반절형 소책자와 담배 케이스를 꺼냈다.

만주 담배라도 들어 있나 했더니, 그것은 만주에서 샀다는 케이스였다. 그때 그의 슈트케이스의 내용이 얼마나 빈약한가를 목격하고 말았다. 그 흔해빠진 여송연 한 개비를 나에게 권했다.

나는 그것을 피우리라. 이미 이 야행 열차 속에 십 년 전의 그 커다란 잎 그대로의 칙칙한 연기를 볼 수는 없다.

그들은 먼 조상의 담뱃대를 버리고 우습기 짝이 없는 궐련 피우는 대[竹], 또는 오동 파이프를 입에 물고 있다. 그들 중 누군가는 그 맛의 미흡함과 자신의 어지간히 큰 덩치에 비해 파이프가 너무나 작은 멋쩍음으로 해서 눈에서 주루루 눈물마저 흘리고 있는 것이었다.

구토가 자꾸만 치밀어 목은 좌로 향하고 우로 향했다. 무거운 짐짝 같은 두통이 눈구멍 속에 있었다. 이것은 분명 불결한 공기 탓이리라. 이 불결한 공기로부터 잠시나마 도망치지 않으면 안 되겠다.

승강구에 섰다. 요란한 음향이다. 철과 철이 맞부딪는 대장간 같은 소리는 고통에 넘쳐 있다. 나는 산소로만 만들어졌다고 할 수밖에 없는 시원한 공기를 마시면서, 이 정수리를 때리는 것만 같은 음향에 익숙하려 했던 것이다. 공기는 냉랭한 채 머리털에

엉겨 붙었다. 이마에 제법 차가운 손이 얹혀지는 것만 같았다. 사람을 초조하게 하는 이 음향에 어서 익숙했으면 좋겠다.

승강구에 멈춰 서보았다. 몸은 좌 혹은 우였다. 아직 머리는 비슬거리고 있나 보다.

소변을 누어보는 것도 좋겠다. 달리는 기차 위로부터 떨어지는 소변은 가루눈처럼 산산이 흩어져, 그것은 땅바닥에 가닿지도 못할 것이다.

이때 나의 등 뒤에서 차량과 차량과의 접속해 있는 부분의 복잡한 기계를 만지작거리는 사람이 있다. 차장일 테지.

그렇다 하더라도 익숙한 손짓이다. 나는 소변을 보면서 귀찮은 일은 그만 잊어버리기로 했다.

언제까지나 무엇을 저렇게 만지작거리는 것일까. 고장이 난 것일까. 그런 일이 있어서야 어디 되겠는가. 그렇더라도 너무 시간이 길다. 나는 더 참을 수가 없다. 돌아다보기로 하자. 아니 이거 아무도 없구나.

가느다란 공기 속에서 그전처럼 철과 철이 광명단을 가운데 끼고 맞부딪고 있다. 그리고 슬픈 소리를 내고 있다. 나의 소변은 어이없게 끝나버렸다. 이젠 이 이중—이부로 이루어진 음향에 익숙해져야 한다. 나는 먼 곳을 바라다보기로 했다.

거기엔 경치랄 것이 없다. 모든 것을 삼켜버린 방대한 살기가 어디까지나 펼쳐져 있다.

저 안개같이 보이는 것은 실은 고열의 증기일 것이 분명하다. 이 무슨 바닥없는 막대한 어둠일까.

들판도 삼켜졌다. 산도 풀과 나무를 짊어진 채 삼켜져 버렸다. 그리고 공기도. 보아하니 그것은 평면처럼 얄팍한 것 같기도 하다.

그것은 입체가 없기 때문이다. 그것은 이미 헤아릴 수 없는 심원한 거리를 그득히 담고 있다. 그 심원한 거리 속에는 오직 공포가 있을 따름이다.

반짝이지 않는 별처럼 나의 몸은 오무라들면서 깜박거리고 있었다. 이미 이것은 눈물과 같은 희미한 호흡일 수밖에 없다.

그러나—나는 핸들을 꽉 붙잡고 있다. 차가운 것이 흐르고 있다. 나는 그것을 놓을 수는 없다.—저 막대한 공포와 횡포의 아주 초입은 역시 조그마한 초원, 그것은 계절의 자잘한 꽃마저 피우고 있는, 목초가 있는 약간의 땅인 것 같다.

실상 일전에 이 열차의 등불 있는 생명에 매달리려고 필사의 아우성을 치면서—그것은 내 마음을 아프게 하기에 충분하다.

저기 멈춰 서자. 메마른 한 그루의 나무가 있으면 그것에 산책자이듯이 기대서자. 거창한 동공이 내 위에 쏟아진다. 나는 그것에 놀라면 안 된다.

아름다운 시를 상기한다. 또는 범할 수 없는 슬픈 시를 상기한다. 그러곤 고개를 수그리면서 외워본다. 공포의 해소海嘯는 얼마쯤 멀어진다. 그러나 아무것도 보이지는 않는다. 내 손에는 어느새 은빛으로 빛나는 단장이 쥐어져 있다. 그것을 가볍게 휘둘러본다.

그리하여 나는 무엇을 기다리고 있는 것일까. 이윽고 사람들은 오고야 말 것이다. 오오, 아직 이 살벌한 몽몽濛濛한 대기는 나를 위협하고 있다.

하현달이다. 굳이 나는 아름답다고 본다. 그것은 몹시 수척한 심각하게 표정적인, 보는 눈에도 가엾게 담배 연기로 혼탁해 있는 달이다. 함성을 지르기엔 아직 이르다. 공포의 심연 속에는 분노의 호흡이 들린다. 이젠 사람들이 와도 좋을 시기다.

왔다. 일순, 달은 분연噴煙을 올리고 자취를 감추었다. 사람들은 철을 운반해 온 것이다. 사람들은 묵묵히 다가온다. 다만 철과 철이 알몸인 채 맞부딪고 있다. 나의 귀는 동굴처럼 그러한 음향들을 하나하나 반향한다. 아니, 이건 또 후방으로부터 오나 보다. 그렇다면 난 방향을 잘못 잡고 서 있는 것일까. 이건 반의叛意를 품고 있는 것 같다. 이건 단 혼자인 것 같다. 나는 아찔했다. 나는 상아처럼 차갑게 가늘어지면서 뒤를 돌아다보았다. 거기엔 아무도 없다. 나는 끝끝내 대지垈地를 분실하고 말았다.

나는 나의 기억을 소중히 하지 않으면 안 된다. 나의 정신에선 이상한 향기가 나기 시작했으니 말이다.

이 뼈만 남은 몸을 적토 있는 곳으로 운반하지 않으면 안 되겠다. 나의 투명한 피에 이제 바야흐로 적토색을 물들여야 할 시기가 왔기 때문이다.

적토 언덕 기슭에서 한 마리의 뱀처럼 말라 죽을지도 모르지만, 나는 아름다운―꺾으면 피가 묻는 고대스러운 꽃을 피울 것이다.

이제 모든 사정이 나를 두렵게 하고 있다. 사람들이 평화롭다는 그것이, 승천하려는 상념 그것이, 그리고 사람들의 치매중 그것마저가.

그러한 온갖 위협을 나는 참고 견디지 않으면 안 된다. 그러한 것들의 침범으로 정신의 입구를 공허하게 해서는 안 된다.

끝없는 어둠에 나의 쇠약한 건강은 견디어내지 못하는가 보다. 나는 이 먼 데 공포로부터 자진 도피하지 않으면 안 된다.

등불은 어스름하다. 이건 시체실임에 틀림없다.

공기는 희박하다―아니면 그것은 과중하게 농밀한가. 나의 폐는 이런 공기 속에서 그물처럼 연약하다. 전실全室에 한 사람 몫 공기 속에 가사假死의 도적이 침입해 있는가 보다.

이 무슨 불길한 차창일까. 이 실내에 들어서는 즉시 두통을 앓지 않으면 안 되다니.

승강대에 다시 서서 저 어둠 속을 또 바라보았다. 이건 또 별과 달을 삼켜버리고 있다. 악취로 가득 차 있을 테지.

머리 위 하늘을 찌르는 곳에 한 그루 나무가 보였다. 그것은 거멓게 그을은 수목의 유적일 것이다. 유령보다도 처참하다.

몽몽한 대기가 사라지고 투명한 거리는 가일층 처참하다. 그 위를 거꾸로 선 나의 그림자가 닳아 없어지면서 질질 끌려간다.

팔월 하순―이 요란하기 짝이 없는 음향 속에 애매미 소리가 훨씬 선명하다는 건 이상한 일이다. 그들은 저 어둠에 압살되었을 것이다.

따스한 애정이 오한처럼 나를 엄습한다. 또 실로 오전 세시의 냉기는 오한이나 다름없다.

일순 나는 태고를 생각해 본다. 그 무슨 바닥없는 공포와 살벌에 싸인 저주의 위대한 혼백이었을 것인가. 우리는 더더구나 행복하지 않으면 안 된다. 식어가는 지구 위에 밤낮 없이 따스하니 서로 껴안지 않으면 안 될 것이다.

　역마다 정지한다는 이 열차가, 한 번도 정차하지 않았다. 적어
도 나의 기억엔 없다. 나는 그것을 모조리 건망하고 있나 보다.

　먼동이 트여올 것이다. 이윽고 공포가 끝나는 장엄한 그리고
날쌘 광경에 접하게 될 것이다.

　그러나 언제까지나 그것은 어둠의 연속이다. 하지만 이미 이
젠 저 해룡의 혀 같은 몽몽한 대기는 완전히 가시었다. 나는 하늘
을 쳐다보았다.

　시원한 공기가 폐부에 흐르고, 별들이 운행하는 소리가 체내
에 상쾌하다.

　어느 틈엔가 별의 보슬비다. 그리고 수줍어하듯 하늘은 엷은
은빛으로 빛나기 시작했다. 별은 한층 더 기쁜 듯이 반짝인다.

　수목이 시원스러운 녹색을 보이는 시간은 언제쯤일까. 나무들
은 움직이는 것처럼 보이기도 한다.

　아주 딴 방향으로부터 저 하현달이 다시금 모습을 나타냈다.
하지만 그 방향이 다른 것으로 보아 그것은 다른 것임에 틀림
없다.

　그것은 약간 따스함조차 띠고 있다. 그리고 스스로의 사치로
해서 참을 수 없이 빛나고 있다. 참을 수 없는 아름다움이다.

　나에게 표정을 강요하는 것 같기도 하다. 나는 어떤 표정을 짓
지 않으면 아니 된다. 나는 기꺼이 표정을 선택할 것이다.

　이런 때, 내가 해야 할 표정은 어떤 것이 제일 좋을까? 어떤 것

이 제일 달의 자랑에 알맞는 것이 될까?

나는 잠시 망설인다.

산촌

돼지우리다. 사람이 다가서면 꿀꿀거린다. 나직한 초가지붕마다 호박 덩굴이 덮이고, 탐스러운 호박이 매달려 있다. 그리고 모양은 노랗고 못생겼으며, 자꾸만 꿀벌을 불러대고 있다. 자연의 센슈얼한 부면—

우리 속은 지독한 악취다. 허나 이것이 풀의 훈기와 마찬가지로 또한 요란하고 자극적이다.

돼지, 귀여운 새끼 돼지, 즐거운 오예汚穢 속에 흐느적거리고 있는 돼지. 새끼 돼지—수뢰水雷 모양을 하고 있는 꿀돼지다.

바람이 불었다. 비는 이젠 저 철골 망루가 있는 산등성이를 넘어서 또 다른 산촌으로 가버렸나 보다.

남쪽은 모로 길게 가닥가닥이 푸르고, 자줏빛 구름은 어쩌면 오렌지빛 안쪽을 유혹이나 하듯 뒤집어 보이곤 한다.

야트막한 언덕 가득히 콩밭—그것은 그대로 푸른 하늘에 잇닿아 있다. 그것은 그러므로 끝이 없이 넓어 보이는 것이었다.

그리고 산 쪽으로는 수수밭, 들판 쪽으로는 벼밭과 지경地境을 이루고 있다.

또 바람이 불었다. 개구리가 뛰었다. 조그만 개구리다. 잔물결

이 개구리밥 사이에 잠시 보였다.

벼밭에서 벼밭으로 아래로 아래로 맑은 물은 흐르고 있는 것이다. 논두렁을 잘라 물길을 낸 곳에 샴페인을 터뜨리는 그런 물소리가 끊일 새 없다.

피가―지칠 줄 모르는 피가 이렇게 내뿜고 있는 대자연은 천고에도 결코 늙어 보이는 법이 없다.

또 바람이 불었다. 좀 비를 머금은 바람이다. 수수 옥수수 잎 스치는 소리가 소조롭다. 그리고 정겨웁다. 어쩌면 치마끈 끄르는 소리와도 같이.

농가다. 개가 짖는다. 새하얀 인간의 얼굴보다도, 오히려 가축답지 않은 생김새다. 아래 온천 마을에선 개는 어떤 사람을 보아도 짖지를 않는다. 여기선―조심스레 겸손하는 태도마저 보이면서, 한층 더 슬픈 소리로 짖어댔다.

산에 산울림하여 인간의 호흡을 전달하는 것이었다.

밤나무와 바위와 약간 가파른 낭떠러지에 둘러싸여 온돌처럼 따스해 보이는 농가 두셋, 문어구의 소로까지 양쪽 댑싸리 옥수수 울타리가 어렴풋하게 구부러지면서 지나갔다. 그래서 문어구를 곧바로 내다볼 수가 없다. 마당에는 공만 한 백일초가 새빨갛게 타오르고 있다.

울타리 사이로 개가 이쪽을 겁난 눈으로 엿보고 있다. 그리고 마당―말끔히 쓸어놓은 마당과 소로엔 수수며 조 같은 곡식이 떨어져 있음직도 하다.

툇마루 끝에선 노파가 손주딸 머리의 이를 잡고 있다. 원후류가 하듯이―둘이 다 상반신은 알몸이다.

그리고 어두컴컴한 부엌 속에 이 또한 상반신은 알몸인 젊은 며느리가 서서 일하고 있다. 초콜릿빛 피부 건강한 육체다.

집 뒤꼍에는 옥수수가, 이것만은 들쭉날쭉으로 서 있다. 커다란 이삭을 몇 개 달고는 가을 풀들 사이에 유난히 키가 크다.

바위에는 칡넝쿨이 붉다. 그리고 그것은 바위에 낀 무슨 광물이기나 한 것처럼 찰싹 바위에 달라붙어 있다. 그리고 검은 바위를 배경 삼아 한층 더 붉다.

어린아이 둘이 검붉은 머리카락을 바람에 나부끼면서 마당 안에서 놀고 있는 것인지 노는 걸 그만두고 있는 것인지, 둘이 다 멍하니 서 있다.

매일같이 가뭄이 계속되어, 땅바닥은 입덧 난 것처럼 균열이 생기고, 암석은 맹수처럼 거칠게 숨 쉬었다.

농부는 짙푸르게 개어 오른 초가을 허공을 쳐다보았다. 한 점 구름조차 없다.

삶을 지닌 모든 것은 모두 피를 말려 쓰러질 것이다. 이제 바야흐로.

아카시아 이파리엔 흰 티끌이 덧쌓이고, 시냇물은 정맥처럼 가늘게 부어올라 거무죽죽하다.

뱀은 어디에도 그 꼴을 보이지 않는다. 옥수수 키 큰 풀숲 속에 닭을 작게 축소한 것 같은 산새가 꼭 한 마리 내려앉았다. 천벌인 양.

그리고 빈민처럼 야위어 말라빠진 조밭이 끝없이 잇따라, 수세미처럼 말라 죽은 이삭을 을씨년스럽게 드리우곤 바람에 울부짖고 있었다.

그러는 사이에도 잠실 누에는 걸신들린 것처럼 뽕을 먹어치웠다.

아가씨들은 조밭을 짓밟았다. 어차피 인간은 굶어 죽지 않으면 안 되는 것이라면, 지푸라기보다도 빈약한 조밭을 짓밟고 그리곤 뽕을 훔치라고.

야음을 타서 마을 아가씨들은 무서움도 잊고, 승냥이보다도 사납게 조밭과 콩밭을 짓밟았다. 그러고는 밭 저쪽 단 한 그루의 뽕나무를 물고 늘어졌다.

그래도 누에는 눈 깜박할 새에 뽕잎을 먹어치웠다. 그러곤 아이들보다도 살찌면서 커갔다. 넘칠 것만 같은 건강―풍성한 안심安心이라고도 할 만한 것은 거기에밖엔 없었다. 처녀들은 죽음보다도 누에를 사랑했다.

그러곤 낮 동안은 높은 나뭇가지 위로 기어 올라갔다. 부끄러움을 무릅쓰고. 그 하얀 세피아빛 과일을 해는 태워버릴 것만 같이 쪼이고 있었다.

어디에도 행복은 없다. 천사는 소년군처럼 도시로 모여들고 만 것이다.

풍우에 쓰러진 비석 같은 마을이여. 태고의 구비口碑를 살고 있는 촌사람들—거기엔 발명은 절대로 없다.

지난해처럼 옥수수는 푸짐하게 익어, 더욱더 숱한 주홍빛 수염을 바람에 나부끼고는, 초가을 고추잠자리 날으는 하늘에 잎 쏠리는 흥거운 소리를 울렸다.

그리고 옥수수 수수깡을 둘러친 울타리엔, 황금빛 탐스러운 호박이 어떤 축구공보다도 크고 묵직하다.

산기슭 도수장은 오래도록 휴업 중이다. 그리고 아이들은 고무신을 벗어 들고는, 송사리보다 조금 더 큰 붕어를 잡는다.

개들은 가족들이 보는 앞에서 마구 야위어갔다. 그리고 시집을 앞둔 많은 처녀들이 노파와 같은 얼굴로 되어갔다.

줄기는 힘없이 부러지기만 했고, 조 이삭의 큰 것은 자살처럼 제 체중 때문에 모가지를 접지르곤 했다.

마른 뱅어같이 딱딱하고 가느다란 콩 넝쿨은 길 잃은 자라처럼 땅바닥을 기고 있다. 그리고는 생식기 같은 콩 두서너 개를 매달고 있다. 버들잎이 담겨 있는 시냇물까지 젊은 두 아낙네가 물동이를 이고 물 길러 왔다.

그리하여 피[血]는 이어져 있다. 메마른 공기 속 깊숙이.

나는 물을 마셨다. 시원한 밤이 오장으로 흘러들었다.

귀뚜리 소리는 한층 야단스레 한결 선연해진 것 같다. 달 없는 천근[斤]의 마당 안에.

홀로 이 귀뚜리는 속세의 시끄러움에서 빠져나와, 이 인외경에 울적하게 철학하면서 야위도록 애태움은 어찌 된 까닭일까?

이 귀뚜리는 지독한 염세가인지도 모른다. 램프의 위치는 어쩌면 그 화려한 자살 장소로서 선정된 것이나 아닐지.

그의 저 등피 밖에서 흥분과 주저는 어떠했던가.

귀뚜리의 자살—여기에 일가권속을 떠나, 붕우를 떠나, 세상의 한없는 따분함과 권태로 해서 먼 낯설은 땅으로 흘러온 고독한 나그네의 모습을 보지 않는가. 나의 공상은 자살하려고 하는 귀뚜리를 향해 위안의 말을 늘어놓는다.

귀뚜리여, 영원히 침묵할 것인가. 귀뚜리여, 너는 어쩌면 방울벌레인지도 모른다. 네가 방울벌레라 해도 너는 침묵할 것이다.

죽어선 안 된다. 서울로 돌아가라. 서울은 시방 가을이 아니냐. 그리고 모든 애매미들이 한껏 아름다운 목청을 뽑아 노래하는 계절이 아니냐.

서울에선 아무도 너를 기다리고 있지 않다 그 말인가. 그래도 좋다. 어쨌든 너는 서울로 돌아가라. 그리고 노력해 보게나. 그리하여 전과는 다른 의미에서의 삶의 새로운 의의와 광명을 발견하게나. 고안해 보게나.

하지만 나의 이 같은 우습지도 않은 혼잣말은 귀뚜리의 귀에는 가닿지 않은가 보다. 어쩌면 귀뚜리는 내심 나를 몹시 조소하면서도, 외관만은 모르는 척하고 꿀 먹은 벙어리로 있는 것이나 아닐지. 나는 저으기 불안하다.

나는 이 지방에 와서 아무와도 친하지 않는다. 그들은 모두 나를 질색하는 것만 같았기 때문이다. 하지만 일주일도 안 되어 슬금슬금 그들은 두어 마디 서너 마디 나한테 말을 걸어오는 수도 있게 됐다. 그것이 나로선 참을 수 없이 무섭다.

그들은 도대체 나한테서 무엇을 탐지하려는 것일까? 내 악의 충동에 대해 똑똑히 알고 싶은 것이리라―나는 위구를 느껴 마지않는다. 나는 그들의 누구를 보고도 싱글벙글했다. 무턱대고 싱글벙글함으로써 나의 그러한 위구감을 얼버무리는 수밖엔 없었다.

아침부터 밤까지 남을 보면 나는 그저 싱글벙글했다. 그들의 어떤 자는 괴상하다는 표정조차 했다. 하지만 나는 그런 것에 상관하지 않았다.

하지만 이제 나는 귀뚜리를 향해 어찌 싱글벙글할 수 있겠는가? 너의 혜안은 나의 위에 별처럼 빛난다.

다시금 귀뚜리는 아무것도 아직 써넣지 않은 나의 원고용지 위에 앉았다. 그러곤 나의 운명을 점쳐주기라도 할 그런 자세이다. 이번은 몹시도 생각에 골똘한 것 같다. 그리고 나의 이 펜촉이 달리는 소리를 열심히 도청하고 있는 것만 같다.

귀뚜리여, 이 사각거리는 소리를 듣기만 해도, 너는 능히 나의 이 모자란 글을 읽어 내릴 수 있을 것이다. 정녕 선지자 같은 정돈된 그 이지적인 모습을 보면, 나는 그렇게 생각되니 말이다. 그러나 어떠냐, 나는 이렇게 많은 거짓말을 하고 있다. 얄미운 놈이라고 생각하느냐, 요사한 놈이라고 생각하느냐.

하지만 너만은 알 것이다. 보다 속 깊이 싹트고 있는 나의 악에 대한 충동을, 그리고 염치도 없는 나의 욕망을, 그리고 대해大海 같은 나의 절망까지도. 그리고 너만이 나를 용서할 것이다. 나를 순순히 받아들여 줄 것이다.

　그러나 귀뚜리는 다시 흰 벽으로 옮아앉았다. 그것이 내가 필설로써 호소할 수가 전혀 없는 수많은 깊은 악과 고통마저 알고 있다는 꼭 그런 얼굴인 것이다. 나는 나의 무능함이 폭로되는 것을 생생하게 보았던 것이다. 나는 더욱 깊이 절망할 수밖에 없다.

— 〈문학사상〉, 1976. 7.

단상 斷想

1

나의 생활은 나의 생활에서 1을 뺀 것이다.

나는 회중전등을 켠다.

나의 생활은 1을 뺀 나의 생활에서 다시 하나 1을 뺀다.

나는 회중전등을 쓴다.

감산減算이 회복된다―그러나 나는 그것 때문에 또 다른 하나
의 생활을 읽어버린다.

나는 회중전등을 포켓 속에 집어넣었다.

동서남북조차 분간할 수 없다. 나는 무엇을 해야 좋을지 알지
못한다.

나는 그저 빈둥빈둥―나의 사상마저 빈둥거리게 하기 위해

회중전등이 포맷 속에서 커졌다.

나는 서둘러야 한다. 무엇을?

나는 죽을 것인가? 그게 아니면 나는 비명의 횡사라도 해야 한단 말인가?

내게는 나의 생활이 보이지 않는다.

나의 생활의 국부를 나는 나의 회중전등으로 비추어 본다.

1이 빼어져 나가는 것을 목전에 똑똑히 보면서—나는 나에게 도 생활이 있다는 것을 알았을까?

2

병자가 약을 먹고 있다.

병자는 약을 먹지 않아도 죽기 때문이다.

그것은 건강한 사람은 약을 먹어도 건강하기 때문이다.

3

나는 그녀에게 편지를 냈다.

—이 편지 읽는 대로 곧 답장을 보내주세요—

단지 이 한마디만을 써서—

그러자 답장이 왔다.

—No, 이것을 Yes로 생각하세요—

No 이것을 번역하면 '아니다'

Yes 이것을 번역하면 '맞다'

'아니다'를 '맞다'로 한다면 아무리 '맞다' '맞다'라고 해본들 이 '맞다'는 '아니다'라는 말밖에 되지 않는다.

따라서 '아니다'나 '맞다'나 매한가지다. 어느 쪽이든 '아니다'인 것이다.

결국 No는 Yes가 있어서 비로소 No가 되면 Yes는 No가 되는 것이다.

4

어느 겨울의 한낮 태양은 드디어 은하 깊숙이 빠져버렸다.

장대한 밤

지구에는 아직 봄은 아득하고 빙설은 두껍게 얼어붙어 있다.

태양을 상실한 지구에 봄은 올 것인가.

달빛마저 없는 칠흑의 암야가 한 달이나 계속되어 지구상의 모든 생명은 그저 속수무책으로 죽음을 기다리고 있을 뿐이었다.

그러한 또 어느 겨울 한낮 숲에 달빛이 떠오르기 시작했다. 그리하여 빈사의 지구를 푸르게 비추었다.

빛을 찾은 인류는 전 생명체를 대표하여 간신히 삭정이를 긁어모아―달빛을 의지하여―횃불을 올렸다.

가냘픈 단말마의 함성이 피어올랐다. 그럼에도 불구하고 동사는 폭풍처럼 계속되었다.

그때로부터 달빛은 매일 낮 매일 밤 지지 않았다. 그리고 매일 낮 매일 밤이 만월이었다(달은 태양을 부담했다).

그리하여 눈은 달빛에 녹기 시작했다. 차가운 물이 황량한 빙원을 정맥처럼 흘러갔다.

그리하여 인류는 생명체를 대표하여 그 지도의 행선을 쫓았다.

봄으로 봄으로

인류는 이미 천국을 탐하지 않는다. 단지— 봄은 올 것인가.

이러한 중에도 동사는 폭풍처럼 계속되었다.

5

모조리 가지가 잘리워진 한 그루의 가로수

별안간 한 가닥의 가지가 쑥쑥 자란다.

마술처럼 그 끝 쪽에는 좀 더 가는 것이 이것도 쑥쑥 자랐다.

—이건 지팡이를 들어 올려 길을 가리키고 있는 그의 모습이었다.

나는 나의 생명의 북극을 확인하기를 간절히 원하면서도 그는 입도 떼지 않았다.

그는 별안간 혀끝을 낼름 내보였을 뿐이었다.

혀는 그의 입안 가득히 부어올라 있었다.

애처로운 그 표정에서는 눈물이 땀처럼 흘러내렸다.

나는 바람처럼 그의 옷깃에 스며들어 버렸다.

한 자루의 지팡이보다도 더욱 외롭게 그는 지팡이에 기대어 해골 같은 육체를 언제까지나 한자리에 못 박은 채 움직이려 하지 않았다.

6

황성荒城은 눈을 밟고 산을 넘고 있다.

낡은 성문은 개방되어 있다. 도회의 입구

석양에 붉게 성내고 있는 성채. 그 앞에서 나는 모자를 벗는다.

백년 전의 주민의 최후의 한 사람까지 죽고 없는 오늘

고적古跡은 해묵었다. 그러나 백 년에 한 번 백 년을 느끼는 사람에게만은 새롭다.

산까마귀의 수명은 몇 년이나 될까?

나는 또 길가의 소년의 나이를 나의 나이게서 감산해 보기도 한다.

황성은 또 모래와 바위를 밟고 내 쪽으로 산을 넘어온다.

7

새벽녘 까마귀가 운다

―저 녀석도 가래를 토하나 보다―

나의 정수리 한가운데 까마귀의 가래 같은 것이 떨어졌다.

빨갛게 불이 붙나 했더니 납덩이처럼 무겁다.

정수리가 빨개진다. 물론 나는 즉사한다.

체온이 증발한다.

위 속에 피가 가득 괴어서 내일 아침 토할 준비를 한다.

─오늘 아침이야말로 정말 죽는 것이 아닐까─

이상하게도 나는 매일 아침 소생했다. 그리하여 내일 새벽까지의 공기를 마셨다 뱉었다 하는 것이다.

나의 수명은 정확히 매일 일주야밖에 없다.

그것이 반 주야 혹은 반의반 주야 그 또 반의반까지 줄지 않는 이상 나는 하루의 수명만으로도 좀체로 죽지는 않을 것이다.

8

수壽와 복福을 수놓은 새 베개를 베고 나는 나의 백을 넘는 맥박을 헤아리기도 하고 여러 가지 일을 생각하기도 했다.

나의 목에 매달려 있는 사지와 동체는 뱀의 꼬리보다도 말라 있다.

나의 목에 꽂혀져 있는 머리만이 수복인 모양이다.

목 위와 목 아래가 서로 명함을 교환한다.

슬픔과 잔인의 향연에서 나온 불결한 공기가 끊임없이 나의 비강으로 들락거린다.

9

여자의 손은 하얗다. 그리고 파란 줄이 잔뜩 있다.

여자는 그 파란 줄 하나를 선택한다. 앞으로 간다 갈라진다.

여자는 그중의 하나를 선택해서 앞으로 간다. 또 갈라진다.

여자는 그중 하나를 선택한다. 앞으로 간다. 역시 갈라진다.

—지팡이로 해봐야지—

물론 지팡이라도 쓰러뜨려 보지 않는 이상 어떤 지식으로 어떤 감정으로 어떤 의지로 실을 선택할 수 있단 말인가.

No와 Yes 두 통의 편지를 써서 지팡이를 쓰러뜨려 봉함에 넣는다.

그리고 또 지팡이를 쓰러뜨려 주소를 쓴다. 그리고 또 지팡이를 쓰러뜨려—

—당신은 Yes라고 말했군요. 고맙습니다—

—그치만 그게 정말 Yes인지 아닌지는 이걸 쓰러뜨려 봐야 알지요—

아— 아무리 쓰러뜨려 본들 무슨 수로 그것을 알 수 있을까?

10

누군가가 밥을 먹고 있다. 몹시 더러운 꼴이다.

그렇다. 분명히 밥을 먹는다는 것은 더러운 일임에 틀림없다.

그런데

그 누군가가라고 하는 작자가 바로 내 자신이라면 이걸 어쩐다?

11

나는 매일 아침 양치질을 한다.

나는 또 손톱을 깎아 마당 가운데 버린다.

나는 폐의 파편을 토한다. 나는 또 몸뚱이의 도처가 욱신거린다.

나는 서서 오줌을 갈기면 눈이 녹는다는 것도 알고 있다.

나는 또 내가 벙어리가 되어버린 것이 아닌가 하고 소리를 질러본다.

내일이 오늘이 될 수 없는 이상 불안하다.

내일이야말로 정말 미쳐버릴 거다―나는 항상 생각하며 마음을 들볶기 때문이다.

나는 왜 한쪽 장갑을 잃어버렸을까?

나는 나머지 장갑도 마저 잃어버렸으면 하고 생각한다. 하지만 내가 어떻게 내 마음대로 그것을 없앨 수가 있을까?

나는 욕을 먹는다. 한쪽 장갑을 고수하고 있다는 것 때문에

내일은 내게 편지가 오려나

내일은 좀 풍성해지려나

내일 아침 몇 시쯤 나의 최초의 소변을 볼 것인가

— 〈문학사상〉, 1986. 10.

서
간

동생 옥희 보아라

―세상 오빠들도 보시오

팔월 초하룻날 밤차로 너와 네 애인은 떠나는 것처럼 나한테는 그래놓고 기실은 이튿날 아침차로 가버렸다.

내가 아무리 이 사회에서 또 우리 가정에서 어른 노릇을 못하는 변변치 못한 인간이라기로서니 그래도 너희들보다야 어른이다.

"우리 둘이 떨어지기 어렵소이다"

하고 내게 그야말로 '강담판強談判'을 했다면 낸들 또 어쩌랴. 암만

"못한다"

고 딱 거절했던 일이래도 어머니나 아버지 몰래 너희 둘 안동시켜서 쾌히 전송할 내 딴은 이해도 아량도 있다.

그것을, 나까지 속이고 그랬다는 것을 네 장래의 행복 이외의 아무것도 생각할 줄 모르는 네 큰오빠 나로서 꽤 서운히 생

각한다.

　예정대로 K가 팔월 초하룻날 밤 북행 차로 떠난다고, 그것을
일러주려 하룻날 아침에 너와 K 둘이서 나를 찾아왔다. 요 전날
너희 둘이 의논차로 내게 왔을 때 말한 바와 같이 K만 떠나고 옥
희 너는 네 큰오빠 나와 함께 K를 전송하기로 한 것인데, 또 일의
순서상 일은 그렇게 하는 것이 옳지 않았더냐.

　그것을 너는 어쩌면 그렇게 천연스러운 얼굴로

　"그럼 오빠, 이따가 정거장에 나오세요"

　"암! 나가구말구, 이따 게서 만나자꾸나"

하고 헤어진 것이 그게 사실로 내가 너희들을 전송한 모양이 되
었고 또 너희 둘로서 말하면 너희끼리는 미리 그렇게 짜고 그래
도 내게 작별 모양이 되었다.

　나는 고지식하게도 밤에 차 시간을 맞춰서 비 오는데 정거장
까지 나갔겠다. 내가 속으로 미리미리 꺼림칙이 여겨오기를

　'요것들이 필시 내 앞에서 뻔지르르하게 대답을 해놓고 뒤꽁
무니로는 딴 궁리들을 채렸지!'

했더니 아니나 다를까.

　개찰도 아직 안 했는데 어째 너희 둘 모양이 아니 보이더라.

　'이것 필시!' 하면서도 그래도 끝까지 기다려보았으나 종시 너
희 둘의 모양은 보이지 않고 말았다. 나는 그냥 입맛을 쩍쩍 다시
고 집으로 돌아왔다.

　와서는 그래도

'아마 K의 양복 세탁이 어쩌니 어쩌니 하더니 그래저래 차 시간을 못 대인 게지, 좌우간에 무슨 통지가 있으렷다'
하고 기다렸다.

못 갔으면 이튿날 아침에 반드시 내게 무슨 통지고 통지가 있어야 할 터인데 역시 잠잠했다. 허허— 하고 나는 주춤주춤하다가 동경서 온 친구들과 그만 석양판부터 밤새도록 술을 먹고 말았다.

물론 옥희 네 얼굴 대신에 한 통의 전보가 왔다. 옥희 함께 왔어도 근심 말라는 K의 '독백'이구나.

나는 전보를 받아 들고 차라리 회심의 미소를 금할 수 없을 만하였다. 너희들의 그런 이도利刀가 물을 베이는 듯한 용단을 쾌히 여긴다.

옥희야! 내게만은 아무런 불안한 생각도 가지지 마라!

다만 청천벽력처럼 너를 잃어버리신 어머니 아버지께는 마음으로 잘못했습니다고 사죄하여라.

나 역 집을 나가야겠다. 열두 해 전 중학을 나오던 열여섯 살 때부터 오늘까지 이 허망한 욕심을 변함이 없다.

작은오빠는 어디로 또 갔는지 들어오지 않는다.

너는 국경을 넘어 지금은 이역의 인人이다.

우리 삼남매는 모조리 어버이 공경할 줄 모르는 불효자식들이다.

그러나 우리들은 이것을 그르다고 생각하지는 않는다.

갔다 와야 한다. 갔다 비록 못 돌아오는 한이 있더라도 가야 한다.

너는 네 자신을 위하여서도 또 네 애인을 위하여서도 옳은 일을 하였다. 열두 해를 두고 벼르나 남의 맞자식 된 은애의 정에 이끌려선지 내 위인이 변변치 못해 그랬든지 지금껏 이 땅에 머물러 굴욕의 조석을 송영하는 내가 지금 차라리 부끄럽기 짝이 없다.

너희들의 연애는 물론 내게만은 양해된 바 있었다. K가 그 인물에 비겨서 지금 불우의 신상이라는 것도 나는 잘 알고 있다.

다행히 K는 밥 먹을 걱정은 안 해도 좋은 집안에 태어났다. 그렇다고 밥이나 먹고 지내면 그만이지 하는 인간은 아니더라.

K가 내게 말한 바 K의 이상이라는 것을 나는 비판하지 않는다. 그것도 인생의 한 방도리라. 다만 그것이 어디까지든지 굴욕에서 벗어나려는 일념인 것이니 그렇다는 이유만으로도 나는 인정해야 하리라.

나는 차라리 그가 나처럼 남의 맞자식임에도 불구하고 집을 사뭇 떠나겠다는 '술회'에 찬성했느니라.

허허벌판에 쓰러져 까마귀밥이 될지언정 이상에 살고 싶구나.

그래서 K의 말대로 삼 년, 가 있다 오라고 권하다시피 한 것이다.

삼 년─삼 년이라는 세월은 상사의 두 사람으로서는 좀 긴 것같이 생각이 들더라. 그래서 옥희 너는 어떻게 하고 가야 하나 하는 문제가 났을 때 나는─

너희 두 사람의 교제도 일 년이나 가까워오니 그만하면 서로

충분히 서로를 알았으리라. 그놈이 재상 재목이면 무엇하겠느냐, 네 눈에 안 들면 쓸 곳이 없느니라. 그러니 내가 어쭙잖게 주둥이를 디밀어 이러쿵저러쿵할 계제가 못 되는 일이지만—

나는 나류로 그저 이러는 것이 어떻겠느냐는 정도로 또 그래도 네 혈족의 한 사람으로서 잠자코만 있을 수도 없고 해서—

삼 년은 과연 너무 기니 위선 삼 년 작정하고 가서 한 일 년 있자면 웬만큼 생활의 터는 잡히리라. 그렇거든 돌아와서 간단히 결혼식을 하고 데려가는 것이 어떠냐. 지금 이대로 결혼식을 해도 좋기는 좋지만 그것은 어째 결혼식을 위한 결혼식 같아서 안됐다. 결혼식 같은 것은 나야 그야 우습게 알았다. 하지만 어머니 아버지도 계시고 사람들의 눈도 있고 하니 그저 그까짓 일로 해서 남의 조소를 받을 것도 없는 일이요—

이만큼 하고 나서 나는 K와 너에게 번갈아 또 의사를 물었다.

K는 내 말대로 그러만다. 내년 봄에는 꼭 돌아와서 남 보기 흉하지 않을 정도로 결혼식을 한 다음 데려가겠다는 것이다.

그러나 네 말은 이와 다르다. 즉 결혼식 같은 것은 언제 해도 좋으니 같이 나서겠다는 것이다. 살아도 같이 살고 죽어도 같이 죽고 해야지 타역에 가서 어떻게 되는지도 모르는 것을 그냥 입을 딱 벌리고 돌아와서 데려가기만 기다릴 수 없단다. 그러고 또 남자의 마음 믿기도 어렵고—우물 안 개구리처럼 자라난 제가 고생 한번 해보는 것도 좋지 않으냐는 네 결의였다.

아직은 이 사회 기구가 남자 표준이다. 즐거울 때 같이 즐기기에 여자는 좋다. 그러나 고생살이에 여자는 자칫하면 남자를 결박하는 포승 노릇을 하기 쉬우니라. 그래서 어느만큼 자리가 잡히도록은 K 혼자 내어버려 두라고 재삼 내가 다시 충고하였더니 너도 OK의 빛을 보이고 할 수 없이 승낙하였다. 그리고 나는 너 보는 데서 K에게 굳게굳게 여러 가지로 다짐을 받아두었건만—

이제 와서 알았다. 너희 두 사람의 애정에 내 충고가 낑기울 백지 두께의 틈바구니도 없었다는 것을 말이다. 또한 내 마음이 든든하지 않으랴.

삼남매의 막내둥이로, 내가 너무 조숙인 데 비해서 너는 응석으로 자라느라고 말하자면 '만숙晩熟'이었다. 학교 시대에 인천이나 개성을 선생님께 이끌려 가본 이외에 너는 집 밖으로 십 리를 모른다. 그런 네가 지금 국경을 넘어서 가 있구나 생각하면 정신이 번쩍 난다.

어린애로만 생각하던 네가 어느 틈에 그런 엄청난 어른이 되었누.

부모들도 제 따님들을 옛날 당신네들이 자라나던 시절 따님 대접하듯 했다가는 엉뚱하게 혼이 나실 시대가 왔다. 오빠들이 어림없이 동생을 허명무실하게 '취급'했다가는 코 떼일 시대다. 나는 그렇게 느꼈다.

나는 망치로 골통을 얻어맞은 것처럼 어찔어찔한 가운데서도 네가 집을 나가지 않으면 안 된 이유를 생각해 본다.

첫째, 너는 네 애인의 전부를 독점해야 하겠다는 생각이겠으니 이것이야 인력으로 좌우되는 일도 아니겠고 어쩔 수도 없는 일이다.

둘째, 부모님이 너희들의 연애를 쾌히 인정하려 들지 않은 까닭이다.

제 자식들의 연애가 정당했을 때 부모는 그 연애를 인정해 주어야 할 뿐만 아니라 나아가서는 그 연애를 좋게 지도할 의무가 있을 터인데—

불행히 우리 어머니 아버지는 늙으셔서 그러실 줄을 모르신다. 네게는 이런 부모를 설복할 심경의 여유가 없었다. 그냥 행동으로 보여주는 밖에는 없었다.

셋째, 너는 확실치 못하나마 생활이라는 인식을 가졌다. '여자에게도 직업이 있어서 경제적으로 언제든지 독립해 보일 실력이 있어야만 한다'는 것이 부모님 마음에는 안 드는 점이었다. '돈 버는 것도 좋지만 기집애 몸 망치기 쉬우니라'는 것은 부모님들의 말씀이시다.

너 혼자 힘으로 암만해도 여기서 취직이 안 되니까 경도京都 가서 여공 노릇을 하면서 사는 네 동무에게 편지를 하여 그리 가서 같이 여공이 되려고까지 한 일이 있지.

그냥 살자니 우리 집은 네 양말 한 켤레를 마음대로 사줄 수 없을 만치 가난하다. 이것은 네 큰오빠 내가 네게 다시없이 부끄러운 일이다만—그러나 네가 한 번도 나를 원망한 일은 없는 것을 나는 고맙게 안다.

그런 너다. K의 포승이 되기는커녕 족히 너도 너대로 활동하면서 K를 도우리라고 나는 믿는다.

기왕 나갔다. 나갔으니 집의 일에 연연하지 말고 너희들의 부끄럽지 않은 성공을 향하여 전심을 써라. 삼 년 아니라 십 년이라도 좋다. 패잔한 꼴이거든 그 벌판에서 개밥이 되더라도 다시 고토를 밟을 생각을 마라.

나도 한 번은 나가야겠다. 이 흙을 굳게 지켜야 할 것도 잘 안다. 그러나 지켜야 할 직책과 나가야 할 직책과는 스사로 다를 줄 안다.

네가 나갔고 작은오빠가 나가고 또 내가 나가버린다면 늙으신 부모는 누가 지키느냐고? 염려 마라. 그것은 맏자식 된 내 일이니 내가 어떻게라도 하마. 해서 안 되면—

혁혁한 장래를 위하여 불행한 과거가 희생되었달 뿐이겠다.

너희들이 국경을 넘던 밤에 나는 주석에서 올림픽 보도를 듣고 있었다. 우리들은 이대로 썩어서는 안 된다. 당당히 이들과 열하여 똑똑하게 살아야 하지 않겠느냐.

정신 차려라!

신당리 버티고개 밑 오동나뭇골 빈민굴에는 송장이 다 되신 할머님과 자유로 기동도 못 하시는 아버지와 오십 평생을 고생으로 늙어 쭈그러진 어머니가 계시다.

네 전보를 보시고 이분들이 우시었다. 너는 날이면 날마다 그 먼 길을 문안으로 내게 왔다. 와서 그날의 양식거리를 타 갔다. 이제 누가 다니겠니.

어머니는

"내가 말[馬]을 잃어버렸구나. 이거 허전해서 어디 살겠니"

하시더라. 그날부터는 내가 다 떨어진 구두를 찍찍 끌고 말 노릇을 하는 중이다.

이런 것 저런 것을 비판 못 하시는 부모는 그저 별안간 네가 없어졌다 해서 눈물이 비 오듯 하시더라. 그것을 내가

"아 왜들 이리 야단이십니까. 아 죽어 나갔단 말입니까."

이렇게 큰소리를 해가면서 무마시켜 드리기는 했으나 나 역한 삼 년 너를 못 보겠구나 생각을 하니 갑자기 네가 그리웠다. 형제의 우애는 떨어져 봐야 아는 것이던가.

한 삼 년 나도 공부하마. 그래서 이 노멀[1]하지 못한 생활의 굴욕에서 탈출해야겠다. 그때 서로 활발한 낯으로 만나자꾸나.

너도 아무쪼록 성공해서 하루라도 속히 고향으로 돌아오너라.

그야 너는 여자니까 아무 때 나가도 우리 집안에서 나가기는 해야 할 사람이지만 일이 너무 그렇게 급하게 되어놓아서 어머니 아버지께서 놀라셨다 뿐이지, 나야 어떻겠니.

하여간 이번 너의 일 때문에 내가 깨달은 바 많다. 나도 정신 차리마.

원래가 포류지질로 대륙의 혹독한 기후에 족히 견뎌낼는지 근심스럽구나. 특히 몸조심을 잊어서는 안 된다. 우리 같은 가난한 계급은 이 몸뚱이 하나가 유일 최후의 자산이니라.

---

1 normal. 적상적인.

편지하여라.

이해 없는 세상에서 나만은 언제라도 네 편인 것을 잊지 마라.

세상은 넓다. 너를 놀라게 할 일도 많겠거니와 또 배울 것도 많으리라.

이 글이 실리거든 〈중앙〉 한 권 사 보내주마. K와 같이 읽고 이 큰오빠 이야기를 더 잘 하여두어라.

축복한다.

내가 화가를 꿈꾸던 시절 하루 오 전 받고 모델 노릇 하여준 옥희, 방탕 불효한 이 큰오빠의 단 하나 이해자인 옥희, 이제는 어느덧 어른이 되어서 그 애인과 함께 만 리 이역 사람이 된 옥희, 네 장래를 축복한다.

이틀이나 걸렸다. 쓴 이 글이 두서를 잡기 어려울 줄 아나 세상의 너 같은 동생을 가진 여러 오빠들에게도 이 글을 읽히고 싶은 마음에 감히 발표한다. 내 충정만을 사다고.

닷샛날 아침

너를 사랑하는 큰오빠 쓴다.

— 〈중앙〉, 1936. 9.

김기림에게 1

기림 형

형의 그 '구부러진 못' 같은 글자로 된 글을 땀을 흘리면서 읽었소이다. 무사히 착석하였다니 내 기억 속에 '김기림'이라는 공석이 하나 결정적으로 생겼나 보이다.

구인회는 그 후로 모이지 않았소이다. 그러나 형의 안착은 아마 그럭저럭들 다 아나 봅디다.

사실 나는 형의 웅비를 목도하고 '선제공격을 당한 것 같은 기분이 들어' 우울했소이다. 그것은 무슨 한 계집에 대한 질투와는 비교할 것이 못 될 것이오. 나는 그렇게까지 내 자신이 미웠고 부끄러웠소이다.

불행히—혹은 다행히 이상도 이달 하순경에는 동경 사람이 될 것 같소. 그러나 그것은 어디까지든지 형의 웅비와는 구별되는 것이오.

아마 이상은(도?) 그 '속이 빤히 들여다보이는' 문학은 그만두 겠지요.

〈시와 소설〉은 회원들이 모두 게을러서 글렀소이다. 그래 폐 간하고 그만둘 심산이오. 2호는 회사 쪽에 내 면목이 없으니까 내 독력獨力으로 내 취미 잡지를 하나 만들 작정입니다.

그러든지 '지금이라도 늦지 않았으니' '서둘러' 원고들을 써 오 면 어떤 잡지에도 지지 않는 버젓한 책을 하나 만들 작정입니다.

《기상도》[1]는 조판이 완료되었습니다. 지금 교정 중이오니 내 눈에 교료가 되면 가본을 만들어서 보내드리겠사오니 최후 교정 을 하여 보내주시기 바랍니다. 동시에 〈시와 소설〉도 몇 권 한데 보내드리겠소이다.

그리고 '가벼운 글' 원고 좀 보내주시오. 좀 써먹어야겠소. 기 행문? 좋지! 좀 써 보내구려!

빌어먹을 거―세상이 귀찮구려!

불행이 아니면 하루도 살 수 없는 '그런 인간'에게 행복이 오 면 큰일 나오. 아마 즉사할 것이오. 협심증으로―

'일절 맹세하지 마라' '아무것도 믿지 않는다고 맹세하라'의 두 마디 말이 발휘하는 다채한 패러독스를 농락하면서 혼자 미 고소微苦笑를 하여보오.

형은 어디 한번 크게 되어보시오. 인생이 또한 즐거우리다.

사날 전에 FUA 〈장미신방薔薇新房〉이란 영화를 보았소. 충분히

---

1 김기림의 장시.

좋습디다. '조촐한 행복'이 진정의 황금이란 타이틀은 아노르도 황 영화에서 보았고, '조촐한 행복'이 인생을 썩혀버린다는 타이틀은 장미의 침상에서 보았소. '아— 철학의 끝도 없는 헛됨이여!' 그랬소.

'모든 법칙을 비웃어라' '그것도 맹세하지 마라'. 나 있는 데 늘 고기덮밥을 사다 먹는 승려가 한 분 있소. 그이가 이런 소크라테스를 성가시게 구는 논리학을 내게 뗑겨주는 것이오.

소설을 쓰겠소. '우리들의 행복을 하느님께 과시해 줄 거야' 그런 해괴망측한 소설을 쓰겠다는 이야기요. 흉계지요? 가만있자! 철학 공부도 좋구려! 따분하고 따분해서 못 견딜 그따위 일생도 또한 사死보다는 그래도 좀 재미가 있지 않겠소?

연애라도 할까? 싱거워서? 심심해서? 스스로워서?

이 편지를 보았을 때 형은 아마 뒤이어《기상도》의 교정을 보아야 될 것 같소.

형이 여기 있고 마음 맞는 친구끼리 모여서 조용한 《기상도》의 밤'을 가지고 싶던 것이 퍽 유감되게 되었구려. 우리 여름에 할까? 누가 아나?

여보! 편지나 좀 하구려! 내 고독과 울적을 동정하고 싶지는 않소?

자— 운명에 순종하는 수밖에! 굿바이.

6일 이상

김기림에게 2

기림 형

어떻소? 거기도 덥소? 공부가 잘되오?

〈기상도〉 되었으니 보오. 교정은 내가 그럭저럭 잘 보았답시고 본 모양인데 틀린 데는 고쳐 보내오.

구 군[1]은 한 천 부 박아서 팔자고 그럽디다. 당신은 오십 원만 내구 잠자코 있구려. 어떻소? 그 대답도 적어 보내기 바라오.

참 체재도 고치고 싶은 대로 고치오.

그리고 검열본은 안 보내니 그리 아오. 꼭 소용이 된다면 편지하오. 보내드리리다.

이것은 교정쇄니까 삐뚤삐뚤한 것은 '간조'[2]에 넣지 마오. 그것

---

1 서양화가 구본웅(1906~53)을 가리킴.
2 일본어로 '계산'을 뜻함.

은 인쇄할 적에 바로잡아 할 것이니까 염려 없소. 그러니까 두 장이 한 장 세음이오. 알았소?

그리고 페이지 넘버는 아주 빼어버리는 게 좋을 것 같은데 의견이 어떻소? 좀 꼴불견 같지 않소?

구인회는 인간 최대의 태만에서 부침 중이오. 팔양[3]이 탈회했소—잡지 2호는 흐지부지요. 게을러서 다 틀려먹을 것 같소. 내일 밤에는 명월관에서 〈영랑시집〉[4]의 밤이 있소. 서울은 그저 답보 중이오.

자주 편지나 하오. 나는 아마 좀 더 여기 있어야 되나 보오.

참 내가 요새 소설을 썼소. 우습소? 자— 그만둡시다.

이상

---

3 시인 박팔양(1905~66)을 가리킴.
4 1935년에 시문학사에서 발행한 시인 김영랑(1903~50)의 시집.

김기림에게 3

기림 형

인천 가 있다가 어제 왔소.

해변에도 우울밖에는 없소. 어디를 가나 이 영혼은 즐거워할 줄을 모르니 딱하구려! 전원도 우리들의 병원이 아니라고 형은 그랬지만 바다가 또한 우리들의 약국이 아닙디다.

독서하오? 나는 독서도 안 되오.

여지껏 가족들에게 대한 은애의 정을 차마 떼이기 어려워 집을 나가지 못하였던 것을 이번에 내 아우가 직업을 얻은 기회에 동경 가서 고생살이 좀 하여볼 작정이오.

아직 큰소리 못 하겠으나 구월 중에는 어쩌면 출발할 수 있을 것 같소.

형 도동渡東하는 길에 서울 들러 부디 좀 만납시다. 할 이야기도 많고 이 일 저 일 의논하고 싶소.

고황膏肓에 든, 이 문학병을—이 익애의, 이 도취의—이 굴레를 제발 좀 벗고 표연할 수 있는 제법 근량 나가는 인간이 되고 싶소.

여기서 같은 환경에서는 자기 부패 작용을 일으켜서 그대로 연화煙化할 것 같소. 동경이라는 곳에 오직 나를 매질할 빈고가 있을 뿐인 것을 너무 잘 알고 있지만 컨디션이 필요하단 말이오. 컨디션, 사표師表, 시야, 아니 안계, 구속, 어째 적당한 어휘가 발견되지 않소만그려!

태원[1]은 어쩌다나 만나오. 그 군도 어째 세대고世帶苦 때문에 활갯짓이 잘 안 나오나 봅디다.

지용[2]은 한 번도 못 만났소.

세상 사람들이 다 제각기의 흥분, 도취에서 사는 판이니까 타인의 용훼는 불허하나 봅디다. 즉 연애, 여행, 시, 횡재, 명성—이렇게 제 것만이 세상에 제일인 줄들 아나 봅디다. 자— 기림 형은 나하고나 악수합시다. 하, 하,

편지 부디 주기 바라오. 그리고 도동 길에 꼭 좀 만나기로 합시다. 굿바이.

---

1 소설가 박태원(1909~87)을 가리킴.
2 시인 정지용(1902~50)을 가리킴.

김기림에게 4

기림 형

형의 글 받았소. 퍽 반가웠소.

북일본 가을에 형은 참 엄연한 존재로구려!

위밍업이 다 되었건만 와인드업을 하지 못하는 이 몸이 형을 몹시 부러워하오.

지금쯤은 이 이상이 동경 사람이 되었을 것인데 본정서本町署 고등계에서 '도항을 허락할 수 없음'의 분부가 지난달 하순에 내렸구려! 우습지 않소?

그러나 지금 다시 다른 방법으로 도항 증명을 얻을 도리를 차리는 중이니 금월 중순―하순경에는 아마 이상도 동경을 헤매는 백면의 표객이 되리다.

졸작 〈날개〉에 대한 형의 다정한 말씀 골수에 스미오. 방금은 문학 천년이 회신灰燼에 돌아갈 지상 최종의 걸작 〈종생기〉를 쓰는 중이오. 형이나 부디 억울한 이 내출혈을 알아주기 바라오!

〈삼사문학〉 한 부 저 호소로狐小路[1] 집으로 보냈는데 원 받았는지 모르겠구려!

요새 〈조선일보〉 학술란에 근작시 〈위독〉 연재 중이오. 기능어. 조직어. 구성어. 사색어. 로 된 한글 문자 추구 시험이오. 다행히 고평을 비오. 요다음쯤 일맥의 혈로가 보일 듯하오.

지용, 구보[2] 다 가끔 만나오. 튼튼히들 있으니 또한 천하는 태평성대가 아직도 계속될 것 같소.

환태[3]가 종교예배당에서 결혼하였소.

〈유령 서부로 가다〉[4]는 명작 〈홍길동전〉과 함께 영화사상 굴지의 잡동사니입니다. 르네 클레르, 똥이나 먹으라지요.

〈영화시대〉라는 잡지가 실로 무보수라는 구실하에 이상 씨에게 영화소설 〈백병〉을 집필시키기에 성공하였소. 뉴스 끝.

추야장! 너무 소조하구려! 아당我黨 만세! 굿나잇.

오전 네시 반 이상

---

1 김기림이 유학 중이던 센다이의 지역명으로 보임.
2 박태원의 필명.
3 문학평론가 김환태(1909~44)를 가리킴.
4 프랑스의 영화감독 르네 클레르(1898~1981)가 만든 영화.

김기림에게 5

기림 형

기어코 동경 왔소. 와보니 실망이오. 실로 동경이라는 데는 치사스러운 데로구려!

동경 오지 않겠소? 다만 이상을 만나겠다는 이유만으로라도—

〈삼사문학〉 동인들이 이곳에 여럿이 있소. 그러나 그들은 어디까지든지 학생들이오. 그들과 어우러지지 못하는 것을 보면 우리는 인제 그만하고 늙었나 보이다.

〈삼사문학〉에 원고 좀 주어주오. 그리고 씩씩하게 성장하는 새 세기의 영웅들을 위하여 귀하가 귀하의 존중한 명성을 잠깐 낮추어 〈삼사문학〉의 동인이 되어줄 의사는 없는지 이곳 청년들의 갈망입니다. 어떻소?

편지 주기 바라오. 이곳에서 나는 빈궁하고 고독하오. 주소를 잊어서 주소를 알아가지고 편지하느라고 이렇게 늦었소. 동경서 만났으면 작히 좋겠소?

형에게는 건강도 부귀도 넘쳐 있으니 편지 끝에 상투로 빌[祈]을 만한 말을 얼른 생각해 내기가 어렵소그려.

1936년 11월 14일

김기림에게 6

기림 대인

여보! 참 반갑습디다. 가지야마에마치[鍛冶屋前町] [1] 주소를 조선으로 물어서 겨우 알아가지고 편지했는데 답장이 얼른 오지 않아서 나는 아마 주소가 또 옮겨진 게로군 하고 탄식하던 차에 반가웠소.

여보! 당신이 바레 [2] 선수라니 그 바레 팀인즉 내 어리석은 생각에 세계 최강 팀인가 싶소그려! 그래 이겼소? 이길 뻔하다 만 소위 석패를 했소?

그러나저러나 동경 오기는 왔는데 나는 지금 누워 있소그려. 매일 오후면 똑 기동 못 할 정도로 열이 나서 성가셔서 죽겠소

---

1 김기림이 유학 중이던 센다이의 동네 이름.
2 발리볼·배구.

그려.

동경이란 참 치사스러운 도십디다. 예다 대면 경성이란 얼마나 인심 좋고 살기 좋은 '한적한 농촌'인지 모르겠습디다.

어디를 가도 구미가 당기는 것이 없소그려! 꼴사납게도 표피적인 서구적 악습의 말하자면 그나마도 그저 분자식分子式이 겨우 여기 수입이 되어서 진짜 행세를 하는 꼴이란 참 구역질이 날 일이오.

나는 참 동경이 이따위 비속卑俗 그것과 같은 물건인 줄은 그래도 몰랐소. 그래도 뭣이 있겠거니 했더니 과연 속 빈 강정 그것이오.

한화휴제—나도 보아서 내달 중에 서울로 도로 갈까 하오. 여기 있댔자 몸이나 자꾸 축이 가고 겸하여 머리가 혼란하여 불시에 발광할 것 같소. 첫째 이 가솔린 냄새 미만彌漫 넘쳐흐르는 것 같은 거리가 참 싫소.

하여간 당신 겨울 방학 때까지는 내 약간의 건강을 획득할 터이니 그때는 부디부디 동경 들러 가기를 천번 만번 당부하는 바이오. 웬만하거든 거기 여학도들도 잠깐 도중하차를 시킵시다 그려.

그리고 시종이 여일하게 이상 선생께서는 프롤레타리아니까 군용금을 톡톡히 나래하기 바라오. 우리 그럴듯하게 하루저녁 놀아봅시다. 동경 첨단 여성들의 물거품 같은 '사상' 위에다 대륙의 유서 깊은 천근 철퇴를 내려뜨려 줍시다.

〈조선일보〉모 씨 논문 나도 그 후에 얻어 읽었소. 형안이 족히 남의 흉리를 투시하는가 싶습디다. 그러나 씨의 모랄에 대한

탁견에는 물론 구체적 제시도 없었지만—약간 수미愁眉를 금할 수 없는가도 싶습니다. 예술적 기품 운운은 씨의 실언이오. 톨스토이나 기쿠치 간[3] 씨는 말하자면 영원한 대중 문예(문학이 아니라)에 지나지 않는 것을 깜빡 잊어버리신 듯합니다.

그리고 〈위독〉에 대하여도—

사실 나는 요새 그따위 시밖에 써지지 않는구려. 차라리 그래서 철저히 소설을 쓸 결심이오. 암만해도 나는 십구 세기와 이십 세기 틈사구니에 끼여 졸도하려 드는 무뢰한인 모양이오. 완전히 이십 세기 사람이 되기에는 내 혈관에는 너무도 많은 십구 세기의 엄숙한 도덕성의 피가 위협하듯이 흐르고 있소그려.

이곳 삼십사 년대의 영웅들[4]은 과연 추호의 오점도 없는 이십 세기 정신의 영웅들입니다. 도스토예프스키는 그들에게는 오직 선조에 지나지 않는다는 것을 그들은 생리生理를 가지고 생리하면서 완벽하게 살으오.

그들은 이상도 역시 이십 세기의 운동선수이거니 하고 오해하는 모양인데 나는 그들에게 낙망(아니 환멸)을 주지 않게 하기 위하여 그들과 만날 때 오직 이십 세기를 근근이 포즈를 써 유지해 보일 수 있을 따름이로구려! 아! 이 마음의 아픈 갈등이여.

생—그 가운데만 오직 무한한 기쁨이 있는 것을 너무도 잘 알기 때문에 이미 옴짝달싹 못 할 정도로 전락하고 만 자신을 굽어 살피면서 생에 대한 용기, 호기심 이런 것이 날로 희박하여 가는 것을 자각하오.

---

3 일본의 극작가·소설가(1888~1948).
4 〈삼사문학〉 동인들을 가리킴.

이것은 참 제도할 수 없는 비극이오! 아쿠타가와[5]나 마키노[6] 같은 사람들이 맛보았을 상실은 최후 한 찰나의 심경은 나 역 어느 순간 전광같이 짧게 그러나 참 똑똑하게 맛보는 것이 이즈음 한두 번이 아니오. 제전帝展도 보았소. 환멸이라기에는 너무나 참담한 일장의 난센스입디다. 나는 그 페인트의 악취에 질식할 것 같아 그만 코를 꼭 쥐고 뛰어나왔소. (중략)

오직 가령 자전字典을 만들어냈다거나 일생을 철鐵 연구에 바쳤다거나 하는 사람들만이 훌륭한 사람인가 싶소.

가끔 진짜 예술가들이 더러 있는 모양인데 이 생활거세씨生活去勢氏들은 당장에 시궁창의 쥐가 되어서 한 이삼 년 만에 노사老死하는 모양입디다.

기림 형

이 무슨 객쩍은 망설을 늘어놓음이리오? 소생 동경 와서 신경 쇠약이 극도에 이르렀소! 게다가 몸이 이렇게 불편해서 그런 모양이오.

방학이 언제나 될는지 그 전에 편지 한번 더 주기 바라오. 그리고 올 때는 도착 시각을 조사해서 전보 쳐주우. 동경역까지 도보로도 한 십오 분 이십 분이면 갈 수가 있소. 그리고 틈 있는 대로 편지 좀 자주 주기 바라오.

나는 이곳에서 외롭고 심히 가난하오. 오직 몇몇 장 편지가 겨우 이 가련한 인간의 명맥을 이어주는 것이오. 당신에게는 건강을 비는 것이 역시 우습고 그럼 당신의 러브 어페어에 행운이 있

5 일본의 소설가 아쿠타가와 류노스케(1892~1927).
6 일본의 소설가 마키노 신이치(1896~1936).

기를 비오.

29일 배拜

김기림에게 7

기림 형

궁금하구려! 내각이 여러 번 변했는데 왜 편지하지 않소? 아하 요새 참 시험 때로군그래! 머리를 긁적긁적하면서 답안 용지를 이리 뒤척 저리 뒤척 하는 당신의 어울리지 않는 풍채가 짐짓 보고 싶소그려!

허리라는 지방은 어떻게 좀 평정되었소? 병원 통근은 면했소? 당신은 스포츠라는 초근대적인 정책에 감쪽같이 속아 넘어갔소. 이것이 이상 씨의 '기림 씨 배구에 진출하다'에 대한 비판이오.

오늘은 음력 섣달 그믐이오. 향수가 대두하오. O라는 내지인 대학생과 커피를 먹고 온 길이오. 커피 집에서 랄로를 한 곡조 듣고 왔소. 후베르만[1]이란 제금가는 참 너무나 탐미주의입디다. 그저 한없이 예쁘장할 뿐이지 정서가 없소. 거기 비하면 요전 엘먼은 참 놀라운 인물입니다. 같은 랄로의 더욱이 최종악장 론도의 부部를 그저 막 헐어내서는 완전히 딴것을 만들어버립디다.

엘먼은 내가 싫어하는 제금가였었는데 그의 꾸준히 지속되는 성가聲價의 원인을 이번 실연을 듣고 비로소 알았소. 소위 '엘먼 톤'이란 무엇인지 사도斯道의 문외한 이상으로서 알 길이 없으나 그의 슬라브적인 굵은 선은 그리고 그 분방한 변주는 경탄할 만 한 것입니다. 영국 사람인 줄 알았더니 나중에 알고 보니까 역시 이주민입니다.

한화휴제─차차 마음이 즉 생각하는 것이 변해가오. 역시 내 가 고집하고 있던 것은 회피였나 보오. 흥리에 거래하는 잡다한 문제 때문에 극도의 불면증으로 고생 중이오. 가끔 혈담을 토하 고 (중략) 체계 없는 독서 때문에 가끔 발열하오. 이삼일씩 이불 을 쓰고 문외불출하는 수도 있소. 자꾸 자신을 잃어버리면서도 양심 양심 이렇게 부르짖어도 보오. 비참한 일이오.

한화휴제─삼월에는 부디 만납시다. 나는 지금 참 쩔쩔매는 중이오. 생활보다도 대체 어떻게 했으면 좋을지를 모르겠소. 의 논할 일이 한두 가지가 아니오. 만나서 결국 아무 이야기도 못 하 고 헤어지는 한이 있더라도 그저 만나기라도 합시다. 내가 서울 을 떠날 때 생각한 것은 참 어림도 없는 도원몽桃源夢이었소. 이러 다가는 정말 자살할 것 같소.

고향에는 모두들 베개를 나란히 하여 타면惰眠들을 계속하고 있는 꼴이오. 여기 와보니 조선 청년들이란 참 한심합디다. 이거

---

1 폴란드의 바이올리니스트(1882~1947).

참 썩은 새끼조차도 주위에는 없구려!

진보적인 청년도 몇 있기는 있소. 그러나 그들 역 늘 그저 무엇인지 부절히 겁을 내고 지내는 모양이 불민하기 짝이 없습디다.

삼월쯤은 동경도 따뜻해지리다. 동경 들르오. 산보라도 합시다.

〈조광〉 2월호의 〈동해〉라는 졸작 보았소? 보았다면 게서 더 큰 불행이 없겠소. 등에서 땀이 펑펑 쏟아질 열작이오.

다시 고쳐 쓰기를 할 작정이오. 그러기 위해서는 당분간 작품을 쓸 수 없을 것이오. 그야 〈동해〉도 작년 유월, 칠월경에 쓴 것이오. 그것을 가지고 지금의 나를 촌탁하지 말기 바라오.

조금 어른이 되었다고 자신하오. (중략)

망언 망언. 엽서라도 주기 바라오.

음력 제야 이상

H 형에게

H 형[1]

형의 글 반가이 읽었습니다. 저의 못난 여편네[2]를 위하여 귀중한 하룻밤을 부인으로 하여금 허비하시게 하였다니 어떻게 감사해야 할른지 모르겠습니다. 부인께도 이 말씀 전해주시기 바랍니다.

형의 〈명상〉을 잘 읽었습니다. 타기할 생활을 하고 있는 현재의 저로서 계발받은 바 많았습니다. 이것은 찬사가 아니라 감사입니다.

저에게 주신 형의 충고의 가지가지가 저의 골수에 맺혀 고마웠습니다. 돌아와서 인간으로서, 아니, 사람으로서의 옳은 도리

---

1 소설가 안회남(1910~?)을 가리킴.
2 이상이 일본으로 건너가기 3개월 전에 결혼한 변동림(1916~2004)을 가리킴.

를 가지고 선처하라 하신 말씀은 참 등에서 땀이 날 만치 제 가슴을 찔렀습니다.

저는 지금 사람 노릇을 못 하고 있습니다. 계집은 가두街頭에다 방매하고 부모로 하여금 기갈케 하고 있으니 어찌 족히 사람이라 일컬으리까. 그러나 저는 지식의 걸인은 아닙니다. 칠 개 국어 운운도 원래가 허풍이었습니다. 살아야겠어서, 다시 살아야겠어서 저는 여기를 왔습니다. 당분간은 모든 제 죄와 악을 의식적으로 묵살하는 도리 외에는 길이 없습니다. 친구, 가정, 소주, 그리고 치사스러운 의리 때문에 서울로 돌아가지 못하겠습니다. 여러 가지를 생각하고 있습니다. 어떻게 했으면 좋을지를 전연 모르겠습니다. 저는 당분간 어떤 고난과라도 싸우면서 생각하는 생활을 하는 수밖에 없습니다. 한 편의 작품을 못 쓰는 한이 있더라도, 아니, 말라비틀어져서 아사하는 한이 있더라도 저는 지금의 자세를 포기하지 않겠습니다. 도저히 '커피' 한 잔으로 해결될 문제가 아닌 것입니다.

〈조광〉 2월호의 〈동해〉는 작년 유월경에 쓴 냉한삼곡冷汗三斛3의 열작입니다. 그 작품을 가지고 지금의 이상을 촌탁하지 말아주시기 바랍니다.

과거를 돌아보니 회한뿐입니다. 저는 제 자신을 속여왔나 봅니다. 정직하게 살아왔거니 하던 제 생활이 지금 와보니 비겁한 회피의 생활이었나 봅니다.

정직하게 살겠습니다. 고독과 싸우면서 오직 그것만을 생각하

---

3 차가운 땀 서 말. 즉 애써 노력하지 않음을 뜻함.

며 있습니다. 오늘은 음력으로 제야입니다. 빈자떡, 수정과, 약주, 너비아니, 이 모든 기갈의 향수가 저를 못살게 굽니다. 생리적입니다. 이길 수가 없습니다.

가끔 글을 주시기 바랍니다. 고독합니다. 이곳에는 친구 삼을 만한 사람이 없습니다. 아직 발견하지 못했습니다. 언제나 서울의 흙을 밟아볼는지 아직은 망연합니다. 저는 건강치 못합니다. 건강하신 형이 부럽습니다. 그러면 과세過歲 안녕히 하십시오. 부인께도 인사 여쭈어주시기 바랍니다.

우제 이상

남동생 김운경에게[1]

어제 동림이 편지로 비로소 네가 취직되었다는 소식 듣고 어찌 반가웠는지 모르겠다. 이곳에 와서 나는 하루도 마음이 편한 날이 없이 집안 걱정을 하여왔다. 울화가 치미는 때는 너에게 불쾌한 편지도 썼다. 그러나 이제는 마음을 놓겠다. 불민한 형이다. 인자人子의 도리를 못 밟는 이 형이다. 그러나 나에게는 가정보다도 하여야 할 일이 있다. 아무쪼록 늙으신 어머님 아버님을 너의 정성으로 위로하여 드려라. 내 자세한 글, 너에게만은 부디 들려주고 싶은 자세한 말은 이삼일 내로 다시 쓰겠다.

1 이상이 고국에 보낸 마지막 편지임.

이상 연보

1910년	서울 종로구 사직동에서 아버지 김연창과 어머니 박세창 사이에서 장남으로 태어남.
1912년	부모를 떠나 아들이 없던 큰아버지 김연필의 집에 양자로 감.
1917년	누상동에 있는 신명학교(4년제) 입학.
1921년	조선불교중앙교무원 경영의 동광학교 입학.
1924년	동광학교가 보성고등보통학교(보성고보)로 병합되어 보성고보 4학년에 편입.
1925년	교내 미술전람회에서 유화 〈풍경〉 입상.
1926년	보성고보 졸업. 동숭동에 있는 경성고등공업학교(서울공대의 전신) 건축과 입학.
1929년	경성고등공업학교 졸업. 조선총독부 내무국 건축과 기사로 근무하다 관방官房 회계과 영선계로 옮김.
1930년	조선건축회지 〈조선과 건축〉의 표지도안 현상모집에 1등과 3등으로 당선. 처녀작 장편소설 《12월 12일》을 〈조선〉에 발표.
1931년	처녀시 〈이상한 가역반응〉 〈파편의 경치〉 〈BOITEUX·BOITEUSE〉 〈공복〉과 일본어 시 〈조감도〉 〈3차각설계도〉를 〈조선과 건축〉에 발표. 조선미술전람회에서 서양화 〈자화상〉으로 입선.
1932년	'비구比久'라는 익명으로 소설 〈지도의 암실〉을, '이상'이라는 필명으로 시 〈건축무한육면각체〉를 발표.

1933년   폐결핵으로 총독부 기수직 사임. 배천온천에서 요양하던 중 기생 금
         홍을 만남. 서울 종로 2가에 다방 '제비'를 개업하고 동거 시작.

1934년   구인회 참여. 시 〈오감도〉를 〈조선중앙일보〉에 연재하나 독자들의
         항의로 15회를 마지막으로 중단. 박태원의 신문소설 〈소설가 구보
         씨의 일일〉에 '하융'이라는 화명으로 삽화를 그림.

1935년   경영난으로 다방 '제비'를 폐업하고 금홍과 헤어짐. 인사동에 카페
         '쓰루[鶴]'를 인수하지만 얼마 못 감. 다방 '69'를 설계하나 양도하
         고, 다시 다방 '맥麥'을 설계하나 곧 양도. 계속된 경영 실패로 생활
         의 어려움이 가중됨.

1936년   창문사에 들어가 구인회 동인지 〈시와 소설〉을 편집하지만 1집만
         내고 퇴사. 이화여전을 졸업한 변동림과 결혼. 재기를 위해 일본 동
         경으로 떠남.

1937년   사상이 불온하다는 혐의로 일본 도쿄 경찰에 피검. 건강이 악화되어
         보석으로 출감한 후, 도쿄제국대학 부속 병원에서 요절함. 아내 변동
         림에 의해 화장되어 돌아옴. 미아리 공동묘지에 안장되었다가 훗날
         유실됨.

23

이상 시·산문 전집

오감도 · 권태

초판 1쇄 발행 2014년 11월 28일
초판 4쇄 발행 2024년 5월 24일

지은이 이상
펴낸이 이범상
펴낸곳 (주)비전비엔피 · 애플북스

기획 편집 차재호 김승희 김혜경 한윤지 박성아 신은정
디자인 김혜림 최원영 이민선
마케팅 이성호 이병준 문세희
전자책 김성화 김희정 안상희 김낙기
관리 이다정

주소 121-894 서울특별시 마포구 잔다리로7길 12 (서교동)
전화 02) 338-2411 | **팩스** 02) 338-2413
홈페이지 www.visionbp.co.kr
이메일 visioncorea@naver.com
원고투고 editor@visionbp.co.kr

등록번호 제313-2007-000012호

ISBN 978-89-94353-69-2 04810